D1719475

Andrea Wolfmayr

Jack & ich

Das Böse in mir

edition keiper

www.editionkeiper.at

© edition keiper, Graz 2018
1. Auflage September 2018
Fotomaterial Cover: Michael Geyer
Covergestaltung, Layout und Satz: textzentrum graz
Autorenfoto: Ulrike Rauch
Druck: Printera
ISBN 978-3-903144-65-1

Wir bedanken uns herzlich bei der Kleinen Zeitung für die
Abdruckgenehmigung des Zeitungsmaterials im Anhang.

Andrea Wolfmayr

Jack & ich

Das Böse in mir

Von Reue kein Hauch.[1]

---

1   Robert Louis Stevenson: *Markheim*. S. 107.

Vorwort

Was uns verbindet: Ein paar Zahlen. Das Alter. Die Bekanntschaft. Das Schreiben.

Was das hier NICHT werden soll: eine Rehabilitation, ein Zweifeln, gar ein Mystifizieren. Jack ist tot, lange tot. Und er war ein Mörder.

Es ist jetzt dreißig Jahre her. Unsere Wege, unsere Blicke, unsere Briefe haben sich gekreuzt.

Bin ich bereit, in diesen Abgrund zu steigen? Zu springen? Bin ich bereit, überhaupt erst mal in den Abgrund zu *schauen*? In einen, der ich vielleicht selber bin?

Das Böse in mir. Ist es wirklich »böse«? Was ist BÖSE. Was meinte Michael Jackson mit »I'm bad«, was meinte Amy Winehouse mit »You know I'm no good«? Michael ist tot, Amy ist tot.

Simpel ist der Tod. Und GEWALTIG. In Großbuchstaben: TOD. Eingraviert in Stein, in Marmor, Namen auf Gräbern. Was bleibt von so einem wie Jack? Was darf bleiben, was soll bleiben? Sollte man dieses Kapitel nicht besser endgültig schließen? Vergessen? Schweigen über Jack? Gras über Jacks Grab wachsen lassen? Wo liegt er überhaupt? Irgendwo in Graz wahrscheinlich. Vielleicht finde ich es heraus. Vielleicht interessiert es mich nicht.

Wo bist du, Jack? Wer bist du? Wer warst du?

Will ich eine Erklärung? Will ich ihn *denen* erklären? Euch? Mir? Weil ich mir einbilde, ihn *auch* gekannt zu haben? Wenigstens ein bisschen? Ihn zu verstehen? Vielleicht. Wenigstens ein bisschen. WAS überhaupt will ich erklären. Sagen. Mir selbst. Oder wem. Was will ich klären, was hab ich zu klären mit ihm? Mit mir?

Was überhaupt hab ich mit Jack zu schaffen?

Was HATTE ich mit Jack zu schaffen.

Was war in meinem Kopf. Was war auf Papier. Was war wirklich.

Jack Unterweger
Steiner Landstr. 4
3500 Krems

Andrea Wolfmayr
Fritz-Huberg. 4
8200 Gleisdorf   Gleisdorf,12 12 84

Lieber Jack Unterweger,
von ████ ████ hab ich Deine Adresse
und von der GAV einen kopierten Zettel,
auf dem steht, daß Du eine Literaturzeitschrift auf die Beine stellen willst.

Das und die Art, wie du darüber sprichst,
hat mir imponiert, ich möchte auch einen
Text beisteuern, wenn es nicht wieder mal
zu spät ist. Aber da war grad so eine
Skizze, die mir passend erschien, die ich
aber auch noch weiter ausarbeiten wollte. Weil ich in der Buchhandlung stehe,
wie immer um diese gesegnete Jahreszeit,
und weil es sehr stressig hergeht, bin
ich erst jetzt fertig geworden damit. Wie
gesagt, ich hoffe, nicht zu spät.
Ich habe übrigens auch schon damals, als
regelmäßig Vorabdrucke aus Deinem Roman in
den "manuskripten" erschienen, von Deiner
Existenz gewusst. Und es taugt mir, was
und wie du schreibst. Das wollte ich Dir
nur sagen.
Und damit Du auch ein bisschen von mir
weißt, falls Du was wissen willst, schick
ich Dir mein bis jetzt einziges Buch.[2]

Grüße
Andrea

---

2   Andrea Wolfmayr: *Spielräume.* Steinhausen (1980), roro (1981),
Neuauflage rowohlt repertoire (2017).

Servus Andrea,

danke für die Textprobe, liegt in der Mappe. Über die Festtage werd ichs bearbeiten, die Zeitung zusammenstellen, im Feber erscheint sie dann. Zu spät wars noch nicht.

Danke auch fürs Buch, war von gestern auf heute Nachtlektüre, anders komm ich ja nicht zum Lesen, außerdem kaum Bücher, die ich lesen will, weil ich viele lesen muss, die ich für einige Schweizer und deutsche Blätter besprechen muss. Kritiken mach ich keine, ich versuche in jedem Buch auch den Autor zu finden bzw. warum er grad dieses Buch geschrieben hat, mit diesem Thema ...

Zu Dir, diesem Buch, was ich dazu (meine), kurz nur, ich las es weniger als Kritiker, für mich war es ein Buch einer Person, die mich akzeptiert ... auffallend die vielen Sätze, Satzgestaltungen mit: „...." und „schreib und versuch..." und „fassungslos", und „es zu ordnen versuche..." diese vielen UND, warum? Warum nicht den Satz unterbinden, mit Punktion beenden, fortführen, gefällt Dir dieses Undundschreiben... was rein subjektiv ist.

Und: Vorne im ICH-(Teil), ab Seite 97 gehst du auf Distanz zu dieser Frau, die eine andere zu sein scheint, aber nicht ist..., Du versuchst Dich hier im philosophischen Beobachtungsbereich, im SIE-Stil... würde ich nicht machen, man soll ein Buch, in diesem Fall die Hauptperson, im ICH begonnen, auch bis zum Schluss durchziehen... oder gabs für Dich, innen drinnen, Probleme, auch dann noch, nach der Geburt, im ICH zu bleiben, war es leichter, über eine SIE das Ich zu beschreiben?

Vor allem findet sich in diesem Buch, vor allem zu Beginn in der Ich-Darstellung, eine starke masochistische Komponente..., als würde die Frau hier bewusst gerne leiden, um so sich selbst leben zu können, um aus dem Leid in ein Glück hinüberzukommen... immer wieder, nicht die anderen sagen es, nein, das Ich sagt es über sich selbst, z.B. „hässlich"... „Pferdezähne" etc., warum diese Herabsetzung der eigenen Person?

z.B. 133: nicht nur Frau fühlt so, vor allem im Beziehungsbereich, auch der Mann denkt, fühlt, leidet ähnliche Zustände aus.

Und wie kann das Ich über das Ich sagen, dass andere sie stark unerotisch finden, nur wegen dem Bauch, der Schwangerschaft..., eine Frau ist immer so unerotisch, oder erotisch, wie sie strahlt, sich gibt, nicht in Kleidung, Aussehen, sondern von den inneren Antennen her...

Und was mir nicht zusagt, auch von der Aussage her falsch ist, sich aber immer wieder findet, warum wohl, um zu zeigen, „schaut, ich bin anständig"...

Etc. konkret: Die Aussage, „gehen wir miteinander schlafen", „will er sie bloß beschlafen"...

Immer wieder schlafen, gemeint ist aber die intime Zusammenkunft. Kein Mann denkt so, wenn auch viele Idioten so reden, „gehen wir heute miteinander schlafen", Trottelärsche, echt, in der Literatur aber, schriftlich gesagt, ist es falsch.

Denn wer denkt ans Schlafen? Und die Vereinigung ist nicht „Schlafen". Und ich will eine Frau nie „beschlafen"! Bin ich ein dummer Schwanzegoist, werd ich sie als reines Lustobjekt benützen, bin ich ein Typ, der auch weiter als bis zur Erektion denken kann, werd ich sie nie behüpfen, sondern sie genießen, nicht behüpfen, auch nicht beschlafen (wie geht denn das überhaupt? Solange in ihre Richtung schlafen, bis auch sie einschläft... ein langweiliges Werken) sondern Liebemachen, Beschenken... nur eine beschenkte Geliebte wird auch für ihn als Geschenk arbeiten, dabei sein...

Und dann sag ich, warum schreibt sie so umständlich „schlafen" und meint bumsen, wenn sie auf der anderen Seite, Seite 35 ff. ziemlich harte Bandagen reitet, aus der Phantasie, aus dem Traum... oder auch, versteckte Darstellung eigener Vorstellung von Lüsten... unbewusst. Wird hier ungeniert gesprochen, bzw. geschrieben, weil man nicht das Ich beschreibt, sondern eben „Nonnen, Pater, andere Personen".

Naja? Das zum Buch, was mir eben spontan auffiel. Gefiel und mich ärgerte.

*Am 25.11. haben die in Stainach oben mein Stück gespielt, viel-
leicht auch mal in Graz, 1985 dann. Ab 26.2. in Wien.*

*Bitte: bei Manuskriptsendungen bitte Kuvert, frankiert, beile-
gen, ich schaff die vielen Portokosten nicht mehr. Und möchte
doch niemanden verlieren, bzw. auf Antwort warten lassen.*

Liebe Grüße, Wünsche, ein Prosit in diesen Tagen,

(Tinte blau)

(am seitlichen Rand links, handschriftlich, mit blauer Tinte):

*Frage: Würdest Du „öffentlich" lesen, bzw. Zeitschrift mitprä-
sentieren? Müsste ich bald wissen. Ich plane was für Wien +
Graz, aber ohne mich, Nona!*

Termin: Anfang März! (auch mit Elfriede Jelinek)[3]

---

3   Briefkuvert vergilbt, schwarzer Stempel auf der Rückseite,
enthält: Prospekt »Fegefeuer«, Brief auf einem vergilbten Blatt ohne
Lochung, beidseitig beschrieben in schwarzer Maschinenschrift.
Beilage: ein weißer Zettel, kleiner als A5, mit meinen Daten,
Sternzeichen Krebs, Telefonnummer, Buchtitel …

Die Suche beginnt

Schuld an diesem Versuch einer Aufarbeitung ist eigentlich Alfred Paul Schmidt.[4]

Er hat mich »angezündet«. Im Keiperverlag, in dem wir beide seit Jahren verlegen, gibt es einen Krimiabend[5] und er will mich dabei haben. »Aber ich hab doch mit Krimi nichts zu schaffen«, sage ich. »Nicht *mehr*.« Ich hab zwar ein paar geschrieben[6], aber das ist ewig her, sie sind lang vergriffen, ich will auch keine Krimis mehr schreiben, das Thema reizt mich nicht, außerdem ist der Markt heute überschwemmt von Kriminalromanen. Ich könnte höchstens von damals etwas erzählen, schlage ich vor, aus meiner Krimi-Zeit in den Achtzigern. Aber viel Interessantes oder gar Neues gäbe es dazu nicht zu sagen. Eventuell interessant wäre, dass ich Jack Unterweger gekannt habe. – »Wie, was …?! Persönlich gekannt?!« – Darüber muss ich aber schon berichten, das interessiert doch jeden!

Hm, okay. Es reizt mich nicht besonders, diese Leiche wieder auszugraben. Lang vorbei. Aber bitte. Und in Vorbereitung des Krimiabends im Verlag suche ich brav nach Unterlagen zur Vorbereitung eines kurzen Referates. Es gab doch auch Plakate damals, und ich erinnere mich deutlich

---

4   Alfred Paul Schmidt, renommierter Autorenkollege, bekannt auch im Umfeld des Forum Stadtpark und der manuskripte, tritt in Willi Hengstlers Film *Fegefeuer oder die Reise ins Zuchthaus* (1988) auf.

5   »Krimiabend. Ein Abend im Zeichen von Mord und Mordermittlung« im Verlag edition keiper (28. September 2017).

6   Andrea Wolfmayr: *Margots Männer* (1990), *so brauch ich Gewalt* (1995), *Digitalis Purpurea* (1998).

an ein Geburtstagsbillet, das er mir geschrieben hat. Und Briefe, vielleicht waren da auch noch Briefe? Wohin sind die?! Ich bin in den Achtziger- und Neunzigerjahren einige Male übersiedelt und ein paar Bananenkisten müssten noch in der Garage stehen, nie ausgepackt, voller Spinnweben ... die hole ich nun ins Haus. Ich bin ein Messie, wie es scheint. Bergeweise altes Material, Manuskripte, Briefe. Darunter Briefe von Jack. Die er mir geschrieben hat, die ich ihm geschrieben habe. Mehr, als ich dachte. Und Plakate, Ankündigungen. Erstaunlich. Ja, es stimmt, ich hab in der Wort-Brücke veröffentlicht, ein paarmal sogar. Ich kann mich gar nicht erinnern. Aber meine modrig riechenden Fundstücke werde ich natürlich in den Verlag mitbringen, zur Veranstaltung. Als Beweis. Und dann erzählen, wie ich ihm begegnet bin, persönlich, nur ein einziges Mal, bei ████ ██████, nachdem der mich angerufen hatte, er hätte eine »Überraschung« für mich ...

Am Vorabend der Veranstaltung telefoniere ich mit meiner Tochter und erzähle ihr unter anderem vom geplanten Auftritt. Ob sie sich an Jack noch erinnern kann?

»Aber sicher! Der war ja bei uns!«, sagt sie ganz locker. Wie, was: Jack Unterweger war doch nicht bei uns zuhause!? Doch, beharrt sie. Ganz sicher. Sie kann sich genau erinnern. Es war in der Jahngasse in Gleisdorf, wo wir damals lebten, da ist er vorgefahren. Mit einem ziemlich lässigen Auto. Auffällig irgendwie. Aber nein, kein amerikanischer Schlitten, das nicht. So genau weiß sie es nicht mehr. Aber es war ein schönes Auto, kein billiges. Und eine sehr junge Frau saß neben ihm. Sie dachte sofort, dass die doch viel zu jung wäre für diesen Alten! – Ja, und die waren dann im Haus? Bei uns im Haus?! – Ja sicher! Sie kann sich noch gut an ihn erinnern, sieht ihn deutlich vor sich. Es kannte ihn doch jeder damals, sein Gesicht war dauernd in der Zeitung. Und sie dachte, endlich kennt die Mama mal jemand wirklich Berühmten! Sie muss damals elf oder zwölf gewesen sein, ungefähr so alt wie meine Enkelin heute.

Ich hab also viel vergessen. Oder verdrängt. Jede Menge Gras drüber wachsen lassen. Gut, es war eine schwierige Zeit, ich war eine junge Frau, und es ist lang her. Aber wenns denn sein soll, mach ich mich halt auf die Suche.

Und ich entdecke weitere Briefe. Insgesamt sind es jetzt elf. Wie die Zahl der Morde, die ihm zugerechnet wurden. Ich hatte das alles echt vergessen. Dass ich Kontakt hatte zu Jack Unterweger.

Im Zug der weiteren Suche finde ich mich sogar – ziemlich erschrocken, fast entsetzt – in Wikipedia aufgelistet, zusammen mit denen, die »dafür« waren. Für Jack. Für Resozialisierung und »humanen Strafvollzug«:

Unterweger gab von 1985 bis 1989 die Literaturzeitschrift Wort-Brücke heraus, von der zwölf Nummern erschienen. Prominente Beiträger waren unter anderen Elfriede Jelinek, Franz Kabelka und Andrea Wolfmayr.[7]

---

7   https://de.wikipedia.org/wiki/Jack_Unterweger

Blickkontakt

Jack hat mich angeschaut. Ich habe Jack angeschaut. Jack hat mich eingeschätzt. Ich habe Jack eingeschätzt. Habe ich mich an Jack herangeschmissen? Nein. Aber ich habe Jack Briefe geschrieben. Nachweislich. Ich war geschmeichelt, von ihm Briefe zu bekommen. Aus dem Gefängnis. Aus Krems. Auf dem Absenderstempel von Jack steht nicht »Gefängnis«, da steht nur die Adresse, als wäre das ein ganz normaler Privathaushalt. Wir wussten es aber alle, natürlich. Und wollten es nicht genauer wissen. Wir sagten, der sei geläutert. Durch die Literatur, durchs Schreiben. Wir nickten uns zu, wir waren die Guten, wir waren unbedingt für die Resozialisierung. »Öffnet die Gefängnisse!«, sagten wir. »Auch Mörder können wieder gute Menschen werden!« Vom Saulus zum Paulus. Wir dachten das allen Ernstes. Ich war nicht allein mit meiner Meinung. Ich war nie allein mit einer Meinung. Ich habe mich oft einer Meinung angeschlossen.

Der Sprung in den Brunnen

»Wozu die Eile?« entgegnete Markheim. »Es steht und plaudert sich hier doch recht angenehm; und das Leben ist so kurz und unsicher, daß ich keiner Freude entrinnen möchte, selbst einer so unschuldigen wie dieser nicht. Wir sollten vielmehr an allem, was uns gegeben ist, festhalten wie einer, der über einem Abgrund schwebt. Jede Sekunde stellt einen Abgrund dar, wenn man's recht bedenkt – einen schwindelnd tiefen Abgrund – tief genug, um uns bis zur Unkenntlichkeit unseres Menschentums zu zerschmettern. Und daher ist es besser, sich angenehm zu unterhalten. Wir wollen von einander reden, wozu diese Maske? Lassen Sie uns gegenseitig Vertrauen fassen. Wer weiß, vielleicht werden wir noch Freunde?«[8]

Ich muss nur die Dinge in Ordnung bringen. In eine richtige Reihenfolge. Wie eine Patience, wie einen Patchworkteppich. Ich habe alle Motive. Ich habe die Briefe, die er an mich geschrieben hat. Und auch die, die ich an ihn geschrieben habe. Es war eine Marotte von mir, ich verwendete immer Durchschlagpapier, ich wollte eine Kopie, einen Beleg. Kopierer hatte ich noch keinen. Vielleicht sind es nicht alle Briefe, aber einige doch. Vielleicht tauchen auch noch ein paar auf. Aber das ist nicht wichtig. Worum geht es im Grunde: Es geht um das WAR ER'S? Es geht um das: Hast du ihn gekannt, wie gut hast du ihn gekannt, was weißt du von ihm, was hast du von ihm, was ist noch nicht veröffentlicht, wie war das Verhältnis, wie hast du ihn gefunden, wie war er so, als Person. Als Mensch. Es geht um die Psychologie dahinter, es geht um das Muster eines Narzissten, es geht um malignen Narzissmus, um Psychopathie und Soziopathie, um dysfunktionale Persönlichkeiten. Es geht um Frauenliebe und Frauenhass. Es geht um Gut und Böse, um Dr. Jekyll und Mr. Hyde, die zwei Seiten der Medaille, den Januskopf, um Licht und Schatten. Es geht darum, dass ich gefährdet bin (beziehungsweise jeder gefährdet ist) und jeder irgendwann im Leben mit *solchen*

---

8   Robert Louis Stevenson: *Markheim*. S. 100f.

Menschen zu tun kriegen wird. Weil da ein Sog ist, eine Faszination. Eine Anziehungskraft. »Sympathy for the Devil«.[9]

Das Böse, das man außen sieht, findet man auch innen in sich. Ganz tief und verborgen. Das macht das »Charisma« aus. Den »Verführer«. *Please allow me to introduce myself, I'm a man of wealth and taste.* Und schließlich geht es darum, welchen Typ Frau er besonders anzieht – und wo zum Beispiel ich da stehe in der Skala, im Ranking. Es geht mir um *mich* im Kontakt zu ihm. Und zu Männern allgemein. Zu denen, die am äußersten Pol des Erträglichen, Vertragbaren, Aushaltbaren agieren in Beziehungen. Und ja, ganz wichtig: Es geht um Literatur. Um die der Schriftsteller und Schriftstellerinnen, die sich mit dem Thema »Mord« beschäftigen, mit dem Abgründigen, dem Bösen, denen, die sich als Autoren am Rand der Gesellschaft bewegen – und um SEINE, um Jacks Literatur. Die er fabriziert, die er herausgegeben hat in seiner Wort-Brücke, die er im Gefängnis aufgestellt und erarbeitet hat. Um seine Romane und Erzählungen, die Theaterstücke, die Lyrik. Also muss ich viel lesen. Zum Beispiel die Presseberichte von damals, unzählige, und was es im Netz gibt, heute. Und die Fachliteratur, vor allem die psychologische, die vielen Schriften und YouTube-Beiträge und Vorträge des Gerichtspsychiaters Reinhard Haller, und nicht zuletzt die Bücher und Filmaufnahmen von Bianca Mrak und Astrid Wagner, seinen Geliebten. Gerade Astrid hat ja nicht gerade wenig über Jack und ihr »Verhältnis« auf den Markt gebracht.

---

9   Rolling Stones: »Sympathy for the Devil« (1968).

Will ich Astrid auch persönlich kennenlernen? Muss ich? Ich sollte wohl. Schon um zu wissen, wie sie ist und wie sie heute darüber denkt. Wie sie heute zu Jack steht. Obwohl gerade ein neues Buch von ihr herausgekommen ist und sie lange und viel öffentlich spricht, bei all ihren Auftritten, Interviews und Buchpräsentationen, über Jack, letzterdings mehr über »das Böse«, über Verbrechen allgemein, um besonders grauenhafte Verbrechen[10] und wie und warum sie passieren können. Aber vielleicht habe ich doch ein paar Fragen bezüglich Jack, die so noch nicht gestellt wurden? Vielleicht brauche ich die »echte« Nähe zu Personen, die mit ihm zu tun hatten? Und vor allem das Gefühl, gewissenhaft zu recherchieren und nichts Wichtiges auszulassen? Aber was ist *wichtig?* Bestimmt man nicht immer selbst, was (einem) wichtig ist?

Dieses wird ein Buch der Fragen. Es wird auch ein Buch der Antworten. Aber die Antworten sind immer *meine*, wie die Wahrheiten auch. Vielleicht reicht das. Ich kann sowieso nur *meine* Fragen stellen, *meine* Antworten geben, *meine* Wahrheiten aussprechen. Unter Berücksichtigung all dessen, was ich weiß. Mit der selbstverständlichen Verpflichtung, immer neu dazuzulernen. Nichts auszugrenzen. Nur dort abzugrenzen, wo es schützt. Wo es notwendig ist. Wer bestimmt, ab wann, ab wo es notwendig ist? Wie weit darf/soll/muss ich gehen? Wir sind wieder dort, wo wir angefangen haben, die Katze beißt sich selbst in den Schwanz.

---

10   Astrid Wagner präsentiert *Aug in Aug mit dem Bösen* im oe24-TV-Talk (22.11.2017).

Aber all das, was da vielleicht gesagt wird in all den anderen Büchern und Berichten, nicht zu reden vom Irrsinn im Netz[11], kann mir eigentlich wurscht sein. Nicht ganz, aber ziemlich. Ich steig relativ locker über all das Geröll hinweg, denn mir geht es um was anderes.

Ich lass mich jetzt also wirklich und wahrhaftig hinab in den Brunnen. Ich hab nicht viel, das mich hält oder sichert, aber ich vertraue auf das Wenige, das ich habe, denn vielleicht ist es gar nicht so wenig. Vielleicht ist es das, was ich immer schon hatte. Auch in der Begegnung mit Jack. Einen Schutzegel und eine Gnade, ein Selbstvertrauen und ein Vertrauen ins Schicksal. Ein Gefühl für Sinn und ein Gespür. Immer der Nase nach, und zwar der eigenen. Wenn du was wissen willst, dann willst du es einfach wissen. Und wenn ein Thema stark genug ist, dann hält es dich, zieht es dich, dann hat es die Bewegung und den Sog, und so schreibe ich mich auch schon hinein in die Wellen, und die Flut zieht mich, und ich will alles schreiben, aufschreiben, niederschreiben, was ich weiß. Und nicht viel denken dabei, sondern nur kommen lassen, hochkommen, was da kommt.

Die Bestätigung folgt auf dem Fuß: Im Fernsehen vernehme ich die Empfehlung eines renommierten österreichischen Schriftstellers, der einen renommierten amerikanischen Schriftsteller zitiert, und notiere mir den Satz, der sich auf der Stelle eingräbt in mein Hirn: »Wenn es etwas gibt, über das du nicht schreiben willst, dann

---

11   Unter dem Stichwort »Jack Unterweger« finden sich zigtausend Einträge.

denk darüber nach, ob du nicht genau darüber schreiben sollst.«[12]

Sternzeichen

Jetzt habe ich mich also auf die alte Spur begeben. Jetzt. So viele Jahre danach. Fast dreißig Jahre nach seinem Tod. Gott sei Dank ist er tot. Wir wollten ihn schnell vergessen. Wir haben ihn nicht vergessen können. Wann immer ich seinen Namen erwähne, schreckt jeder hoch. Der! Und anscheinend will ich es wieder wissen. Nachforschen. Ausgraben. Neu sehen. Mit wem hatte er Kontakt, mit wem von den Künstlern und »Kunstexperten« meiner Generation. Jelinek. Korab. Peter Huemer. Milo Dor. Günther Nenning als sprachgewaltiger Theoretiker, großer Löwe mit großen Zähnen, großem Mund, viel Augenbrauen und lauter Stimme. Immer vorneweg. Immer im Mittelpunkt. Immer wichtig. Löwenmensch. Jack war auch Löwe im Sternzeichen.[13] Das betonte er gern. Sternzeichen waren ihm wichtig. Ich bin Krebs. Das hat er gleich beim ersten Kontakt festgestellt, ich habs schriftlich.

---

12   Daniel Kehlmann zitiert in der Sendung »Willkommen Österreich. Zu Gast bei Stermann und Grissemann« vom 24.10.2017 den Schriftsteller Jonathan Franzen.

13   »Was ich bin…, das Ekel in Person, Tiger im chinesischen Bereich, Öl ins Feuer der Frauen, aber eben auch so gefährlich…, keine Selbstüberschätzung, sondern Erfahrung, Schönheiten auf kurze Zeiten, zu rastlos von der Konstellation her, Löwe. Von der Eitelkeit bis zur Verlässlichkeit, um zwei Gegenpunkte zu nehmen, stimmt so ziemlich alles.« (Brief Jack Unterweger an Andrea Wolfmayr, 2.1.1985)

A. Woffm./ 16.7. 53 /= <u>KREBS</u>/ auch die
Art der Stilistik im Tb Roman
1, 2, 3 Wir sind dabei   verrät den Krebs fast sch...
                                              klassis...
Mädchen dürfen pfeifen — Buben dürfen weinen,
erschn. 81
Pr. f. chr. Literatur ⁸⁰/ Styria-Furche)
Steinhausen Lit Pr. 80
Tel. 0311 12 / 36292
Spielräume, R. 81, 2 Aufl. 83, Tb. 83

Anscheinend hat er meine Daten herausgefunden und ausgerechnet, was ich bin. Astrid ist Stier – das hat er auch gleich bei ihrer ersten Begegnung festgestellt, sie erwähnt es nicht nur einmal, zum Beispiel in *Verblendet*: »Als Jack mein goldenes Bettelarmband bemerkt, an dem sich auch ein kleiner Stier-Anhänger befindet, scherzt er: ›Stierfrauen sind stur!‹«[14]

Er behandelt mich also als Krebsin und ist fürsorglich und rät mir und geht auf mein Buch ein und freut sich und bittet um Geld, nur für Post, Briefmarken, ich soll ihm Geld für Briefmarken schicken, ihm Briefmarken abkaufen, die kriegt er billiger. Aber ich hab kein Geld, damals, null Geld, das weiß er ja gar nicht, wie wenig ich hab, das kann er sich

---

14   Astrid Wagner: *Verblendet* (2014), S. 44f.

anscheinend gar nicht vorstellen, aber ich weiß noch genau, dass mich das damals abgestoßen hat und verschreckt und geängstigt, ich war wie vor den Kopf gestoßen. Will der wirklich GELD von *mir*?

Er fragt nach, was mit mir los ist, warum ich mich nicht melde.

Mach ich das immer so, dass ich einfach verschwinde und mich nicht mehr melde, wenn mir eine »Freundschaft« nicht mehr geheuer ist? Ja. Das sagen alle. Ehemaligen. Gleich ob Freunde oder Geliebte. Es ist das Muster meines Vaters. Ohne mich herausreden zu wollen oder ihm die Schuld zu geben, es ist angelernt, erworben, und natürlich könnte und sollte ich es mir wieder abgewöhnen, bewusst mach ich es ja nicht, aber es passiert mir anscheinend immer wieder, ohne dass ich es nur bemerke. Ich höre es durch die mehr oder weniger deutlichen Vorwürfe, dass ich angeblich immer verschwinde und mich auflöse, wenn mir etwas nicht passt. Oder wenn ich Angst kriege. Vielleicht ist es einfach Angst.

Vor Jack habe ich keine Angst. Zu mir ist er freundlich und nett. Einfach freundschaftlich. Er schreibt mir lange Briefe, wirklich lange, zwei doppelseitig beschriebene Seiten, das ist doch viel, oder? Ich weiß nicht, wieviel die anderen von ihm gekriegt haben und wie deren Inhalte aussehen. Aber für mich ist es viel.

Geisterhaft

Zuerst ich:

Zu viel Alkohol – vom Schädlichen zu viel. Aber momentan geht es nicht anders, brauch ich es, red ich mich raus. Ich komm sonst nicht durch. Nicht dran heran. Nicht so dicht dran, wie ich es will und brauche. Diese Gedanken über Kriminalität und Mord und Sex und Jack, all diese unheimlichen Gefühle, die auftauchen aus meiner Erinnerung wie Geister. Er sollte begraben bleiben, ES sollte begraben bleiben und nicht hervorgeholt werden, aufgeweckt, wozu auch? Will ich mich bloß wichtigmachen mit dem Typ? – Aber vielleicht hilft es mir wirklich. Wieder und wieder und immer neu. Immer neu auf die Füße zu kommen. Mich lebendig zu fühlen. Zu überleben. TROTZdem. TROTZ denen. Gegen die. Gegen mich? »Stehaufmanderl« nennt mich die Therapeutin. Vielleicht hilft mir die Beschäftigung mit Jack ja auch nur, mich wichtig zu machen. Wichtig zu fühlen. Vielleicht bringt es mich weiter. Innerlich. Nicht mal zu reden von der Schreiberei. Der Literatur, die Jack so ernst genommen hat. Und die ihn so absolut *nicht* ernst genommen hat. Die haben ja nur den Mörder gesehen. Einen schreibenden Mörder. Super! Wie die Frau mit Bart und das greisenhafte Kind und das Schaf mit den zwei Köpfen und den Eisenstangen biegenden Mann. Denn die Leute brauchen Belustigung, die brauchen Unterhaltung und Aufregung, die brauchen solche Bandagen, wilde Sachen, sonst hören sie nicht einmal zu, sind gelangweilt und verspotten dich als schreibende Hausfrau. Arrogante, intrigante intellektuelle Schnösel!

Er muss enttäuscht gewesen sein. Schwer enttäuscht. Immer wieder.

War der Hammer gestern. Dieser Krimiabend. Ein Buch schreiben über Jack soll ich. Quasi als Auftrag. Haha. *Das* Buch will sie haben, Anita. Ja, das glaub ich. Würd ich auch, wenn ich Verlegerin bin. Das Thema gibt was her. Allein der Name. Endlich mal was verkaufen, Andrea! Die Leute sind gierig, sind neugierig. Und die kleine Andrea Handwerkerstochter wird selbstbewusster. Traut sich was. Endlich. Gottseidank.

Stopp jetzt. Hör auf zu grübeln und zu dümpeln. Es geht um die Jack-Geschichte und dass du anhand derer alles Mögliche entdecken kannst. Dich. Ihn. Menschen. Erforschen. Entdecken. Enträtseln. Aufschlüsseln.

Ich brauche heute unbedingt Ruhe! Absolute. Ich muss das alles mal in Ruhe aufschreiben und verkraften. Dass ich ein Buch schreiben soll über Jack. Und mich. Weil es eigentlich um die psychischen Probleme dahinter geht. Darunter. Seine, meine. Und die grobe Folie über dem allen, den Schleier. Die Verpackung, das ist Jack. Jack ist die Schnur, der Strick. Jack ist der Knoten.

Jetzt Jack: *Jack. Über das Böse in mir.* Das ist doch ein guter Titel! Macht klar, dass es in erster Linie um Psychologie geht. Um Affinitäten, Anziehung und Faszination. Um etwas, das man in sich spürt. Narzissmus und Masochismus, Sadismus und Machtspiele. Und das äußert sich und materialisiert sich im Außen, im Jetzt. Es geht indirekt auch um Trump und Putin und Kim Jong, diese schrecklichen

Narzissten in der Politik, die sich nach Kräften bemühen, die Welt zu einem schlechteren Ort zu machen – für alle, außer sich selbst. Die glauben, einfach großartig zu sein. Die glauben, alle manipulieren zu können.

Seit ich die Idee vom Jack-Buch habe, scheint seltsamerweise alles um mich böse geworden zu sein und berechnend. Dunkel. Anscheinend habe ich ein Tor zur Hölle aufgemacht. Die Ahnen müssen mir helfen, flehe ich beschwörend. Die auf der anderen Seite, die Toten! Meine Mutter muss mich schützen! Ich rede oft mit ihr. Täglich. Diese unbändige Wut. Der Ärger, die Verzweiflung. Ich bin so schrecklich abergläubisch. Aber die Rituale helfen.

Und das Nachdenken über das Böse und über Jack. In mir. Was in mir? Sex und Bosheit. Gemeinheit. Verschlagenheit. Wie es mit einem durchgeht. Das Gefühl, die Gefühle, wie sie sich selbst Bahn brechen. Die Kränkungen. Nachzulesen bei Haller.[15]

Ich schwanke ununterbrochen, *sein* Bild schwankt: Einmal kommt er mir ausschließlich kalt vor und berechnend, vor allem, wenn ich ÜBER ihn lese. Dann werde ich irre an meiner eigenen Meinung. Das ist wieder mal typisch für mich. Ich lasse mich beeinflussen. Jack sagt: »Lass dich nicht beeinflussen!«

Wie weit lasse ich Jack an mich heran, in mich hinein, in meinen Kopf, meine Gedanken, meine Ideen, meine Fantasien, meine Vorstellungen. Was ist jetzt noch übrig von

---

15   Reinhard Haller: *Die Macht der Kränkung* (2017).

Jack. Sein Geist. Der schwirrt da um mich herum und ich denke an ihn und er wird lebendig. Jack ist da.

Ich geh an dieser alten winzigen Frau vorbei, die sich wie ein kleines Uhrwerk unermüdlich und sinnlos die Straße entlang plagt, Schritt für Schritt, täglich den gleichen Weg an meinem Haus vorbei, eine mühsam beherrschte, unglückliche ungarische Pflegerin neben sich, die langsam und angepasst geht, während sie unablässig in ihr Handy redet. Deshalb weiß ich, dass sie Ungarin ist, ich erkenne die Sprache, und ich sehe eine blasse abgekämpfte Frau, voller Sorgenfalten. Sicher hat sie Familie zuhause, mit der spricht sie jetzt. Die alte Frau geht und sieht niemanden und schaut niemanden an – so war sie schon immer. Weil es praktischer ist, hat man ihr anscheinend das Haar geschnitten jetzt. Sie hatte früher langes Haar, altmodisch zu einem Kranz hochgesteckt, darüber ein Kopftuch. Das Haar ist immer noch dunkel. Die Frau muss mindestens neunzig sein. Sie geht mit Stöcken. Sie wird von Jahr und Jahr kleiner, das Gehen wird ihr mühsamer von Tag zu Tag. Früher, als sie noch allein ging, hatte sie dicke Wanderschuhe an, Goiserer, und einen ausgeblichenen alten Rucksack. Jetzt leichte Turnschuhe, eine Jacke, Handschuhe. Nur mehr das Nötigste. Gegen den Wind.

»Schau dir das an«, sag ich zu Jack. »Ist das ein Leben? – Kannst du das wegnehmen?«, frag ich neugierig. »Könntest du sowas machen, von drüben?« – »Sicher!«, sagt Jack lässig. »Ich könnte ihr helfen!«

Und ich habe das unheimliche Gefühl, dass die alte Frau bald sterben wird. Was andererseits niemanden besonders wundern würde.

Wenn ich so weitermach, verheizen sie mich eines Tages. Brenn ich. Ich brenn ja schon. Und wenn ich das alles aufschreib, was ich denk, verbrennen sie mich sowieso, am »freien Markt«, da brauchen wir keinen Scheiterhaufen mehr.

Passiv

Ich muss jetzt etwas lesen, schlafen. Passiv. Ich kann jetzt nicht mehr aktiv.

Ich hab geschlafen, bin beim Meditieren eingeschlafen. Ich bin erschöpft vom Abschreiben von Jacks Briefen. Ich habe eine Freundschaftsanfrage an Astrid Wagner gestellt, sie hat sie fast sofort beantwortet und mir auch ihre Rechtsanwaltsseite geschickt zum Liken, hab ich gemacht. Hab ihr dann einen Brief geschrieben, eine PN, lang, aber nicht zu lang, wie ich hoffe. Hab eine Zeit überlegt, ob ich das tun soll. Anbieten, sie zu treffen. Ich habs getan. Und weil ich grad dabei war, hab ich auch noch eine Anfrage an Bianca Mrak gestellt. Sie hat bis jetzt noch nicht geantwortet.[16]

---

16   Für Leserinnen und Leser, die mit Facebook nicht vertraut sind: Wenn man eine »Freundschaftsanfrage« tätigt, möchte man den/die Betreffende als (Facebook-)»Freund« oder »Freundin« gewinnen, was bedeutet, dass man in Hinkunft die Eintragungen voneinander lesen und kommentieren kann. Eine »PN« ist eine persönliche Nachricht, die nur eine ausgewählte Person erhält; »Liken« ist ein Zeichen (erhobener Daumen), das man unter einen Kommentar oder ein »Posting« (also eine Eintragung in Form einer Bemerkung, eines Zitats, eines Films oder Fotos usw.) setzt, um sein Einverständnis oder Gefallen kundzutun.

Nun hab ich aber ein wenig Hunger bekommen und werde mich daran machen, die vorbereitete Suppe fertig zu kochen. Alles geht auch halbwegs gut, außer dass der Abfluss stinkt, als käme der Geruch aus dem Grab, Moder und Kellerstiege. Und dann passiert mir, dass der Schneebesen kippt, raus aus der Schüssel mit der rahmigen Suppe, und auf dem Boden locker einen Quadratmeter dicke, fettige Sauce verspritzt … – »Na mach schon, du dumme Trine, du faules Stück, du langsame Person!«, schimpft Jack. Er ist es, er ist jetzt immer da, er reißt mir die Sachen aus der Hand und schmeißt sie runter, die Küche ist total versaut. »Putz das weg jetzt, auf der Stelle, du unfähiges, schlampiges Stück Fleisch, so schau dich doch an, du Küchenmagd, du Hure!« Mir ist ganz heiß geworden. Es ist echt unheimlich, mit Jack im Kopf zu leben!

Facebook-PN an Astrid Wagner, 26.10.2017, 12.43 Uhr

Liebe Frau Wagner, ich danke herzlich für die rasche Annahme. Über div. »Zufälle« (es gab eine Krimiveranstaltung in meinem Verlag) habe ich begonnen, mich mit meinen damaligen Kontakten mit Jack zu beschäftigen. Und was ich dann erzählt habe, aus der Erinnerung, hat das Publikum, vor allem aber mich selbst, so aufgeregt, dass ich nun an einem Buch zum Thema schreibe. Es ist sehr viel über ihn geschrieben worden, aber weniges – wie mir scheint –, das ihm »gerecht« wird. Sie selbst tun das in Ihren Aussagen und Interviews, das finde ich mutig und ehrlich. Es ist ja alles viel komplizierter und tiefschichtiger. Ich hab Jack ja irgendwie gemocht, oder »verstanden«, so seltsam das klingt, vor allem heute. Vielleicht bilde ich mir das alles auch nur ein. Er hat mich jedenfalls NICHT fasziniert und ich war auch NICHT verliebt in ihn, schon gar nicht »hörig« (widerliche Idee), aber wir waren »befreundet«, ja, ich glaube, das darf ich mit Fug und Recht sagen. Und in den Briefen, die ich nun allmählich aus meinem »Archiv« berge und die ich bearbeite (bisher sinds rund 15 von ihm), steht das eigentlich zu lesen. Aber vielleicht lese ich auch das nur heraus … Ok, viel zu lang bin ich geworden. Aber ich wollte Ihnen nur sagen, dass ich an einem Buch arbeite, das im Herbst 2018 erscheinen soll. Und dass ich bei Gelegenheit gern einmal mit Ihnen sprechen würde. Mit freundlichen Grüßen Andrea Wolfmayr

Facebook-PN von Astrid Wagner, 26.10.2017, 21:28 Uhr

 Liebe Andrea Wolfmayr, Danke für die Freundschaft, und die Idee mit dem Buch gefällt mir! Gerne können wir uns mal auf ein Gespräch treffen, zb in einem gemütlichen Wiener Kaffeehaus? Einfach rechtzeitig melden, dann richte ich es mir ein. Liebe Grüße in die Steiermark Astrid Wagner

Facebook-PN an Bianca Mrak, 27.10.2017, 11.32 Uhr

Liebe Frau Mrak, ich danke Ihnen für die rasche Annahme und möchte Ihnen kurz erzählen, warum ich Sie kontaktiere. Über div. »Zufälle« (es gab eine Krimiveranstaltung in meinem Verlag) habe ich begonnen, mich mit meinen damaligen Kontakten mit Jack zu beschäftigen (ich hatte so gut wie alles vergessen oder auch verdrängt…). Und was ich dann erzählt habe, aus der Erinnerung, hat das Publikum, vor allem aber mich selbst, so aufgeregt, dass ich nun an einem Buch zum Thema schreibe. Es ist ja sehr viel über ihn geschrieben worden, aber Weniges – wie mir scheint –, das ihm »gerecht« wird. Es ist ja alles viel komplizierter und tiefschichtiger. Ich hab Jack gekannt, bin ihm (nicht sehr oft) begegnet, und wenn das stimmt, was mir meine Tochter, die damals 12 war, erzählt hat, haben Sie uns, also Jack und Sie, sogar einmal besucht, das war in Gleisdorf, Jahngasse 9 – waren Sie das? Sarah erzählte mir, dass eine wesentlich jüngere Frau mit ihm im Auto war – es war ein neueres Auto, Marke und Farbe weiß sie nicht mehr –, und dass sie dachte, dass dieses Mädchen doch eigentlich viel zu jung sei für den… Nun gut, jedenfalls wollte ich Ihnen sagen, dass ich an einem Text über/mit Jack(Material) arbeite, das im Herbst 2018 erscheinen soll. Vielleicht können wir uns ja einmal treffen? Das wäre schön und im Zug der Recherche wohl auch wichtig…? Mit freundlichen Grüßen Andrea Wolfmayr

Facebook-PN von Bianca Mrak, 27.10.2017, 19:36 Uhr

Liebe Frau Wolfmayr, vielen Dank für Ihre Zeilen. Ich habe mit dem Thema »Jack Unterweger« abgeschlossen und werde — soweit es nicht andere Umstände verlangen — keine weiteren Worte mehr darüber verlieren. Bitte um Kenntnisnahme. Liebe Grüße Bianca

Zweite Facebook-PN von Bianca Mrak, 28.6.2018, 18:58 Uhr

Liebe Frau Wolfmayr, vielen Dank für Ihre Nachricht! Sieht gut aus und das Zitat dürfen Sie freilich verwenden. Ich wünsche Ihnen von Herzen viel Erfolg für Ihr Buch! Lg Bianca

Tagebucheintragung von Freitag, 27. Oktober 2017:

Was ist mit mir? Warum tu ich das alles? Warum geh ich in die Nähe zu den Personen, die mit ihm zu tun hatten? Was will ich? Will ich allen Ernstes einen Serienmörder verstehen wollen? Einen Frauenmörder? Will ich ihn allen Ernstes menschlich machen? Einen Unmenschen? Wo alle froh sind, dass er tot ist, sich selbst getötet hat, einsichtig selbst, über die Jahre, dass er ein Schwein ist, ein vielfacher Mörder, vielleicht noch mehr Mörder, als wir wissen, und sowieso weg gehört? Aber vielleicht, wahrscheinlich, war er nicht einmal einsichtig. Einsicht war Jacks Sache nicht, soweit meine ich ihn zu verstehen. Aus seinen Büchern, seinen Briefen. Selbstmitleid. Das schon. Bestenfalls eine Art von »Selbsterkenntnis«, die er sich zusammengebaut hat, gebastelt, geschustert, was hätte er auch machen sollen? Er wollte, er musste vor sich selbst gut dastehen. Das war das Erste, das Wichtigste. Gut dastehen vor sich selbst. Sich selbst gut finden. Jack fand sich unheimlich gut.

Charisma

Ich unterhalte mich mit verschiedenen Freundinnen über die »Anziehungskraft« und Jacks »Charisma«, das insbesondere auf Frauen gewirkt haben soll, wie die Presse es unermüdlich neu zitiert, ein Klischee, das hauptsächlich von Männern bedient wird, scheint mir. Astrid und Bianca, die entschieden näher an ihm dran waren, als Frauen, sprechen anders über ihn, von ihm, und auch die Berichte von

Frauen, mit denen er zu tun hatte, hören sich anders an.[17] Jack war nicht »unwiderstehlich«, auch wenn Erotik sicher mit im Spiel war. Einige können das verstehen, können es sich erklären, denken gründlicher, weiträumiger, tiefer. Wahrscheinlich mobilisierte er in erster Linie das Helfer-Syndrom in den Frauen, meinen manche. Das könnte hinkommen. Denn spürte nicht auch ich diesen Helfer-Reflex? Sonst hätte ich meinen ersten Brief an ihn wohl nicht geschrieben. Freilich war da wohl genauso stark das Motiv des »Helf ich dir, hilfst du mir«, denn es hatte schon was, in Jack Unterwegers Wort-Brücke zu schreiben, der Reiz war entschieden vorhanden. Eine Win-Win-Situation. Man war ein guter Mensch, auf der Seite der Gequälten, Unterdrückten, Entrechteten (im Nachhinein klingt das irre, denn WER war denn da eigentlich gequält, unterdrückt und entrechtet …?!), und hatte wieder eine Publikation, die bemerkt wurde – aber in erster Linie fiel er auf wegen seiner Vorgeschichte und Prominenz, wegen seines eigenartig altmodisch wirkenden Stylings – und einigen Frauen hat er einfach leidgetan. Also der Astrid mal sicher. Bei der Bianca wars eher Jugend. Frechheit. Neugier und Interesse. Ein echter Mörder da am Tresen ihrer Lieblingsbar?! Na bitte, da muss man doch einmal genauer schauen! Auch wenn er einem eigentlich nicht gefällt, geschmacklos angezogen ist, und vor allem: viel zu alt!

---

17   Dafür werden sie als »Psychopathinnen« bezeichnet, als Mörderliebchen, Mördergroupies usw., siehe die Berichte in der Kronen Zeitung und FB-Meldungen rund um eine Passage aus den »Vorstadtweibern«, 3. Staffel.

Wenige Tage nach meinem achtzehnten Geburtstag verschwand ich Freitagabend wieder gen Take Five. Es waren sämtliche Leute da, die ich kannte. Ich saß an der Bar beim Eingang und war mittlerweile bei meinem dritten Gin Tonic angelangt, als mir plötzlich ein kleiner alter Mann quer über die Bar zuprostete. *Was will der Lustgreis von mir? Der geht ja beim besten Willen nicht mal als Sitzriese durch. Und der denkt offensichtlich nicht an Kapitulation!*

Weil ich selbst ziemlich schüchtern bin, imponierte mir diese Hartnäckigkeit. Er prostete mir bei jedem Blickkontakt zu, und langsam ging mir das ein wenig auf die Nerven. Auf der anderen Seite fühlte ich mich geschmeichelt. Ich spürte seinen Blick in meinem Nacken. Ich konnte mir nicht vorstellen, welch Selbstbewusstsein dieser Mann haben musste. Und nach einigen erfolglosen Einladungen seinerseits setze ich mich schlussendlich neben ihn an die andere Seite der Bar. Jeder meiner Bekannten beobachtete mich mit Argusaugen. Mir war noch nicht klar, dass dieses Gespräch mein gesamtes weiteres Leben beeinflussen würde.[18]

Und dann dieser treuherzige Blick! Dieser kleine Mann! So ein Bubi! Der kann *sowas* doch nicht gemacht haben. Und wenn »es« aber doch mit ihm durchgegangen ist, »das Männliche«, mein Gott, wer weiß, was da alles passiert ist vorher. Wahrscheinlich hat er sich provoziert gefühlt. Außer-

---

18   Bianca Mrak: *hiJACKed. Mein Leben mit einem Mörder* (2004), S. 23f.

dem hats auch was. So ausgeliefert seinem Trieb, Mann ist Mann ... Und wer weiß, vielleicht bin ich die Richtige, die Einzige, ich am richtigen Platz, und dass wir uns begegnen, ist unser Schicksal. Ich kann ihn retten, ihm helfen, ihn heilen, ich kann mit diesem Trieb umgehen, ich bin stark, stärker und mutiger als die anderen Frauen ... Auch wenn sich das vielleicht einige gedacht haben, unter Umständen sogar einige von denen, die er dann umgebracht hat? Aber vielleicht waren die eben nicht mutig genug, nicht stark genug, zu dumm, zu blöd ... Jedenfalls muss *ich* es wissen, muss es probieren. Weil ... interessant ist so einer schon ...!

Vielleicht haben sie so gedacht. Vielleicht auch nicht.

Die Augen

Das Gefährliche findet sich in den Augen. Augen lügen nicht. Augen, Spiegel der Seele, sagt der Volksmund. Fenster zur Seele. Jacks Augen. Es gibt zu wenig Fotos. Nur ein verblasstes Kinderbild, schlechte Aufnahme. Ein Foto, auf dem er fünfzehn ist, oder sechzehn, sieht Astrid bei einem Besuch bei Jacks Mutter – die rückt das aber nicht heraus. Und jetzt ist sie wohl tot, das Foto vielleicht verbrannt. Jacks Augen. Ich stelle sie mir groß vor, beim Kind. Klein waren sie zum Schluss. Im Blitzlichtgewitter. Am Anfang waren sie groß. Als Kind, als Jugendlicher. Gelöst. Offen. Kindliche Augen, Kinderaugen. Babyface. Das mobilisiert Beschützerinstinkte. Alle Frauen wollen helfen. Kindchenschema. Das ist genetisch, da kannst nichts machen. Instinkt. Ganz automatisch geht das. Das Bubi, das kein

Wässerchen trüben kann und dich anlacht. Strahlt, lächelt. Harmlos. Freundlich. Nett, charmant. Buben sind manchmal schlimm und stellen was an, das ist so, das ist natürlich, das weiß jede Frau, das ist männlich, das haben sie in sich, von klein auf. Das ist lieb, das ist verführerisch. Die kleinen Buben und die großen, bösen. Verführerisch. Weit auseinanderstehende Augen sind ein Zeichen für Offenheit, Freundlichkeit, Kreativität. Ich bin schon oft auf Menschen mit Babyface reingefallen.

Später dann wurden die Augen kleiner. Auf den Polizeifotos, den Zeitungsfotos, den Fotos vom letzten Prozess. Schweinsaugen, dachte ich, als ich die Bilder sah. Du stellst dich der Presse, Jack, dem Blitzlichtgewitter, mit rot geränderten Augen, verweinten Augen, entzündeten Augen.

Als Kind hatte ich oft entzündete Augen. Bindehautentzündung, verklebte Augen. DAS nicht sehen wollen, nicht sehen können. Schreiende Ungerechtigkeit. Unerträglichkeit. SO nicht leben können, nicht leben wollen. Es ist ungerecht! Das habe ich nicht verdient! – Was habe ich denn verdient? Was hast du denn verdient, Jack? Ein anderes Leben. Ein besseres. Ein freies. Meinst du. Denn um das, nur um das hast du immer gekämpft, dein Leben lang. Das »andere«, das ist dir ja immer nur passiert. Das ist dir »dazwischen« gekommen. Zwischen dich und die große Freiheit. Die Freiheit da oben. Bei denen. Den Reichen, den Großen, den Großkopferten. Die du gehasst hast gleichzeitig. Bei denen das Geld war, das du brauchtest, als Mittel zum Leben, das du wolltest. Protzauto und »angemessene« Wohnung. Raus aus dem Milieu, der Keuschen, weg vom Großvater und den Huren. Hin zu denen, die das Rotlicht-Milieu beherrschen, aber oben, nicht unten. Partytiger. Alles hat seine Hierarchien. Auch die Unterwelt. Gerade die Unterwelt. Da ist alles schön geregelt. Aber sie sagen, du warst nicht einmal ein Strizzi. Ein ganz Kleiner warst du für sie, ein Möchtegern, das schreien sie dir noch ins Grab nach.[19] Und dass sie hoffen, dass der John Leake »diesen Arsch endlich entmystifiziert« und den »unbefriedigten Frauen, die auf den Unterweger stehen, an Dämpfer aufsetzt!« Woraufhin ein anderer »Wohlmeinender« sich bemüßigt fühlt, noch eins draufzusetzen, aus dem Off natürlich, anonym, und diejenigen, die deine Geschichte aufzuarbeiten versuchen, als »Leichenfledderer« beschimpft, die noch Kohle schlagen aus deinen Taten …

»… ich glaube, wenn das Mutterproblem nicht gewesen wäre …«[20]

»Seine Mutter hat Jack Unterweger erstmals als Zehnjähriger gesehen.« Mit diesen Worten leitet Peter Huemer das Interview ein, das er mit Jack im Gefängnis in Krems gemacht hat. Er nennt die Mutter wiederholt eine Prostituierte (man weiß heute, dass sie es nicht war). Jacks Vater war ein amerikanischer Besatzungssoldat, der das Kind nie

---

19   Cadillac-Freddy Rabak, »Strich-Philosoph«, in »Seitenblicke« vom 9.10.2008 anlässlich der Präsentation der John-Leake-Biografie von Jack: »Es hat ihn ja niemand gekannt! Er war eine Null, ein Niemand! Er woa nie a Strizzi, er woa eine Null!« (https://www.youtube.com/watch?v=GkP42S_QmTk)

20   Peter Huemer, Radiointerview mit Jack, 48. Ausgabe von »Im Gespräch«, ORF.

gesehen, wahrscheinlich von seiner Existenz nichts gewusst hat, aufgewachsen ist er unter asozialen Bedingungen bei seinem Großvater, einem notorischen Säufer, der das Kind schlägt, es zum Handlanger seiner Diebstähle macht und neben dem er wiederholten Sexualkontakt mit verschiedenen Prostituierten hat. Die Mutter heißt Theresia, genannt Thea, sie taucht auf, als Jack zehn Jahre alt ist, verspricht ihm, ihn mitzunehmen, verschwindet nach kurzer Zeit ohne Abschied. Er sucht sie, immer und immer, findet seine Tante, an der er ebenfalls hängt, sie ist Prostituierte und wird bald darauf ermordet. Mit etwas über zwanzig findet er seine Mutter wieder. Dasselbe Spiel. Sie verspricht ihm alles Mögliche und verschwindet, bestiehlt ihn auch noch. Jahr um Jahr, sein Leben lang, ist er auf der Suche nach einer Mutter, die für ihr Kind »keine Verwendung« (Peter Huemer) hat.

Dieses Interview, aufgeteilt auf zwei Etappen von je einer halben Stunde, ist einerseits quälend anzuhören, andererseits ungeheuer erhellend.

Denn Huemer interpretiert Jacks *Fegefeuer* als einen »Schrei nach Menschen«. Sein ganzes, zum Zeitpunkt des Interviews 38-jähriges Leben lang sei Jack auf der Suche nach »Menschen« gewesen — und Jack bejaht das zwar, er habe die zitierte Wendung schließlich selbst geschrieben, aber »ich war nicht reif für die Menschen, die ich gefunden habe, (nicht reif) sie zu halten.« Huemer erwähnt die Aktfotos der Mutter — Jack wehrt sofort ab: »... ich möchte weniger sagen, dass ich das als Aktfotos aufgenommen hab, es waren einfach Fotos einer schönen Frau, einer Mutter, und die wollte ich haben ...«

»Im Grund hab ich immer die Mutter gesucht, alles andere war als Ersatzhandlung anzusehen und so ist auch nie eine richtige Beziehung entstanden zwischen zwei Personen, wie es normal ist für Liebes- oder Freundschaftsverhältnisse, sondern ich hab immer die Mutter gesucht und so war die Beziehung schon zum Scheitern verurteilt, weil da keine die Mutter war. Und bei der Erkenntnis, dass sie nicht die Mutter ist, war die Beziehung schon wieder beendet, weil ich schon wieder auf der Suche war.« – »Ich wollte schnell zu Geld kommen und dann die Mutter suchen.« – »Das ist so, wie manche zehnjährigen Kinder sich wünschen … es hat für mich nur ein Ziel gegeben, die Mutter zu finden … dass ich so fixiert war auf diese Person, dass gar nichts anderes mehr Platz gehabt hat …«

Diese Fixierung spricht auch aus der (filmreifen, und heute würden wir sicher sagen »kitschigen«) ersten Begegnungsszene in *Fegefeuer*:

Ich blieb stehen, mit beiden Händen stützte ich die große Glastür, ich schloß die Augen, riß sie wieder auf, vor mir war kein Traum. Vor mir stand eine Sehnsucht, die sich erfüllt hatte: die Mutter!
Die schlanke Gestalt, das ovale, schmale Gesicht, die langen roten Haare –, ich wollte auf sie zuspringen, die Füße gingen langsam. Als ob sie Angst hätten, nie ans Ziel zu kommen.
Dann legten wir unsere Hände ineinander.

»Servus, Hansi, mein Schatz!«, sagte sie und gab mir einen Kuß. Ich sagte nichts, lächelte die Aufregung in mir nieder.

»War gar nicht leicht, dich zu finden.«

»Ich habe lange bei Opa gelebt«, sagte ich, die Vergangenheit vorwurfsvoll zurückholend. Sie zuckte die Schultern.

»Als ich dich bei ihm abholen wollte, warst schon wieder woanders.«

Ich hatte in all den Jahren so viel zusammengedacht, was ich ihr sagen wollte und jetzt sagte ich nichts. Sie war da, neben mir, ich hielt ihre Hand, spürte ihren Kuß, es gab kein War mehr, nur noch ein Jetzt.

»Darf ich jetzt bei dir bleiben, Mutti?«

»Jetzt noch nicht, aber nach dem Sommer. Ich muß mit der Fürsorge noch ins Reine kommen.«

»Die mag ich nicht!«

»Ich auch nicht. Und jetzt laß dich mal anschaun, Hansi!«[21]

Und nach dem Tod der Tante, die zwar wirklich eine Prostituierte, für ihn aber eine Art Ersatzmutter war, jedenfalls leichter erreichbar als die leibliche Mutter, »gabs ja überhaupt keine Beziehungspersonen mehr …«, und er kam ins Erziehungsheim Kaiserebersdorf, das so schrecklich gewesen sein muss, wie er es schilderte, und das dann ja auch wegen unhaltbarer Zustände geschlossen wurde.

---

21   Jack Unterweger: *Fegefeuer,* S. 75.

»A bad, bad guy« (John Malkovich)

Mir geht es nicht um eine neuerliche Resozialisierung Jack Unterwegers. Mir geht's um die Frage:
Warum tun wir uns so schwer, wenn wir einmal
festgeschrieben haben, wie das Böse aussieht, das zu
verschieben und noch einmal nachzuschauen?[22]

Ist Wut böse? Ist Rache böse? Sind Gefühle böse, also
manche Gefühle, bestimmte Gefühle, »schlechte« Gefühle?
Weil sie gefährlich sind? Gefährlich werden können?

»Nein, ich bin nicht aggressiv … Ich kann hier gesund
werden. Nein, ich bin nicht böse.«

Diese Worte von Jack prangen auf einem stark vergrößer-
ten Foto von ihm an der Wand anlässlich der Präsentation
von John Leakes Biografie *Der Mann aus dem Fegefeuer*[23],
die 2007 bei Residenz erscheint.[24]

---

22   Elisabeth Scharang, Drehbuchautorin und Regisseurin des Films
Jack (2015), im Interview zum Locarno Filmfestival.

23   John Leake: *Der Mann aus dem Fegefeuer. Das Doppelleben des
Serienkillers Jack Unterweger* (2007).

24   John Leake hatte, wie er selbst erzählt, ein Stipendium in Wien
und sich anlässlich dessen in Wien verliebt, sodass er zehn Jahre hier
blieb. Er liebte die »geselligen« Wiener, die schönen alten Gebäude und
Kaffeehäuser – und er wollte etwas Spannendes schreiben. So kam er
auf den Stoff »Jack als freischaffender Journalist«, der über seine eigenen
Morde für den ORF berichtet und sich bezahlen lässt dafür. »Die
Polizei weiß schnell, dass es ein Einzeltäter ist, das Muster der Morde ist
eigen…«, er dreht eine Reihe von Sendungen für den ORF, das Journal
»Panorama«. Und dann noch eine Sendung, »Die Schattenseite von
Los Angeles«, und er ist dort »mit der Polizei herumgefahren«. – »Diese

Ich war kein Bub mehr, ich war ein Biest, ein Teufel, ein vergreistes Kind, dem es gefiel, schlecht zu sein. Ich war längst tränenlos geworden. Opas Prügel wich ich aus, oder ertrug sie hassend, innerlich verbrennend. Verschlagenheit rettete mich vor dem Werden zur jammernden Kreatur. In mir war eine Hoffnung auf spätere Rache, das stärkte mich. In meinen Träumen schlitzte ich Opas Leib mit glühenden Schürhaken auf. Schürhaken waren seine bevorzugten Zuschlaginstrumente. Er machte keinen Unterschied zwischen mir und meinen häufig wechselnden Zeitmüttern. Dann wollte ich nicht mehr weglaufen, hinauf in den Wald, wo ich mir eine Schutzhöhle zurechtgebaut hatte. In die Jauchengrube wollte ich Opa werfen, so wie er es mit den Ratten machte. Ich fing die Ratten mit bloßen Händen, an ihnen trainierte ich meine Rachegedanken. Halbtot und würgend schleuderte ich sie durchs Loch des Plumpsklos im Hof, am Rande der Jauchengrube.[25]

Menschen sind böse. Tiere sind nicht böse. Können gar nicht böse sein. Selbst wenn sie Raubtiere sind. Sie tun, was sie tun müssen. Wo ist die Grenze zwischen Mensch und Tier.

Konstellation von Schriftsteller, Journalist, resozialisierter Straftäter... diese Mischung hab ich wirklich faszinierend, rätselhaft und erstaunlich gefunden« ..., drei, vier Jahre hat er recherchiert, »eine schillernde Figur und ein sehr komplizierter und faszinierender Straftäter.« (https://www.youtube.com/watch?v=XU7YTMTl8iE)

25   Jack Unterweger: *Fegefeuer*, S. 13.

Jack ist ein Raubtier. Du hast es mit einem Bären zu tun, einem Tiger, einem Gorilla, einem Krokodil. Einer Python. Einem Wildtier. Du kannst keinen Haifisch in einem noch so großen Aquarium halten und glauben, der kennt dich eh, der lasst sich ja sooo gern streicheln …!

Facebook ist voll von Videos, in denen Menschen Raubtiere tätscheln und wildes Getier miteinander schmust oder Freund und Feind friedlich gemeinsam an der Tränke stehen wie im Paradies, gleichsam als Beweis dafür, wie friedlich wir doch alle zusammenleben könnten, wenn wir nur die blöden Aggressionen wegkriegten, das Böse aus uns herausrissen (mit Gewalt!) – nie wieder Streit, nie wieder Krieg! Aberzogen die »Instinkte«, abgewöhnt. Das muss doch möglich sein! Integrieren. Assimilieren. Geläutert, befreit werden. Das geht doch. Muss doch gehen! Glaubt man.

Ich denke an die weißen Ratten im Käfig meiner Tochter, es waren »befreite« Laborratten, aus dem Grazer Hygieneinstitut, »gerettete Tiere«, meine Tochter war in der Tierschutzphase – kein Fleisch auf dem Teller! Und: Befreit die Versuchstiere! – die Ratten seien garantiert harmlos und gar nicht mehr rattenhaft, versicherte man mir und legte die putzigen Tierchen der Dreizehnjährigen in den Arm. Eine der beiden fand ich ungefähr ein Jahr später im oben offenen Käfig des Meerschweinchens. Sie war da hineingeklettert, lief sie doch frei im Zimmer herum. Der Kopf des weißen Angorameerschweinchens war rot. Tot, klar. Sie war grad dabei, ihm genüsslich die Augen rauszufressen. Blutspritzer rund um den Käfig an der Wand. Die Ratte war ein Er und hieß Caesar. Tat natürlich nichts dergleichen, saß einfach da und sah mich an, Maul blutig. Dick und fett und zufrieden. Hatte kein Verbrechen begangen, fühlte sich ganz toll und unschuldig. Eine Ratte, die sich im Recht fühlte. Brutus. Herodias.

Eines Tages frisst er dich. Er ist ein Raubtier! Es geht mit ihm durch, früher oder später. Er hat da nichts eingebaut, keine Schranke, die ihm sagt: »Dem darfst nichts tun, weil das ein netter Mensch ist! Tu ihm nichts! Der ist KEIN Futter! Kein Spielzeug!!«

Ein Tier ist niemals böse. Ein Tier hat seine Instinkte, sein artgemäßes Verhalten. Nur Menschen können unerwartet, unvermutet, unvermittelt aggressiv reagieren. Selbst nicht darauf gefasst, wann und wo da etwas losgegangen ist in ihnen, eine Explosion. Auch dafür gibt es Gründe. Ursachen. Aber wenn der Damm einmal bricht, gibt es kein Halten mehr.

Ich stieg aus, ging um den Wagen herum, öffnete die Beifahrertür und zog ihn ins Freie, hinein in die Nachtfrische. Er wollte sich wehren, spreizte die Beine und unterlag mit seinen gefesselten Händen. Sein Weinen brachte meine Wut zum Kochen. [...] Ich zog ihm die an den Waden baumelnde Hose aus und warf sie verstreut wie alle anderen Kleidungsstücke ins nahe Gebüsch. Aus mir brach hassender Zynismus. Ich spuckte und trat gegen ihn, unterbrochen von Hasstiraden.

Mein Körper fühlte sich verspannt an, als wenn Ameisen in mir wären, und ich wollte ihm vieles sagen, was ich dann doch unterdrücken konnte, um mich nicht zu verraten. Ich bearbeitete ihn, ohne ihn zu sehen. Er war noch ein Objekt [sic!]. Ich beobachtete mich in greller Schärfe, und die Bewegungen spielten im Zeitlupentempo irreale Ereignisse ab. Die zackigen Handgriffe wurden von schrillen Schreien begleitet, ich konnte mich nicht beruhigen. Ich hörte ihn und verstand nicht, was er sagte. Fast zu spät spürte ich den Druck der gefüllten Blase, erste Nässe sickerte in die eigene Hose. Mit dem Rest spielte ich Köter und benützte seinen nackten Leib als Baumstamm ...[26]

Er ist ein Mensch, kein Tier. Auch kein Raubtier. Auch wenn er Haifischaugen hat. Am Ende. Kalte, beobachtende Haifischaugen. Nach den Morden. Keine Kinderaugen mehr. Zu viel ist passiert. In den Zustand der kindlichen Unschuld kannst du nicht mehr zurück. Also keine Ausreden, Jack.

Wenn aus bösen Gedanken böse Pläne mit all ihren schrecklichen Einzelheiten aufgebaut werden, wird der Bereich der persönlichen Freiheit und Verantwortbarkeit zum Teil schon verlassen. Entscheidend ist aber die Tat, also die Frage, ob Vorstellungen, Gedanken und Pläne tatsächlich in Handlungen umgesetzt werden, ob die Grenze von innen nach außen überschritten und der Schritt zur Verwirklichung, zum bösen Werk getan wird. Ganz im Sinn

---

26   Aus: Jack Unterweger: *Kerker* (1990), zitiert nach John Leake: *Der Mann aus dem Fegefeuer* (2010), S. 254.

des Bibelwortes, nach welchem man den Menschen an seinen Taten erkennen wird, hängt auch die Verwerflichkeit des Bösen von der Frage der Umsetzung in eine konkrete Handlung ab.[27]

Unberechenbar

Anzüglich sein. Angezogen sein. Anziehend sein. Ausgezogen werden. Ausziehende Blicke. Abschätzige Blicke. Verletzende Blicke. Verletzende Sager. Wer sagt was über wen. Verachtung ist die schwerste Kränkung. Schweigen. Verschwinden, Wegsein aus dem Leben, sich Entziehen. Wie seine Mutter. Wie seine Tante. Schwere Kränkung. Demütigung. Erniedrigung. Haller. Reinhard Haller, der Professor, der Interviewer. Mit seinem Buch über Narzissmus[28] hab ich begonnen, mich überhaupt erstmal reinzulesen in die Thematik. Psychologie hat mich immer interessiert. Hätt ich machen können, machen sollen. Wie der Schriftstellerkollege Franz Weinzettl.[29] Wär ein besserer Beruf für mich gewesen, die Psychologie, diese Richtschnur, diese rote Schnur, dieser rote Faden, der einen durchs Labyrinth leiten kann. Psychologie, diese Verlässlichkeit in einer Tiefsee von Unbewusstheit. Es gibt Muster für Menschen.

---

27   Reinhard Haller: *Das ganz normale Böse*, S. 23f.

28   Reinhard Haller: *Die Narzissmusfalle* (2013).

29   Franz Weinzettl, Jahrgang 1953, Studium der Germanistik in Graz. Prosa und Lyrik. »Neben seiner Tätigkeit als freier Schriftsteller absolvierte er eine Ausbildung in klientenzentrierter Psychotherapie und ist seit 1997 als Psychotherapeut tätig.« (Wikipedia)

Niemand ist eine Insel. Je mehr ich gelesen habe von Haller, desto faszinierter war ich. Psychopathie, Soziopathie. Narzissmus. Maligner Narzissmus. »Das ganz normale Böse« eben.

Vielleicht hat sich er dann einfach nicht mehr wehren können gegen seine Gefühle, in so einer Situation, einer Frau begegnend, die wie seine Mutter ist, Prostituierte – aber sie war ja gar keine! – naja, jedenfalls aus dem Milieu. Oder so verlogen, so verschlagen wie sie. So betrügerisch. Und er so vernachlässigt als Kind, so gemein behandelt, so betrogen, so angelogen, so verlassen! Diese Sehnsucht nach der Mutter, diese Wut auf die Mutter, diese ständig neu angefachte Verzweiflung wegen der Mutter, die ihn immer wieder verlässt. Und nicht nur das, ihn auch noch bestiehlt. Eine Art »Zerrissenheit« muss die Folge sein. Er ist immer wieder konfrontiert mit *seinem* Milieu, das er hasst und verachtet, das ihn fasziniert, das er aber kennt – besser gesagt: Er kennt nichts anderes und nichts so gut wie dieses verhurte Milieu, aus dem er dauernd und dringend raus will. Das ihn immer neu einholt. Dabei will ers anders. Eigentlich. Oder …? Schön schreiben, schöner Anzug. Schöne Sprache, schöne Schrift. Schön ordentlich alles.[30] Weiß und schwarz und rot. Schneewittchen. Österreichische Fahne. Dahin will

---

30   Eine Erinnerung: Ich lese in der Alten Schmiede aus meinem gerade erschienenen Buch *Pechmarie*. Joe Berger (mittlerweile verstorben), total besoffen, kommt herein, nicht grad lautlos. Ich lese eine Passage, die ihn provoziert, das Wort »schön« kommt immer wieder vor – und er reagiert höchst provoziert: »Waunn heat'n dei endlich auf …?!«, brüllt er quer durch den Raum. Ich weiß noch, dass ich über und über rot geworden bin und meine Passage kaum noch fertig lesen konnte. Vor Wien und den Wienern hatte ich sowieso einen Heidenrespekt, nein, ANGST …!

er. Brodas reformierter Strafvollzug soll ihn dorthin bringen. Aber interessant ist er für die da oben, für die Großkopferten und »Gesettelten«, nur als »Häfnpoet«. Außerdem, bei den Huren und Zuhältern, auf dem Strich, im Rotlichtmilieu kennt er sich besser aus, ist er zuhause. Da hat er keine Berührungsängste. Darüber kann er sogar berichten, als Journalist, als Schriftsteller, als Poet. Er traut sich da rein, er kann mit den Huren gut, oh so gut, sie vertrauen ihm schnell! Leider. Jedenfalls lässt ihn das Milieu nicht, zieht ihn immer neu an und zurück. Und dann ist er drin – und hasst es und benutzt es und nutzt es aus und hasst sich selbst. Und indem er SIE umbringt, diese Huren, das Gegenbild zur idealisierten Frau, bringt er seine gemeine Mutter um und vernichtet sein Leben und sein Milieu und diese Frauen, die aus dem Milieu kommen und in diesem Sumpf vor sich hin vegetieren. Er vernichtet etwas in sich selbst. Mit jedem Mord. Es ist wie eine Sucht. Eliminieren, töten. Die verachtete Frau, die verachtete Sexualität. Die sich Bahn bricht. Aber anscheinend ist das nicht zu vernichten, im Gegenteil. Für jeden Kopf der Hydra wachsen andere nach. Er muss mehr töten. Schneller töten. Ist es so?

Einige verstehen Jack, sagen sie. Jeder hätte das doch in sich, als Potenzial. Im Grunde. Sagt der Psychiater. Aber jeder tut, als wär das nicht so. Nein, das ist bestimmt ein Irrtum. ICH könnte das nicht. Nein, natürlich könnten sie das nicht, die »Normalen«, denn das kann einfach nicht sein, weil sie gut sind. NUR gut! Zu SOWAS nicht fähig. Nie im Leben!

»Wahr, sehr wahr«, sagte Markheim. »Genug der Torheiten. Zur Sache. Zeigen Sie mir etwas anderes.«

Der Händler bückte sich ein zweites Mal, um den Spiegel auf das Brett zurückzulegen; sein dünnes, blondes Haar fiel ihm über die Augen. Markheim trat, die eine Hand in der Tasche seines schweren Mantels vergraben, ein wenig näher. Er straffte sich zu seiner vollen Länge, und seine Lungen sogen sich voll Luft. Gleichzeitig malten sich die verschiedenartigsten Empfindungen auf seinem Gesicht: Furcht, Grauen und Entschlossenheit, faszinierte Aufmerksamkeit und physischer Wiederwillen; unter der verzerrten Oberlippe wurden seine Zähne sichtbar.

»Vielleicht ist dies etwas Passendes«, bemerkte der Händler; und während er sich aufrichtete, stürzte sich Markheim von hinten auf sein Opfer. Die lange schmale Klinge blitze auf und traf. Der Händler zappelte wie eine Henne, stieß mit der Schläfe gegen das Wandbrett und sank in einem Häufchen zu Boden.[31]

Das Gesicht – die Gesichte – Gesichter. Gelichter.

Die verschiedenen Gesichter des Jack Unterweger: Der kaltblütige Mörder, die Bestie (der »Tiger«, der »Löwe«), der Psychopath, der maligne Narzisst, der Selbstmitleidige, der Eitle, der Hochkömmling, der Angeber, der Hochstapler, der Literat, der Häfnliterat, der Bösartige, der Charismatische, der Frauenliebling, der ungerecht Verurteilte, der vom Schicksal Benachteiligte, der Schlitzohrige, der Trickser, der

---

31   Robert Louis Stevenson: *Markheim,* S. 101.

Lügner, der Feigling, der Zuhälter, der Strizzi, die Ratte, der eiskalte Killer, der *Poet of Death*.

Verschwinde!, sag ich zu diesem Jack, den ich nicht leiden kann, auf den Tod nicht leiden! Er hat eine grässliche Fratze, eine grausliche Visage, ganz verzerrt. Passt zu Halloween.

Ich hab starke Kopfschmerzen. Ich muss dennoch weitermachen, stur weitermachen, stur weitergehen, alles, was mir einfällt zum Thema. Aufschreiben, immer weiter aufschreiben. Was war. Was war damals. Damals hatte ich immer wieder Migräne. Wo bin ich damals gewesen, wo habe ich damals gelebt. 1984 und 1985, als ich ihm schrieb, als er mir schrieb. 1990, als er entlassen wurde. Als meine Tochter ihn sah. Sie ist 1978 geboren, war also zwölf damals.

Ich muss mich zurückversetzen in die Zeit. Was habe ich damals getan. Ich habe zu studieren begonnen, ich wollte mein Studium abschließen, ich wollte nicht nur so eine Autorin sein, ich wollte auch Akademikerin sein, mit Abschluss, Doktor sein, wie der Kolleritsch, der mich nicht ernst nahm. Nie in die manuskripte. Jack durfte wohl in die manuskripte. Jack durfte überallhin. Jack war unverschämt. Jack war ein Mörder. Jack war berühmt.

Warum beschäftige ich mich mit Jack? Warum darf Jack so viel Platz kriegen? – Hat er nicht gekriegt. Bei mir. In meiner Zeit, meinem Herzen, meiner Seele. Damals nicht. Nur jetzt, wo ich die Vergangenheit aufleben lasse. Aus welchem Grund? Weil er ein Mörder war? Hat mich das fasziniert? Weil ich der Meinung bin, dass jeder den Mörder in sich hat, potenziell? Aber den Serienmörder doch nicht?! Und was fasziniert eine Frau an einem, der Frauen umbringt? Sie entwürdigt, demütigt, erniedrigt, auf qualvolle, schreckliche Weise ermordet? Was wollen Frauen umgebracht sehen in sich selbst? Das Frausein? Den Sex? Die Erniedrigung? Der Mann soll sich austoben, soll wüten, damit die Frau, das Weibliche, endlich am Boden liegt? Stirbt?

Wie ist das bei Kokoschka. Wie heißt das Buch mit dem Mördertitel. *Mörder, Liebling der Frauen* oder so. Nein. *Mörder, HOFFNUNG der Frauen.* Es war ein Libretto. Zu einer Oper von Hindemith. Mit einer kruden, sehr seltsamen Handlung. Expressiv aufgelöst. Mit einem Haufen eigenartiger Symbole und Farben. Turm und Stiege. Blau und Rot und Gelb. Blut und Mord und Tod.

Ich hab Hunger, aber mir graust vor Essen. Meine Suppe ist jetzt fertig, aber ich kann nicht essen. Ich wollte ein Glas Prosecco trinken, aber ich kann nicht trinken. Ich kann nur Wasser trinken. Teufel Alkohol!, denke ich. Das hättest wohl gerne, Jack, dass ich mich besauf. Dann hast du Zugang. Ungestörten Zugang. Dann fallen alle Schranken, alle Hüllen. Dann kannst du dich austoben bei mir. Dann kannst du mir alles einreden! Dich ausdrücken durch mich. Aber wir spielen nicht *Ghost – Nachricht von Sam,* und ich bin nicht Whoopi Goldberg und leihe Sam/Jack meinen Körper.[32] Jack hat nicht getrunken. Also seit dem Gefängnis nicht mehr. Nur als Kind. Als der Großvater ihm den Schnaps reingedrückt hat. Und als Jugendlicher. Und im Film. Bei Hengstler. Als ich ihn

---

32   Anspielung auf *Ghost – Nachricht von Sam* (1990) mit Patrick Swayze und Demi Moore.

kennenlernte, persönlich, war er nur mehr nüchtern. Hat nichts mehr getrunken.

> Ich trank wieder einmal Schnaps aus der Flasche, sie zitterte mit den Bewegungen meiner Hände, die ich um die Flasche klammerte, als würde ich ohne sie verloren sein. Opa forderte mich auf, denen zu zeigen, was ich schon vertrug, er lallte, weil er schönstens besoffen war, die anderen sahen ein lustiges Bild und lachten. Das Bild lebte, ich stellte mich selbst dar.[33]

Hunde

In Jack das Tier, die Bestie, sein Name: Verzweiflung. Der Hund ist ein Wolf. Es kann sein, dass der Wolf im Hund durchgeht. Der Hund zum Raubtier wird, das er ursprünglich war.

Jack hatte Schäferhunde. Der bekannteste: Joy. Seine Freude, seine Liebe – ein Wachhund. »Magst du Hunde? Hunde san gscheit!«[34] Ein Schäfermischling. Ein gefährlicher Hund, der Schäfer, wenn er gedrillt ist, dressiert. Der Nazi-Hund schlechthin. Jack wollte auch immer die Frauen unter Kontrolle haben. Wenn sie nicht spurten, war er enttäuscht, ließ »die Flitschen« gehen. Ziehen. Oder im Gegenteil. »Du gehst, wann *i* sog!«[35] Zwang sie, rang

---

33   Jack Unterweger: *Fegefeuer*, S. 12.
34   Elisabeth Scharang: *Jack* (2015).
35   Johannes Krisch als Jack in *Jack* (Scharang, 2015).

sie nieder. Fesselte sie, machte sie handlungsunfähig. Mit Handschellen. Am Rücken. »Zieh dich aus!« Alles, bis auf den Schmuck. Mit der eigenen Unterwäsche. Reizwäsche. Dessous. Dem Letzten. Intimsten. Vergewaltigen. Schlagen in Wut. Mit Stahlrute. Es kann nicht genug sein. »Aufhören, aufhören, es soll aufhören!!«[36]

Astrid und die geschilderten Fälle in ihrem *Aug in Aug mit dem Bösen*.[37] In allen Fällen, auch mit der Frau, die ihre geliebte Tochter umbrachte. Dem jungen Mann, der eine alte Frau zu Tode quält. Da geht etwas durch in einem, da bricht etwas durch, das alte Muster, das Krokodil, das Raubtier. Es ist nicht genug, niemals genug, bis zur völligen Erschöpfung. Da bricht ein Damm, da gibt's keinen Ausweg, kein Stopp, keine Hilfe – wenn nicht jemand dazwischengeht. In diesen Fällen, Jacks Fällen, ist aber niemand dazwischengegangen. Die waren zu feig, zu jung, diese Mädels. Aber vielleicht bin ich ungerecht, denn was tut man auch in so einem Fall, wenn die Naturgewalt losbricht, eine Katastrophe namens Jack? Diese Margot, die Jugendliebe – waren sie wirklich »Verlobte« –, die dann sechs Jahre kriegte oder so? Oder diese beste Freundin bei der Zeitung, Margit Haas. Oder seine große junge Liebe, Bianca, die von nichts wusste, auch nichts wissen wollte, nur ihren Spaß haben, ihre Ruhe. Das Geld und den Strand in Miami. Und dann heim zu Mama, die doch die Bessere ist. Weniger unterdrückend, erdrückend, mehr Schutz. Denn wenn Jack alles war – beschützend war er sicher nicht. Geschützt hat er immer nur sein eigenes

---

36 Sarah Viktoria Frick als Charlotte in *Jack* (Scharang, 2015).

37 Astrid Wagner: *Aug in Aug mit dem Bösen* (2017).

Ego, sein empfindliches inneres Kind. Jeder draußen war ein potenzieller Feind. Jeder Mann sowieso. Und Frauen waren unberechenbar. Die musste man an der kurzen Leine halten. Aufgepasst hat er nur auf sich selbst.

Astrid aber ist sehr wohl dazwischengegangen. Astrid war gescheit und genau, Astrid wollte es wissen, alles wissen, besser wissen – und kriegte von dir letztendlich auch nur das, was sie wissen wollte, glauben konnte. Du hast sogar Astrid manipuliert. Aber Astrid war eine andere Art Frau, eine andere Art Liebe. Und sie hätte sich auf dich eingelassen, ganz. Vielleicht. Du vielleicht dich auch auf sie. Wer weiß. Nein. Irgendwie geht sich das nicht aus.

»Jack soll Ihnen erzählt haben, dass er mich heiraten will?« Professor Haller lächelt mich an: »Und, hätten Sie es getan?« Ich: »Ja, damals schon!« Haller blickt mich etwas geistesabwesend an, als ob er sich die damalige Situation nochmals zu vergegenwärtigen versuchte, und fährt fort: »Ich sehe ihn noch genau vor mir. Es war heiß, und er war ganz sportlich gekleidet an diesem Nachmittag, mit kurzer Hose. Ich war mit einem dicken Testbogen gekommen, den er ausfüllen musste. ›Da haben Sie etwas zum Lesen, während ich hier meine Kreuzerln mache!‹, bemerkte er lächelnd und warf einen dicken Stoß von Briefen auf den Tisch. Sie stammten von den unterschiedlichsten Verehrerinnen… ›Und wer ist die Auserwählte, die Sie heiraten werden?‹, fragte ich ihn. Darauf er: ›Astrid. Sie ist es, die Frau meines Lebens.‹ ›Aber wie können Sie das sagen, ihr habt doch noch nicht einmal zusammengelebt?‹, warf ich ein. Herr Unterweger ließ meinen

Einwand nicht gelten: Das mit Ihnen sei etwas ›ganz Besonderes‹, ›vergleichbar mit keiner anderen‹, das habe er von Anfang an gespürt.«[38]

Ein Haustier ist berechenbar. Bis zu einem gewissen Maß. Domestiziert. Beschnitten. Gedrillt. Hirngewaschen. Nicht mehr wild. Ein Hund ist dressiert, ein Hund verhält sich, wie es ihm beigebracht wird, er kann gar nicht anders. Jack hat den Hund gut dressiert. Wohl erzogen. Er war auch sehr diszipliniert mit sich selbst. Hat sich konditioniert und sich gezwungen, gesellschaftskonform aufzutreten. Je nach Gesellschaft. Bunter Hund freilich. Immer auffallen, das machte ihm Spaß. Und er war ein Intelligenter. Lernte schnell. Vor allem zu wirken, auf andere. Seine Wirkung als Waffe zu verwenden. Subtil. Harmlos. Nett. Charmant. Eine adrette Fassade. Er hat sich selbst dressiert. Er hat dann versucht, Bianca zu dressieren. Sie war ja noch so jung – die beste Voraussetzung, dass eine so wird, wie der Mann will, glaubten konservative Männer.[39] Jack war konservativ, in seinem Machoverhalten. Er ist immer wieder mal ausgerastet, als er gesehen hat, dass es nicht funktioniert. Immer öfter. Bis es ihr gereicht hat. Sein Einfluss auf sie nicht mehr gereicht hat. Schriftlich. Die Briefe. Er hat sie nicht mehr erreichen können. Auch auf die Telefonate hat sie widerwillig reagiert, und immer seltener. Daran ist er verzweifelt. Da hat er geweint. Sie war doch seine große Liebe! Er hat

38   Astrid Wagner: *Verblendet,* S. 232.

39   »Mama ist siebzehn und will nichts wie weg von daheim, Vati ist dreißig und braucht dringend eine Frau, aber eine junge, weil nur so eine noch werden kann, wie er sie gern hätte.« In: *Pechmarie* (Wolfmayr, 1989).

ihr doch alles gegeben, alles vermacht! Und Astrid? Die war nicht zu dressieren. Die hat gemacht, was sie wollte, die war stark. Und stur. Das hat er gewusst. Und auf sie gesetzt, als er sonst niemand mehr hatte von seinen Frauen. Astrid war seine letzte Frau. Und immer neu hat er versucht, auch sie zu manipulieren. Das ist ihm gelungen. Teilweise. Was ihm nicht gelungen ist: Damit durchzukommen. Nicht einmal mit ihrer Hilfe. Es war schon zu spät. Abgesehen davon wusste er wohl schon, dass es nichts werden konnte mit ihnen.

I thought I Told You to Wait in the Car. [40] Dressur ist so eine Sache. Die Kindererziehung der Fünfzigerjahre. Schwarze Pädagogik. Die Ehe in den Fünfzigern. Die untergeordnete Stellung der Frau, auch rechtlich. Es war noch relativ leicht, sie auf Spur zu bringen. Zu Gehorsam und Folgsamkeit. Es waren die Folgen des Nationalsozialismus. Freilich kostete es Mühe. Und verbog die Menschen. Nahm ihnen den freien Willen. Nicht umsonst hatte Hitler einen Schäferhund. Jack liebte ebenfalls Schäferhunde. Es gibt Modehunde, immer schon. Die Schoßhündchen der Queen. Die Pudel in den Fünfzigern. Dann Boxer und Foxterrier. Bobtails in den Achtzigern. Jetzt Bullterrier. Pitbulls. Ein Hund wird dir immer folgen. Auf Schritt und Tritt. Dein Hund ist dein treuester Gefährte. *Der Hund ist der bessere Mensch*, sagen und denken Hundehalter und so steht es vielfach geschrieben auf Facebook. So ein Hund wird dir treu sein bis in den Tod! Menschen sind treulos. Auf Hunde kannst du dich verlassen. Aber die Hunde können sich leider nicht auf dich verlassen. Jacks Hund landete bei seiner

---

40   Sparks: »I Thought I Told You to Wait in the Car« *(Gratuitous Sax & Senseless Violins, 1994).*

Mutter Thea. Hunde sind treu. Sie folgen ihrem Herrn. Bedingungslos. Sie machen, was er will. Sie bleiben sogar woanders und warten, ewig.

Ich bin kein Hund.

Schlechtes Gewissen

Sogar einen Mörder wollte ich nicht verletzen und war lieb und herzlich. Wenn du freundlich bist, dann tut dir niemand was. Welpenhaltung. Ich kleine dumme Gans von damals, ich kann es nachlesen in den Briefen und Tagebüchern, es ist mir urpeinlich heute. Aber da kommt noch mehr an Pein. Lass es mal so stehen und denk nicht weiter nach, während du schreibst, wie du nie nachdenkst, während du schreibst, lass es nur einfach hochkommen. Das, wovor dir graust. Das Grausliche. Lass es hochkommen. Die Untersuchungsgefängnisluft. Mit ihrem Scheißegeruch. Ein Geruch nach Scheiße, nach Durchfall, nach Urin, nach Dünnschiss – Schiss hängt in der Luft. Überall. Und die gehässigen gelben Mienen, die Leute kriegen, die nur mit solchen zu tun haben. Mit Verbrechern. Kriminellen. Verschlossen und misstrauisch. Solche können niemals mehr irgendwem glauben. Vertrauen. Wo soll es da Glauben und Vertrauen geben. Wenn nur betrogen und misshandelt wird. Von klein auf. Aber das wollen sie gar nicht wissen. Nicht so genau. Nur bei der Verhandlung.[41]

---

41   Jack im Spiegel-Interview: »Sozialromantik« (2014).

Andrea Wolfmayr
Fritz-Huberg. 4
8200 Gleisdorf   Gleisdorf 84 12 30

Lieber Jack,
ich dank dir sehr für deinen ausführlichen
und schnellen Brief, ich hatte das gar
nicht erwartet und hab eigentlich selbst
schon wieder ein schlechtes Gewissen, ich
hätt sollen gleich drauf wieder schreiben, jeden Tag hab ich dran gedacht, aber
ich war bis heute bei den Schwiegereltern
in G., das ist ein entsetzlich lahmer
Kurort voller Senioren, und das Haus und
die Leute, alles so stickig da, ich nehme alles mit, von dem ich mir denk, es
könnt helfen, mich halbwegs zu erhalten
als Individuum, Lesestoff und Briefe und
Lektüre, aber es hilft alles nichts, es
gibt Umgebungen, die lähmen einen, die
machen einen rundum zu, die ersticken, so
synthetisch sind sie, es kommt irr vor,
dir das zu sagen, du hättest über andere
art Umstände zu leben anderes zu reden,
meines will dagegen unbedeutend sein,
dennoch, ich will das sagen, weil es eben
meine Lebensumstände sind, und wir nur
dann ernsthaft miteinander reden können,
brieflich, und ich will das!, ich hoffe, du
willst das auch, wenn wir sagen können,
was ist und wie es ist, um uns, auch wenns
ganz verschieden ist und ich schlechtes
Gewissen krieg, aber das krieg ich sowieso, bei anderen auch.

Du hast so ausführlich meinen Roman kri-
tisiert, es war keine harmlos freundliche Kritik, hätt ich auch nicht erwartet
- jetzt les ich nochmal deinen Brief:
Kritiken mach ich keine, schreibst du,
versuche…warum, warum dieses Thema, …also
keine Kritik, aber als Kritik spür ich
klarerweise dennoch einiges, das Scharfe,
das mich trifft, denn als ich am Roman
geschrieben hab, das war 1975 bis 80, ca.,

war ich wohl ein bissel ein andrer Mensch
als heut, und so ein Buch schriebe ich
nicht mehr, obwohl ich gut find, daß ichs
geschrieben hab, auch wie ichs geschrieben
hab, damals, das war ich auch.

Und jetzt muß ich lachen: "Gefällt dir
dieses Undundschreiben?" Keine Unds mehr,
hier oben, dafür Beistriche die Menge,
und kein Punkte, lange kein Punkt. Es
gibt Sachen, da bin ich voller Punkte, da
brauch ich die andauernd, in meinen Texten, aber Briefe sind wieder anders, sind
Reden, endlose Reden, man kann sehr endlos
reden, ich kann, auf deinen Brief hin hab
ich das Gefühl, du auch.

Wieso sagst du, stellst du fest, das mit
Krebs-Mensch? Was bistn du?

Das mit dem Ich, das durchgezogen werden
soll, das meine ich eben nicht. Daran hab
ich sehr viel rumüberlegt, aber das war
eine der ganz bewussten, zwar konstru-
ierten, aber für mich absolut logischen
Sachen. Ich wollt von mir, von diesem ersten wehleidigen und gar so direkt betroffenen Wesen weg, wollt mich mal anschauen
von außen, bissel Distanz kriegen zu mir,
das Ding in den Griff bekommen, nicht
geschehen lassen als verwundetes, verwund-
bares Ich, sondern eingreifende, verschiedene Möglichkeiten probierend, das mach
ich auch heut noch. Perspektivenwechsel,
man kann Standpunkt, Personen beliebig
austauschen, das ist mir ganz wurscht
jetzt, ich bin von mir meilenweit weg, ich
bin logischerweise immer bei mir, ich bin
mir näher als jemals, ich kann über mich
lachen, es ist einfacher jetzt, es ist
alles drin, ich brauch nicht immer ICH zu
sagen.

Klar stark masochistisch, wer nicht, bei
uns, schon gar von den Frauen, da muß man
auch durch, weiß nicht, wo ich jetzt in
der Hinsicht bin, manchmal fühl ich mich
eher sa- als maso-, aber das kann ein Irrtum sein,

Herabsetzung der eigenen Person. War so minderwertig, fühlte mich so, das war gelungen, von Umwelt und zuhaus aus, sie hatten mich schon behütet, ich hatte eine klasse Kindheit, aber das war ihnen gelungen, ich war halbwegs integriert und hatte in Religion und Betragen immer sehr gut, war still und unauffällig, hatte solche Angst vor Autoritäten, je lauter, je schrecklicher, hatte Angst, Angst, zog mich immer zurück, wär gern fröhlicher gewesen, Vertrauen schwer mal, langsam, aber ich weiß nicht, auch das scheint mir nicht mehr so als Problem. Die "Spielräume" haben mir geholfen mit viel Sachen, mit denen ich vorher schon schwer gekämpft hatte, endgültig abzuschließen, ich fühl mich nicht mehr hässlich, ich fühl mich zwar auch nicht weiß Gott wie schön und ich sollt mehr in der Hinsicht veranstalten, tu auch, mein Selbstwertgefühl steigt, aber ich hab den Verdacht, das ginge nur über Akzeptierung besonders der schriftlichen Sachen und mit Steigerung des Prestiges, meine "Schönheit" oder "Schiachheit" ein großes Problem, das immer abgleiten will in Definitionen von Wichtigkeit durch andere Werte, aber eben gemeinhin: Mann Kraft und Intelligenz, Frau Schönheit zugeordnet…

(Ich reiß das alles nur so an, wir können uns ja nach Belieben in eins oder das andere verbeißen, ich will dir nur vor allen Dingen schnell antworten, morgen ist Silvester, 85 naht, nicht deswegen, aber es schlägt doch auch rein hier, im alten Jahr haben wir angefangen miteinander zu reden, immerhin.)

Anständig sein. Das noch immer ein Steinchen, über das ich stolpere. Großzügig setze ich mich hinweg, über x Vorurteile, über Meinungen, die für mich ungünstig sein könnten, ich tu alles Mögliche und alles Mögliche nicht mehr wegen oder für scheel blickende Verwandte-Bekannte, und dennoch. Diffuse Verwirrung: Was denken die, wenn sie draufkommen, daß.

Klar: Das mit Beschlafen, ist doch bloß
ein Wort, und darunter mein ich nicht das
nur Körperliche, wie bei den Fröschen oder
sonstwo, so lächerliche Akte, mehr dahinter, aber das nur als Wort, so vorsichtig,
das ich leichter verwenden konnte. Bumsen
ist mir zu - hm, das klingt nach Jux, nach
frisch-fröhlicher Aktion, noch weniger
bedeutend als schlafen, schlafen mit wem
ist schon mehr, für mich, das beinhaltet
schon mehr Zeit, und ich mein mehr Kompo-
nenten, obwohl oftmals vorgehen kann: bloße
Lust, Spaß, Freude am einmaligen Ereignis,
das liest sich wieder mal leicht, schreibt
sich halbwegs leicht, ist in Wirklichkeit
oft schon schmerzhaft, hinterlässt doch
alles Flecken, oder brennt, wie Nesseln...

Öffentlich lesen, mitpräsentieren, klar,
mach ich.

Bis bald,

Andrea

Das schlechte Gewissen

Schuldgefühle. Das macht einen eigentlich zum Opfer. Das macht einen klein. Also doch? Hängen lassen. Jemand anderen hängen lassen. Sich abwenden. Mit Verachtung strafen. Mit Schweigen. Mit Nicht-Reagieren. Wenn ich dich nicht bemerke, bist du nicht vorhanden. Es ist eine Beleidigung, wenn ich dich nicht bemerke. Deine Rolle. Deine Person. Deine Funktion. Deine Wichtigkeit. Es ist eine Zurückweisung, es ist eine Kränkung. Die schlimmste Kränkung ist die Missachtung.

Ich missachte, ich kränke. Indem ich schweige. Indem ich nichts mehr sage. Muster meines Vaters. Schweigen, Abtauchen, Weggehen. Wenn ich gekränkt werde. Wortlos. Starr. Stumm. Wer mich beleidigt, wer mich anschreit, gar öffentlich. Mich vernichtet, mich demütigt. Gekränkt, missachtet, missverstanden, nicht mehr verstanden, nicht mehr auf mich bezogen, kein Wort mehr für mich, kein Brief, keine Geste – oder habe ich alles missverstanden? Bin ich selber schuld? Im Nachhinein noch fühle ich mich »bis aufs Blut« gekränkt, »bis in die Knochen« blamiert. Verachtete Liebe, missachtete Liebe, mit Füßen getretene Liebe – das rächt sich unbedingt. Diese seine, Jacks, Kindheits- und Jugendgeschichte ist nicht allein seine Geschichte, sie ist auch meine, und immer wieder neu ist sie eine Dreiecksgeschichte. Sie handelt von verschmähter Liebe. Von missachteter Liebe. Von Eifersucht und Kontrolle. Von Machtausübung. Von Flucht und Entzug. Von Rache. Von Wut und »Strafe«. Maßloser Wut. Die Wut wird maßlos und unkontrolliert, wenn die Verzweiflung maßlos wird.

Durch die Unterdrückung von Gefühlen konnte der Narzisst keine Beziehung zu den eigenen Emotionen und seinem Innenleben aufbauen. Er war gezwungen, Teile seiner Persönlichkeit abzuspalten und baute in der Folge ein gestörtes Verhältnis zu seinem Selbst auf. Das macht ihn zuweilen unbeholfen im Umgang mit den eigenen Gefühlsregungen und fördert Widersprüchlichkeiten in seinem Verhalten zutage.

Eigentlich ist der Narzisst sehr darauf bedacht, mit seinen Aggressionen vorsichtig umzugehen und verbietet sich, seine Wut zuzulassen, weil er tief im Unterbewusstsein die Angst hat, etwas Verbotenes zu machen und durch seine Wut unangenehme Gegenreaktionen auszulösen. Er hat gelernt, dass ihm seine Gefühle gefährlich werden können und dass er sie besser beherrschen sollte.

Leider brechen sie aber dennoch von Zeit zu Zeit aus ihm heraus, wenn die Unterdrückung zu lange andauert und sich zu viel Wut aufgestaut hat. Dann reicht oft der sprichwörtlich letzte Tropfen, der das Fass zum Überlaufen bringt – und der Narzisst explodiert. In den meisten Fällen erfolgt dann eine unverhältnismäßige Reaktion auf einen oft geringen oder geradezu lächerlichen Anlass. Dieses Missverhältnis kann der Narzisst aber nicht erkennen und spielt seine Wut im Nachhinein immer herunter – zuweilen sogar aus Scham.[42]

---

42 Sven Grüttefien: *Der Narzisst und seine Aggressionen* (veröffentlicht auf umgang-mit-narzissten.de, 28.11.2017).

jack

Servus Andrea,

danke für den langen Brief.

Mach Dir wegen Pausen keine großen Gedanken, ich werd auch nicht immer SOFORT zur Antwort kommen, wie es sich eben ergibt, es muss ja nicht nur Zeit, auch Lust und Stimmung grad zu dem Brief vorhanden sein.

Die einzige Schattenseite in der ganzen „Beziehung", ich muss alle bitten, auch Dich, mir mit dem Porto zu helfen. Im Jahr an die 11.126 öS (84) sind einfach..., das schaff ich nicht, 2/3 sind ja reine Arbeitspost, allein die Manuskripte, die kamen, ich nicht brauchte..., alle baten um Rücksendung, niemand legte auch nur etwas bei, bzw., ich habs zurückgeschickt, weil ich weiß, wie Autoren auf Reaktion warten, und sei es nur Gewissheit durch Rücksendung... aber das allein waren über 300 öS.

Mir reichen ab und zu mal 50 oder 100 öS, muss aber Postanweisung sein, ich kauf die Marken hier, in den Brief legen ist verboten... Naja. Danke.

FEGEFEUER: ab Seite 60, am 31.12. kam Post, gerade, warum grad sie, Anja, hat geschrieben, sie war lange im Ausland, jetzt, seit 12 Jahren in Spittal/Drau mit eigenem Betrieb und Malermeister in der Ehe... sie hat ja den Knaben (sie war vier Jahre älter, naja, ab 1960) in Richtung Frauenbild geprägt, unbewusst, 58 bis 62 lebten wir in einem Zimmer... jetzt las sie was in der Zeitung... fragte... Erinnerung. Krebs: fühlt sich in den eigenen vier Wänden sicher, wohl, für Arbeit, Diskussion und Liebe, hegt diese vier Wände..., hat nichts für schnelle Erledigungen über, ist sensibel für Kritiken, Schlechtes vergisst sie nie, nimmt Rache am Kritiker, wenns eine Gelegenheit gibt... und hat ein Erinnerungshirn... findet man als ausgezeichnete Erzähler, sehr viele Dichter... undundund, hab ein Buch (in Französisch) über den Mensch, Krebs ist vom Mond begleitet, und wenn ich Dein Buch, jetzt die zwei Briefe, Deine Reaktion auf meinen Brief lese, das Buch trifft ziemlich genau.

Aber: glaub ich, spürte ich ja auch, deshalb die Fragen, hier hast Dich freigeschrieben, es zumindest versucht, ich wollt halt wissen, wie weit was geglückt ist..., und ich hab z.B. FEGEFEUER ja auch in den ersten beiden Manuskripten, die an die 1200, bzw. dann 780 Seiten hatten, in der ER-Form geschrieben, erst als ich den Inhalt schon als Beobachter so intus hatte, daß mich nichts mehr persönlich berührte, habe ich in die ICH-Stilistik umgestellt. Ich versteh Dich ganz gut.

Wichtig ist aber, nach dem seelischen Exhibitionismus muss man Klarheit schaffen, konsequent anderes durchziehen.

Du musst dich mir gegenüber nicht rechtfertigen. Was wie Kritik aussah, war eben meine Reaktion, was ich beim Lesen dachte, mitlebte..., da ich ein Typ bin, der sich unbewusst sofort auch in den anderen hinein zu denken versucht, entstehen dann eben Fragen, Vermutungen, Gedanken..., weil man ja weiterdenkt, wie gings weiter...

Und dann ist sowas IMMER SUBJEKTIV, also vom Leser, jeder denkt, reagiert anders..., das war meine, dazu steh ich, verpflichtet aber die Andrea nicht zur Rechenschaft! Wie bei den UNDund, wenn es Dein Stil ist, dann verzicht ja nicht drauf, nur weil ein Maul drüber gemault hat! Okay. Vergiss bei all dem nie, wichtig ist die Ichperson, die Selbstbestätigung, solange Du immer wieder versuchst, so zu sein, wie es andere gerne hätten, trifft auch auf Schreibe, wirst immer nur Marionette sein, das spürt man unbewusst, wir alle haben gewisse Ausstrahlungen..., kennst, wo man instinktiv, spontan spürt, der ist eklig, sympathisch undsoweiter. Oder man sieht einen Typ, mit dem möchte man sofort ins Abenteuer (Ich mein da nicht nur die Lustbereiche), oder mit dem möchte man nicht mal einen Kaffee trinken... Und bestimmt wird diese innere Strahlung immer von dem Zustand, in dem man sich befindet, in den man sich begibt, eben durch Komplexe, Unsicherheit oder eben erstarktes Selbstbewusstsein... aber immer achtgeben, daß es nie Arroganz wird.

Was ich bin..., das Ekel in Person, Tiger im chinesischen Bereich, Öl ins Feuer der Frauen, aber eben auch so gefährlich..., keine Selbstüberschätzung, sondern Erfahrung, Schönheiten auf

*kurze Zeiten, zu rastlos von der Konstellation her, Löwe. Von
der Eitelkeit bis zur Verlässlichkeit, um zwei Gegenpunkte zu
nehmen, stimmt so ziemlich alles.*

*Masochistisch-Sado..., im Grunde ist in allen von uns etwas, die
Frage bleibt in der Erfahrung, wo man „erfüllter" die Gefühle
leben kann, da wird man tiefer greifen, natürlich bleibt auch
die Frage, in welchem Bereich es zutrifft. Aber gerade die Frau,
die lange „dienlich-duldig" war, sein musste, entpuppt sich
später auf zur Direktive... aber es ist kein Sado, wenn man bloß
zur Freiheit entwickelt ist, eigene Wünsche auch klar zu sagen,
auch zu fordern, nicht nur dulden, sich geben, auch mal sagen,
so will ichs jetzt, sicher mit Diplomatie. Wie es auch noch
lange kein Maso ist, wenn man die Vorstellungen des anderen
mitmacht.*

*Und schön ist alles, was den Beteiligten Freude, Freiheit, Erfül-
lung bringt, gefährlich wird es, wenn der andere Teil gezwungen
wird so zu sein, wie man will...*

*Ja, gratulier zum „christlichen Preis!"[43] Hat die Religion doch
Früchte, ich habe mit ihr eher nichts im Sinn, ist mir zu verlogen
und heuchlerisch, für alles, egal auch immer, finden die einen
Bibelspruch... Nein.*

*Ein anderes, wenn Du es auch als bereinigt ansiehst, Problem,
seh ich in Dir, in Bezug zu Dir selbst..., statt gesunder Kritik (die
Frau/Mann immer haben soll, um sich attraktiv, jeder auf sein
Art, zu halten, um nicht wie ein ausgeschlapptes Stück Fleisch
auszusehen) scheint mir eher zur Verdrängung der Kritik und
Flucht in eben diese Herabsetzung zu wandern. Ob schön,
hässlich... welch banale Begriffe, selbst die Frau mit Pferdege-
biss, langer Hakennase, Brillen etc. kann Attraktivität ausstrah-
len, wenn sie gesunde Kritik mit sich lebt, nichts überdreht,
nur weil sie was zudecken will, im Gegenteil, kleine Mängel des
Aussehens kann man verdammt angenehm zu Lieblichkeiten
umarbeiten beim Partner, das Spiel mit sich, kennenlernen der*

---

43   Preis des Wettbewerbs für Christliche Literatur (Roman und
Prosa) der Wochenzeitung Die Furche und des Styria-Verlags (1982
und 1984).

eigenen Reaktion in der augenblicklichen Situation, und sei es nur allein in den vier Wänden, sich als Spiegelbild beobachtend, wird Wunder wirken. Wenn man hinhört, ohne „Ichdochnie", aber auch nicht brav gehorchend..., sondern einfach das herausnimmt, was man auch in einem gesunden Eigenbericht über sich unterbringen kann, wird man zum Traumpartner, egal wie man jetzt aussieht. Sehr viel wichtiger ist eben Strahlung und Erscheinung. Alternativ etc., mag schon sein, aber ich halte selbst vom Innenleben von Leuten wenig, die sich zB wenig pflegen, die Kleidung fetzenartig tragen... etc. Und Mann/Kraft: ich lach. Der Schwächling heißt immer Mann. Gibt es ein lächerlicheres Bild als einen nackten Mann, wenn alles erschlafft ist..., in womöglich halbsitzenden Unterhose... wo ist der noch stark? Seine Waffe ist doch nur im Beruf und in voller Kleidung, in den Bars... unter Männern, der Frau gegenüber... wehe, wenn er auf eine trifft, die selbst aktiv ist, Stärke ausstrahlt, die wird den ganzen Abend an der Bar sitzen können, ohne angeredet zu werden, ich mein, auf diese Unterleibstour, Mann hat nur eine Kraft: er spürt sofort, wer „Opfer" ist und wer nicht, für mich ist die Kraft die Frau als Ganzes, bei ihr dauerts nur immer etwas länger, bis sie sich entscheidet, aber hat sie sich mal auf einen Punkt festgelegt, wird sie zehn Männer schaffen im Durchhalten. Vor allem ist sie mit wesentlichen stärkeren (Schlange, Tiger, Edelstein) diplomatischen Spüren ausgestattet.

Anständig sein: was ist anständig?

Für mich nur das, wo ich andere beleidige, quäle, ist ausgeschlossen, alles andere finde ich lebenswert, als anständig.

Und wenn jemand „drauf kommt", dann war er doch unanständig, hat er doch rumspioniert um was zu erfahren, ich lehne solche neugierigen Typen ab. Man erkennt sie sofort, wenn sie rumstehen, sitzen, so von unten rausschauen, mit gesenkten Kopf und schnell hin und her huschenden Augen, irgendwie angespannt... und die nie reden, weil sie wirklich reden wollen, sondern nur oberflächlich plappern, nur weil sie eben was erfahren wollen..., wenn ich einen solchen Typen ausfindig gemacht habe, jetzt entdecke, auch hier, unter den Beamten, dann erzähl ich dem solche Lügen in Dicke, daß der nie an

Lüge glaubt, sondern an Wahrheit, und wenn er dann weiter-
tratscht, steht er lächerlich da, dafür bin ich schon bekannt und
abgelehnt von diesen Sorten armen Menschlein, Schwächlinge
im Grunde, die Angst haben, über sich nachzudenken, eigene
Träume zu leben..., auch im Sexbereich, zu Hause, da schafft die
Frau an und hier geifern sie in div. Hefteln rum und reden am
liebsten über das Hurenleben, das man als Ex-Zuhälter ja kennt,
diese Erzählungen sind bei manchen begehrt... und die Typen
gleichen sich hier wie in Hamburg, Rom oder sonstwo..., ich
traf sie überall. Kaum sagt man dann, he, und du, hast schon
mal das probiert... lenken sie ab, ziehen ab,... eklig. Und mein
Freizeitspaß, je nach Laune, geht er mir aufn Wecker, frag ich
solche Blödheiten, weil er dann abhaut, bin ich mal gut aufgelegt, erzähl ich dem das Innenleben der Hure und ihren Kunden
in Einzelheiten, die ich selbst nicht kenne... aber dann sind die
glücklich und mich können sie dort, wo ich nach dem Durchfall
eh nicht hinkomm. Trotteln.

Beschlafen: halte ich trotz Deinen Erklärungen für falsch am
Platz. Sicher, Schlafen heißt Zeit, aber der Akt bleibt doch
ausgeschlossen, Bumsen kling auch nicht treffend in einer
reinen literarischen Sache, es ist zwar klare Sprache, aber ich
würds auch nicht nehmen. Was dann, um zu sagen, ohne
abzustoßen, auch bei sensiblen Seelen? (Auch in diesem Bereich
bestätigst Du nur was über Krebsfrau..., ein Autorücksitz tuts
nicht, es muss Atmosphäre sein, am liebsten in eigenen vier
Wänden, in der Sicherheit...) Ja, Kerzen, gutes Essen, Musik...
die ganze Stimmung eben, schwer zu wecken die Krebsin, aber
wenn wenn... sie braucht aber Zeit... ihm die Schönheit meiner
Lotosblüte schenken... Lieben, intime Beziehungen haben...
mit ihm ins Bett gehen... beschlafen... etc. die reine Lust im
einmaligen Erlebnis kann man als schön erleben, bewusst als
einmalig, da gibt man mehr, als wenn man an Fortsetzung
hofft... und gleichzeitig weiß, das wird nicht... da stellen sich
automatisch Verkrampfungen ein.

Extra-Zettel, abgerissen:

Wegen Präsentieren der Zeitung, Mai, denk ich, Forum Stadt-
park, hoff ich, reden wir dann noch, in Wien, wenn April, ALTE
SCHMIEDE.
Mit ███ *zusammen.*
okay.
Sind nur mal Fragen, für den Fall...
Also lieber nicht zuviel erwarten, dann freuen oder nicht ent-
täuscht sein.

(Tinte blau)[44]

Was die anderen sagen

Innerlich widerstrebend. So fühle ich mich. Was und
wem gegenüber? Dabei hab ich mich doch gefreut und
konnte das auch ganz ehrlich ausdrücken, am Telefon,
gerade eben. Aber ich will am liebsten nichts trinken. Ich
vertrage nichts mehr.

Warum verträgst du nichts mehr? Weil du voll bist von
dem anderen. Weil du Angst hast, dich ganz zu verlieren,
die Kontrolle zu verlieren, Angst, zu viel zu erzählen, zu

---

[44] Zwei doppelt beschriebene A4-Seiten »normales« Papier, Papier
und Umschlag vergilbt, abgerissener Beipackzettel, detto, mit einer
Art Nachtrag für Veranstaltung, in A6-Umschlag, auf Rückseite des
Umschlags Stempel: JACK UNTERWEGER, Schriftsteller, A-3500
KREMS, Steiner Landstraße 4; Adresse in Times New Roman: Frau
Andrea Wolfmayr, Fritz Huber G 4, A – 8200 Gleisdorf.

sagen – und dir dann wieder Ratschläge einzufangen. Was du am besten tun sollst. Und was vermeiden. »Nenn es unbedingt Roman! Du musst es Roman nennen!«, sagt H. Womit sie auch wieder recht hat. Sie haben oft recht, die anderen. Und dennoch will ich ihnen nicht Recht geben. Wie kommen sie dazu, sich dauernd einzumischen?! Na weil ich sie dazu auffordere! »Sag was!«, sag ich. »Was sagst du dazu?«, frag ich. Ach, A!

Was Goofy sagt: Er würde – auch wenn ein Schriftsteller einem anderen wohl keine Tipps geben sollte, aber· er tuts dennoch – also *er* würde sich an ein Erzählschema halten, wie es zum Beispiel die Siri Hustvedt in *Gleißende Welt* so glorios umgesetzt hat. »Das liebst du doch, dieses Buch, soviel ich weiß …?« Oh ja! Also aufspalten in mehrere Sichtweisen, die Jack-Geschichte. Durch verschiedene Augen sehen. Eine gute Idee. Aber ich bin schon zu weit in meiner eigenen Konstruktion, stelle ich fest. Ich sehe nur mehr durch *meine* Augen. Ich häkle und nähe, leime, bastle bereits meine ganz eigenen Fundstücke zusammen, diese Zufallsstücke, all den aufgeklaubten, aufgefangenen, »zufällig« zugeflogenen Mist. Es wird eine Recycling-Sache, merke ich, während Goofy noch spricht, und meine Augen wandern ab zur Theke, den Gläsern, durch sie hindurch, aus dem Verlag hinaus, in eine Ferne, und ich merke: Ich habs schon, mein Erzählschema. Ich suche nicht mehr.

Was E. sagt: »Du bist hineingegangen. Du bist mittendrin. Das ist der Grund, warum es wirkt. Du beschreibst es nicht von außen. Du konstruierst es nicht, du *re*konstruierst es nicht. Du bist dort. Das erlaubt dem Leser, auch dort zu sein. Mit dir. Auf der Stelle. Sofort.«

Was W. sagt: »Cool! Geil! Eine große Herausforderung!«

Was J. sagt: »Die Faszination, die von ihm ausging, diese allgemeine Faszination von Tod und Mord! Besonders für Frauen. Sein Charme, vor allem für Frauen, die sich liebend gern blenden ließen. Diese unglaubliche Aura, die er gehabt haben muss. Ich hab das ja nicht miterlebt, aber wie der gehypt worden ist! Wenn der in einem Raum war, muss gleich alle Aufmerksamkeit bei ihm gewesen sein!«

Was R. sagt: »Der Typ war eine Ratte. So haben sie ihn auch genannt. Die Wärter im Gefängnis. Der Typ ist eine Ratte. Das weiß doch jeder.«

Was Anita sagt: »Ich will dieses Buch!«

(Eigentlich ist es egal, was sie alle sagen. Jeder hat einen Satz zu Jack. Oder mehrere. Oder Vorurteile. Oder was aufgeschnappt. Oder spuckt was aus. Oder meint was zu wissen. Alle wissen sie ja so viel.)

Servus Andrea,

danke für den Brief, die Marke.

Nr. 1 ist also erledigt. Gut angekommen, soviel ich aus der Presse erfahren habe –, schön auch, wenns euch selbst gefallen hat.

Nr. 2 erscheint im September, zum GAV Symposium DIE GEKNEBELTE GESELLSCHAFT vom 3.-5.10. in der ALTEN SCHMIEDE in Wien. Macht ██████████████. Hat diesmal 66 Seiten, 17 scharfe zum Vollzug, in BRD, Schweiz und Österreich, hab euch ein wenig..., naja überraschen lassen, 47 Seiten allgemeine Literatur.

Und Nr.3 ist für April/Mai vorgesehen, wenn ichs schaffe...

Und machst mit? Text müsste ich bis 31.12. haben. Gedanke: nimm was aus dem neuen Buch, wenn es im Frühling erscheint... passt das auch noch mit etwas Schleichwerbung... na?

Schlechtes Gewissen..., warum? Ich bin andere Sachen gewohnt, kenn Fraulein und Mannlein schon zu gut auf dieser Welt, würde ich mehr erwarten, würde ich daran zerbrechen, so freu ich mich lieber, wenn was eintrifft... danke.

Nr.2 wird auch von ██████ vorgestellt, ca. Ende November, Dezember... wirst es noch erfahren, denk ich, so, oder, wennst früher schreibst, in meiner Antwort...

So jung..., schon tot. Sanctus.

Gestern, heute, morgen, immer, Alkohol und Auto sind MORDWERKZEUGE ohne strafrechtliche Folgen. Dafür endgültige Urteile, Kismet für den, den es unschuldig erwischt. Aber besoffen, auch so fahren, das könnte auch ein Herr Hofrat, also lieber straffrei lassen, eine Haschzigarette muss strenger in die Strafe... sowas macht ein braves Kind nie...

Unsere ganze Rechtsordnung ist derart irr, wenn ich ein Kind zu Tode quäle, verhungern lass, kann ich höchstens zehn Jahre kriegen, wenn ich aus Eifersucht den Rivalen erschlage, krieg ich lebenslang... so stehen die Werte unserer Zeit. Leider.

Aber ich weiß, Du willst was anderes sagen, ich versteh Dich *und steh da etwas ratlos rum, ich suchte auch mal den Tod, wars mal vier Tage, klinisch, sagen die fachmännisch, ich hab keine Angst davor und aus Traditionsgedanken heraus hab ich keinen Bezug zum Tod, für mich ist dies so endgültig, daß sich Trauer erübrigt, weil ich nichts ändern kann daran, weder bei anderen noch bei mir...*

Und doch tuts immer wieder weh, wenn man diese Bilder sieht, vielleicht auch noch betroffen ist, aus der Nähe... wie Du jetzt, noch die Bilder aus dem Wald, diese Gerüche der Jugend, dieses Abbild der Schönheit, Kraft... werdenden Mann...

Liebe Gedanken schickt Dir

(Unterschrift blauer Kuli)[45]

Tagebuchaufzeichnung vom 7. Februar 2018:

Die Komplexe sind am schlimmsten. Konditioniert auf Angst. Durch Angst. Mit Angst. Angst als Mittel, jemanden zu konditionieren. Zu dressieren. Wie einen Hund. Angst vor Gewalt, Angst vor Schlägen, vor Tritten, vor Schreien, vor Worten, vor Beschimpfungen.

---

45   Ein A4-Blatt, beidseitig beschrieben, Dünndruck-Papier, rechts Lochung, in Umschlag, vergilbt. Absender: Stempel auf der Vorderseite in Rot: JACK UNTERWEGER, Schriftsteller, A-3500 KREMS, Steiner Landstraße 4. Adresse in Schreibmaschinenschrift: Sg Fr Andrea Wolfmayr, Fritz Huber G 4, A – 8200 Gleisdorf.

Was ███████[46] gestern erzählt hat im »Red Baron« in Gleisdorf:

Sie kann sich erinnern, wie er damals aufgetaucht ist, Jack. Mit einem »monströsen« Auto in ihre Einfahrt gefahren, in so einem amerikanischen Schlitten. Und angezogen so seltsam, Hemd oder Anzug, also nicht ganz passend für den Sommer und irgendwie overdressed, oder doch jedenfalls sehr anders, und mit einem Haufen Goldschmuck, das vor allem ist ihr aufgefallen. Das war ja das Reizvolle. Er wirkte so exotisch auf uns. Er war so »anders«. Kam aus einer ganz anderen Welt.

Und dann übernachtete er bei ihnen. Sie meinte zu ████ ██, ob das wirklich eine gute Idee sei, denn er wäre nicht zu Hause, sondern bei einer Veranstaltung, und sie sei allein im Haus. Allein mit Jack. Aber er meinte, sie brauche überhaupt keine Angst zu haben. Alle Freunde und Angehörigen von Freunden brauchten nicht die geringste Angst zu haben! Jack hätte außerdem selbst eine Veranstaltung und käme erst sehr spät in der Nacht. So war es dann auch, sie hörte ihn gar nicht kommen. Und er war schon wieder weg, als sie aufstand. Das Bett hatte er gemacht, das war seltsam, sowas war man gar nicht gewohnt, dass ein Besuch sein Bett selbst machte. Und so ein akkurat gemachtes Bett hatte sie noch nie im Leben gesehen: Alles straff und fest gespannt, keine Falte, alles glatt. Das war schon verwunderlich, meinte sie. Wie beim Militär!

---

46   Ehemalige Lebensgefährtin von ████ ████.

Und dann gab es eine zweite Erinnerung für sie. Nämlich als die Beamten der KOBRA ihre Wohnung umstellten. Das war dann schon am Florianiplatz, in der neuen Wohnung. Sie hörte sie die Treppe heraufkommen, mit schweren Tritten, dachte aber, das wären die Besucher, die sie erwartete, und wunderte sich, weil die so laut auftraten. Und plötzlich waren die überall, sehr höflich, und fragten, ob sie rein dürften in die Wohnung. Was sollte sie machen, sie schauten überallhin, überall hinein, auch in die Kästen. Unten an der Treppe stand einer mit der MP im Anschlag. Das war schon sehr seltsam und nicht sehr angenehm. Sie fragte die Beamten, was sie denn machen solle, wenn Jack wirklich auftauchte ...? Na, die Polizei rufen ...! – Das klang schon etwas spöttisch, meinte sie. Und von diesem Zeitpunkt weg bis hin zu seiner Verhaftung hatte sie sich auch nie mehr ganz sicher gefühlt ...

Prominenz

Der »wilde, vorbestrafte Künstler« begeisterte sein Publikum. Er reiste durch das Land – ein Schriftsteller, Regisseur und Reporter, im weißen Anzug mit roter Blüte im Knopfloch und einem Schäferhund an seiner Seite. Er recherchierte für TV-Sender im Rotlichtmilieu, gab Autogrammstunden und war gern gesehener Gast in Talkshows. Und ermordete fast im Wochenrhythmus Prostituierte. »Jack Unterweger war ein bösartiger Narzisst«, sagt Prof. Reinhard Haller, einer der renommiertesten Gerichtsgutachter Österreichs. Der forensische Psychiater begutachtete

Jack Unterweger nach seiner erneuten Festnahme im Jahr 1992. Er traf auf einen Mann, der bis zuletzt seine Unschuld beteuerte – und der doch auf brutalste, sadistische Weise mindestens neun Frauen erdrosselt hatte.

»Das Publikum erschaudert – und kann doch den Blick nicht abwenden, wenn die Hauptakteure ihren Auftritt haben.«

»In sicherer Entfernung entfaltet das Böse seine Faszination.«

»Das sind Stars, Stars der Unterwelt.«

»Jack the Writer… der Serientäter als perverser Serienheld des Boulevard.«[47]

Wichtig sein. Prominent sein. Sehnsucht nach Prominenz. Sich bei Prominenten anhängen. Ein prominentes Thema anreden. Ich habe den Club 2 nicht gesehen, damals. Ich habe auch das Buch nicht gelesen, sein *Fegefeuer*, damals. Ich habe auch die Zeitungsartikel nicht gelesen, höchstens überflogen. Ich hatte damit nichts zu tun. Ich wollte nicht hinsehen. Damals. Oder habe ich das alles, wie vieles andere, vergessen, verdrängt? Verändert in der Erinnerung? Verfälscht? Zurechtgerückt, zurechtgedacht? Ich war schockiert, das weiß ich sehr wohl noch, als jemand – war es der inzwischen verstorbene Schulfreund, Autorenkollege und Theatermann Ernst Binder, ja, ich glaube mich richtig zu erinnern, vielleicht war es aber auch Willi Hengstler – mich darauf aufmerksam machte, dass ich aber schon wissen müsste, mit wem ich es zu tun hätte! Ob mir

---

47 *Das Böse nebenan. Wenn Menschen zu Bestien werden.* Teil 3, 4.6.2013 (https://www.youtube.com/watch?v=H2KmxK9oOnI).

wohl bewusst sei, dass Jack ein Mörder sei, ein verurteilter. Und höchstwahrscheinlich Mörder nicht nur *einer* Frau. Und dass es sehr brutale Morde gewesen waren und sehr schreckliche Tode, die er den Frauen antat. Ich hörte weg. In mir zersprang eine Saite. Aber unhörbar. Unsichtbar für mich selbst. Ich war trotzig. Ich war obergescheit. Ich dachte, ich finde die Wahrheit selbst heraus. Denn das KANN ja gar nicht die Wahrheit sein. Weil es doch gleich neben einem passierte. Es war, als wäre das nicht, als gäbe es das nicht, als existierte das alles nicht. Das Böse. Der Tod. Ich wollte das gar nicht wissen. Ich wollte an sowas nicht denken. Niemand wollte. Astrid auch nicht.

> Ich wollte Jack einfach nur Mut machen, denn die furchtbare Vorverurteilung in der Öffentlichkeit war mir unerträglich geworden. Ich hatte Gespräche mitbekommen, in denen Leute Jack als »Bestie« bezeichneten und ihm die Todesstrafe wünschten. Es war offensichtlich: Dieser Mensch ist so verzweifelt, dass er sich umbringen wollte – da kann und will ich nicht wegschauen![48]

Der spätere Jack dann, der entlassene Jack. Jack im Glück. Jack mit dem Bierglas in der Hand.

Jack, ganz lässig. Wie er angibt. Er verwendet seinen Lebenswandel als Argument: Er hätte es ja gar nicht nötig gehabt, Sex zu erzwingen, von Huren, er hätte jede Menge Sex gehabt, mit allen Frauen, die er wollte. Sie hätten sich regelrecht angeboten, sich ihm vor die Füße geworfen, er

---

48   Astrid Wagner: *Verblendet*, S. 42.

hätte nichts erzwingen müssen, warum hätte er auch nur eine einzige Frau vergewaltigen sollen?! Seine manipulative Art, seine schlaue Art: Warum hätte ich denn sollen?! Ich hatte das doch gar nicht nötig!! – Aber das war das Problem: Du HATTEST es eben nötig, bitter nötig, und bis in letzte Konsequenz nötig, bis zur völligen Aufgabe und Vernichtung des anderen, bis zum Tod des anderen, bis zur Verhöhnung des Leichnams sogar noch …

Ein Narzisst nistet sich auf unerwartete Weise im Leben eines anderen Menschen ein. Am Anfang beeindruckt er noch mit seinem Charme, mit seinem vorbildlichen Auftreten und seiner überzeugenden Sprachgewandtheit. Recht bald aber bröckelt seine Fassade und es stellt sich heraus, dass er außerdem noch sehr schlechte Angewohnheiten besitzt, die ein Zusammenleben oder -arbeiten unerträglich machen.

Mit eiskalter Berechnung gewinnt er die Gunst anderer Menschen, um sie für die eigenen Zwecke zu missbrauchen. Am Anfang erkennen die wenigsten, was sich hinter dem scheinbaren Kavalier verbirgt. Wenn sie ihm dann in die Falle getappt sind, zeigt er sein wahres Gesicht und geht fortan rücksichtslos mit der Würde anderer um. Da er sehr treffsicher Opfer sucht, die ihm nicht gewachsen sind und die er benutzen kann, können diese sich nicht wehren und müssen bald erkennen, dass sie sich in einer hoffnungslosen Lage befinden.[49]

49   Sven Grüttefien: *Der Narzisst und seine Aggressionen* (veröffentlicht auf umgang-mit-narzissten.de, 28.11.2017).

Kleider machen Leute

Ich hasse dieses Zuhältergesicht, das er macht (auf Astrids Cover[50]), den Stolz auf seine Tätowierungen, ich habe Tätowierungen immer gehasst und nie verstanden. Inzwischen sind Tätowierungen freilich etwas ganz Alltägliches, es gibt fast niemanden mehr, der untätowiert ist.

Tätowierungen sind also üblich heute. Als Jack noch lebte, nicht so sehr. Nur im Gefängnis. Hinweis darauf, dass man sich als Außenseiter der Gesellschaft sieht. Outcast. Was man ist, was man denkt, wie man ist – das schreibt man sich in die Haut. Amy Winehouse und ihre Tatoos. Ein Hinweis auf Bösesein, Einsamkeit, Andersartigkeit. Auf *Back to Black*[51], Depression, Sinnlosigkeit. Das Aufwachsen in einem gestörten Milieu, Probleme in der Familie, Probleme in der Schule. Aber auch ein Hinweis auf Sehnsucht nach Glaube, Liebe, Hoffnung. Den Traumpartner. *Ein Schiff wird kommen.* Himmel, Wolke, Sonne, Gott. Namen. Kürzel. Botschaften.

Tätowierung ist Kleidung auf der Haut. Auf Jacks Haut steht MAKE LOVE NOT WAR. Es sind nicht besonders gut gemachte Tätowierungen. J, U, seine Initialen. Kreuze, Schwerter, Fackeln. Sowas wie Flammen oder Federn, die aus der Erde kommen, oder einem phallusartigen Berg. Eine Kette, eine Kerze. Ich meine das Gesicht Biancas zu erkennen, auf Jacks linkem Oberarm, sie hat eine griechische Nase, sehr ausgeprägt, ein ganz eigenes Profil. Was da sonst noch steht, kann ich nicht erkennen.

---

50   Astrid Wagner: *Verblendet.*

51   Amy Winehouse: *Back to Black.*

Jack verkleidet sich gern. Und manchmal geschmacklos. Der Cowboyanzug in Miami, an der Grenze zur Lächerlichkeit. Jack ist ein Narr. Ein Komödiant, ein Schmierenkomödiant, ein Schauspieler. Was soll die rote Rose am Revers, oder ist's eine Nelke, was soll der weiße Anzug, das Hemd mit den weißen Punkten auf Schwarz, der weiße Mustang?! Liberace ist nix dagegen. Nix gegen diesen Auftritt im Club2! Nina und Jack. Diese Selbstinszenierung, dieses Pathos, diese Posen! Aber sowas merken sich die Leut!

Zum Prozess hat ihm Astrid einen anthrazitfarbenen Anzug besorgt, er sieht darin gediegen aus und gar nicht geschmacklos oder billig. Kein gepunktetes Hemd, keine bunte Krawatte, kein Seidentuch, keine Halskette, überhaupt kein auffälliger Schmuck. Nichts, das an einen Zuhälter erinnern könnte.

Namen

Sein Name. Ein durchschnittlicher Name, ein besonderer Name. Ein Kürzel. Jeder kennt seinen Namen. Mein Zahnarzt, mein Augenarzt. Meine Tante, meine Freundinnen, meine Putzfrau. Ich brauche nur »Jack Unterweger« zu sagen, schon fällt ihnen was ein zu ihm. Es ist wie bei der Mondlandung. »Damals war ich dort und dort.«, »Ja, das war doch, als …«, »Oh, ich erinnere mich …« Jeder erinnert sich an dich, Jack. Du bist berühmt. Sehr berühmt. Wieviele Meldungen zu dir kursieren momentan im Netz? Zigtausend. Und es werden täglich mehr. Ich trage mein Scherflein bei. Du bist wieder da. Das Böse hat Saison. Das

Thema ist unerschöpflich. Das Rätsel ungelöst. Unlösbar? Wie kann es zu sowas kommen, wie konnte es dazu kommen, was war das für ein Mann, was ist das für ein Mensch, der sowas tut. Gott sei Dank bin ICH nicht so. Und so weiter.

Aber alle sind so, das kann dir jeder Psychiater versichern, jeder, der sich nur ein wenig mit Psychologie beschäftigt. Jeder Mensch wäre zu einem Mord fähig, wenn. Ja, wenn was … ein Rätsel, dennoch. Jack, du bist ein Rätsel, ein nicht rechtskräftig verurteilter, dem Gesetz nach nicht rechtskräftig zu verurteilender, weil sich dem Inkrafttreten des Urteils durch Selbstmord entzogen habender Serienmörder. Ein Mörder, der seine Unschuld beteuert hat bis zuletzt. Aber Psychopathen sind so. Glauben wirklich, dass sie unschuldig sind. Hitler fühlte sich auch im Recht. Dachte auch, dass er unschuldig sei. Gaddafi kam sich ebenfalls gut vor. Und Stalin und Honecker. Fühlen sich vollkommen im Recht – das sie selbst definieren – und tun sich selber leid. Sind gescheiter als der Rest (wie sie glauben) und leiden darunter, dass man sie nicht versteht. Alle Tyrannen, alle absolutistischen Herrscher, alle mit Hybris, alle, die glauben, das Recht zu haben, andere zu verurteilen, zu verdammen, zu verbannen, zu töten. Hinzurichten. Du hast Frauen hingerichtet. Und fühltest dich voll im Recht, Jack. Das warst du aber nicht. Nur in deinem Kopf. Aber war es so bei allen? Den neun Frauen, für die du verurteilt worden bist? Oder bei elf Frauen? Oder noch mehr? Was war mit Marica Horvath, die 1973 ermordet wurde, auf eine ähnliche Weise wie die anderen, folgenden – unaufgeklärt. Als du dich so sehr ereifert hast über den alten Streifenbeamten – lebt der noch? –, der dich verfolgt hat noch lang in seiner Pension. Der dich stellen wollte, weil er *wusste*, dass du es warst. Du hast dich belästigt gefühlt, verfolgt. Weil es endlich vorbei sein sollte mit dem Schlechten allen. Mit dem du zu tun hattest. Das du angestellt hattest – weil du keine andere Wahl hattest. Meintest du. Es sollte vergeben und vergessen sein. Du konntest nicht anders, das muss man doch verstehen, das willst du uns doch beweisen in deinen Texten? Uns zeigen, dass du nichts dafür kannst. Dass »es« einfach mit dir durchgegangen ist. Weil du verbaut warst seit deiner Kindheit. So kaputt und beschädigt, dass nichts mehr helfen konnte (dachtest du), keine Therapie. Du wolltest auch keine Therapie. Du glaubtest, wie jeder Psychopath, dass du keine brauchst. Dass du alles im Griff hast. ALLE im Griff. Alles unter Kontrolle.

Überhaupt die Namen. Ich kenne das ja vom Romanschreiben. Jeder Name hat Bedeutung, jeder Name hat eine bestimmte Schwingung. Für manche Situationen brauchst du ganz bestimmte Namen. Die M-Namen waren mir immer wichtig, M hat mit Mutter zu tun. Automatisch. Unbewusst.

Jack hat beim ersten ihm zugeschriebenen Mord Margaret Schäfer ermordet, dafür saß er 15 Jahre. Seine Jugendliebe hieß, soweit sich das eruieren lässt, Margret, manche Fakten sind mühevoll zusammenzustückeln, archäologische Arbeit, die mich hier weniger interessiert, ich will nicht dokumentieren, ich will assoziieren. Margit Haas, damals Reporterin, wurde seine Vertraute und beste Freundin. Die frühen M's. Zufall, klar. Oder auch nicht. M steht für Mutter. Die gute und die böse. Kali. Tod. Mord.

Meine »Big M«. Ich hatte eine Mörderin mit einem M erfunden, in *Margots Männer*.[52] Das Thema »Mord« muss mich beschäftigt haben, schon früh. Kommt auch vor in Zeitungsberichten über mich. Wir haben alle über Mord nachgedacht, damals. Wie weit man gehen dürfe. Schleyer, RAF, die große Revolution. Du warst ein Anstoß, ein konkreter, zum Nachdenken. Individueller Mord, Mord für eine Sache. Ein Ideal. Gibt es gerechtfertigten Mord? Erklärbaren? Einen, der zu verstehen ist? Oder übersteigt so etwas, was oder wie du es gemacht hast, jede menschliche Vorstellung. Sogar deine eigene. Deshalb die Leugnung. Du »kannst« es nicht gewesen sein, nicht einmal für dich selbst. Wo liegt die Wahrheit. *Die Wahrheit ist dem Menschen zumutbar.*[53] Dieser fatale Mix aus Verletzung, Kränkung, Rachsucht. Dem Bedeutsamkeit geben, Bedeutung. Bis ans Äußerste gehen. Man weiß, auf einer anderen Ebene, dass das das Ende ist. Auch wenn man im Fegefeuer landet. Noch auf dieser Ebene, dieser Erde, im Kerker. Endstation Zuchthaus. Meine Reise. Fegefeuer. Eine Gratwanderung. Am Rande des Vulkans. Wir alle schauen in den Mittelpunkt der Erde. Die glühende Lava, die schmelzende Erde. Den flüssigen Kern. Da, wo Materie übergeht in Energie. Elemente. Feuer. Luft. Auflösung. Wir wollen das, wir müssen das, es ist ein Sog. Wir müssen da hin. Alle. Es zieht uns an, der Abgrund, der Tod. Früher oder später. Was ist schon »Zeit«. Manche springen, manche lassen sich fallen, manche wehren sich. Manche halten sich die Augen, die Ohren zu. Ich war auch so. Ich war alles von dem, eigentlich. Der Reihe nach. Durcheinander.

---

52   Andrea Wolfmayr: *Margots Männer* (1990).

53   Ingeborg Bachmann

Was bin ich eigentlich jetzt? Ich habe Zeit. Ich kann jetzt weiter. Ertragen. Nein. Kann ich? Mach dir nichts vor, A. Aber gut, du weißt es jetzt wenigstens. Dass es nicht Gott ist, sondern du selbst. Nur du selbst. *Personal Jesus.*[54] Natürlich immer in Kontakt mit den anderen. *Niemand ist eine Insel.*[55] Aber du gibst die Grenze vor, den Faden, die Kette, die Absperrung. Bis hierher und nicht weiter. Denken. Die Grenze des Denkens. Es ist furchtbar einfach, es ist schrecklich schwer. Es ist großartig. Eine Lebenschance. Die Freiheitschance. Wenn sie auch relativ ist. Aber dann so viel wie möglich, so weit wie möglich, und das ist NICHT Gier, das ist Entfaltung. Eigene Möglichkeiten sehen, ausschöpfen, lernen. Das Leben leben, es annehmen, an die Brust. Die anderen Menschen. Neugierig sein, immer neu neugierig. Wie ein Kind. Lächeln. Freundlich sein. Unter Umständen enttäuscht werden, verletzt. Nischen suchen. Akzeptieren. Zähne zusammenbeißen. Eventuell fallen oder umgeschmissen werden oder vor Traurigkeit ohnmächtig. Aufwachen. Wieder aufstehen. Den Dreck abschütteln. Aufstehen und gehen. Du bist ein Mensch. Geh weiter. Geh durch dein Leben. Ganz. – Ich werde pathetisch. Du wurdest auch pathetisch. In Grenzbereichen wird man so. Zitiert große Namen, große Dichtung. Glaubt, man hätte sie selbst gedichtet, weil man mit ihr regelrecht verschmilzt. Sie adaptiert. Das muss deshalb keine Lüge sein.

Namen? *Nomen est Omen.* Verwechseln der Namen, durcheinanderbringen. Wie ich Namen in meine Romane nehme, willkürlich, bewusst, unbewusst, meist mache ich

---

54   Depeche Mode, 1989.

55   John Donne

das schnell, blindlings, automatisch, ohne Nachdenken. Automatisches Schreiben hat mir immer schon gefallen, das Fallen in die Trance. Was mir besonders gefallen hat am Schreiben, das war nicht das Denken, das Konstruieren und Bauen und Planen, es war das Fühlen, das Gefühlte ausdrücken. Es war das Endlich-zu-sich-selbst-Kommen durch Schreiben. Indem man sich aufgibt. Auslässt. Das Paradoxe: Endlich nicht bei sich sein, durch Schreiben loslassen – und mehr bei sich sein als je. Erkenntnis. Aha! Das bist also auch du! Ein Teil ist der Mörder, der andere der Liebende. Es entlastet. Es befreit. Obwohl du auch büßen musst für den »bösen« Teil. Keine Frage. Dennoch.

> »Und wie heißt du?«, fragte sie mich vor allen anderen.
> »Hansi«, sagte ich und sie schaute in ein Schreiben vor ihr.
> »Hier steht aber Jack, komischer Name. Wir bleiben bei Hansi, gell?« Ich zuckte die Schultern. Namen interessierten mich nicht.[56]

Namen, Masken. Verwirrspiel, Wechselspiel. Bäumchen wechsle dich. Steig in die Schuhe der anderen. Steig aus deinen eigenen Schuhen. Endlich nicht mehr in der kleinen bescheidenen Person sein, der 53er-Jahrgangsperson, der Handwerkerstochter, aus einer Familie, die es endlich, endlich nach den grausamen Kriegsjahren wieder zu etwas bringen wollte, Wohlstand, Sicherheit. Ein kleines Stück Glück. Wenigstens privat. Warum gehst du nicht in eine Bank, warum wirst du keine Zahnarzthelferin oder gehst zu einem Notar oder Rechtsanwalt, sowas könntest du werden,

---

56   Jack Unterweger: *Fegefeuer,* S. 64.

du hast doch das Hirn! Oder eine Pianistin, und wenn das zu hoch ist, dann halt eine Musikschullehrerin. Wenn dich Literatur interessiert, dann geh doch in den Schuldienst und bring den Kindern Lesen bei, zeig ihnen die große, die hohe Literatur! Du kommst doch aus einer Pädagogenfamilie, mütterlicherseits. Also! Was willst du, Andrea, was willst du machen in deinem Leben, aus deinem Leben? Was hast du gemacht. Denn viel Zeit ist vergangen, und du bist alt. Ich weiß es nicht. Ich muss nachdenken. Ich muss aufhören nachzudenken. Das hab ich gemacht und das ist daraus geworden. DAS.

Und auch jetzt noch. Ich lass mich reinfallen ins Schreiben und schau, was da kommt, was sich ergibt, was da rauskommt aus mir, spontan. Locker. Von selbst. Und ich brauch dazu nicht einmal mehr Rauschmittel, keinen Alkohol und keine Musik. Nichts mehr muss mich pushen, nichts mehr muss mich befreien. Das war allerdings anders, als ich jung war. Auch noch in der Zeit, als wir uns kennenlernten, Jack und ich. Aber wenn die Hemmungen einmal gefallen waren, dann schrieb ich los, schon damals, und das ging auch ganz gut, die Arbeit am Text, der roh war, nichts als Material, musste halt nachher gemacht werden, das »Eigentliche«, das Basteln und Umstellen und Ergänzen und Klittern und Wegschneiden und Schleifen und Bohren und Hämmern und Sägen und Feilen. Ja.

Aber was ist schon das EIGENTLICHE.

Das hier jetzt zu sagen, ist nicht einfach. Es ist schwerer, viel schwerer. Heute. Von heute aus. Unsere Geschichte. Meine. Seine. Jacks Geschichte. Wie wir waren, als wir uns begegnet sind. Es ist unangenehm, daran zu denken, es ist peinlich. Warum »peinlich«? Weil ich nicht gern daran denke. Und Erinnerungen verzerren immer. Sogar das authentische Material wird verzerrt gelesen, durch die heutige Brille, die Linsen von heute. Wir können es nicht mehr lebendig machen. Auch wenn Filme so tun, als wäre es wirklich und jetzt. Es stimmt nicht.

»Doch!«, sagt der Jack in meinem Hirn. »Es stimmt! Sei mutiger! Sags! Sei nicht dauernd so vorsichtig und mach dich nicht die ganze Zeit selber schlecht!«

Grüß Dich, Andrea!

Danke für die Karte im neuen Buch!

Habs gestern Abend gleich gelesen.

Hast in Andeutungen die Nitsch-Mysterien verarbeitet? (auf die Liege gefesselt, mit Blut und Darm etc....)

Und Umweltschmutz der dreckigen Mur...

Das Buch[57] ist „phantastisch" zärtlich in der Aufmachung, irgendwie verträumt auch die Umschlaggestaltung, Deine Art Gedanken festzuhalten liest sich an vielen Stellen wie Notizen, aneinandergereiht und dadurch geht nichts von der Natürlichkeit für den Leser, der sich selbst darin finden soll und kann, verloren.

Mir persönlich hat SPIELRÄUME besser zugesagt, es war kräftiger, stärker irgendwie, aber wie gesagt, rein subjektiv gesehen.

Ich halt Dir die Daumen, daß Dir das neue Buch ein wenig weiterhilft, als Person, Autor, aber auch als Frau! Was mir gefällt: ich hab ja schon etliche Fotos inzwischen von Dir gesehen, hier wieder eine völlig andere Andrea von der Aussagekraft des Ich selbst gesehen, gratuliere!

Theater: mit sowas hab ich bei den Schneebergen dieser Tage gerechnet und war dann doch erstaunt, daß es trotzdem voll gewesen ist.

Tut mir leid, daß es bei Dir nicht geklappt hat mit den Karten. Aber die haben überall volles Haus gehabt, jetzt am Wochenende auch in Linz und Wels. Nun ist mal Pause mit dem Stück. 51 mal gespielt in zwei Jahren, ich muß zufrieden sein.

Noch dazu, am 20.1. war ich ja zum ersten Mal draußen, in Wien, VT Studio. Vier Stunden. Und traf dort zum ersten Mal eine Jugendfreundin, sie war 17, ich 20, und mit ihr heute: die Tochter. 15. Die Mutter war inzwischen 2mal verheiratet, geschieden, arbeitet in Wien, stammt aber aus Judenburg, das Mädchen kam 71 auch dort zur Welt. Ich lernte sie in St Gilgen kennen, kurze Disconächte mit Folgen, wie man so sagt, nur gab es auf Rücksicht der kleinen Familie keinen Kontakt, seit

---

57   Andrea Wolfmayr: *Die Farben der Jahreszeiten* (1986).

*Weihnachten nun kennt das Mädchen die Wahrheit und wollte
das Stück sehen, wußte aber nicht, daß ich ausgerechnet an
diesem Tag dort bin...*

*Sie kommt im Juni aus der Schule–, und wie kann es anders sein,
sie drängt ins Gastgewerbe, wie alle aus unserer Familie, nur hat
bisher niemand eine Lehre abgeschlossen, mal sehen, ob sie es
schafft...*

(Gerade hör ich, bei euch wieder Schneefälle!)

*Inzwischen habe ich mit dem Mädchen, so groß wie ich, schlank,
sieht eher wie 18 aus, sehr realistisch, selbstbewusst, erfahren
in fast allen Lagen, auf Liebschaften ("... hab soeben mit einem
21 jährigen Schluss gemacht, bin ein Jahr mit ihm... die Mutti
versteht sich gut mit ihm...aber nun fing der an von Verlobung
und Zusammenleben zu reden... da fiel mir auf, wie fad und
gewöhnlich der im Grunde ist..."), eine schöne Beziehung, konnte
ihr, nachdem ich mehr von ihr weiß, auch FEGEFEUER schicken,
damit sie sieht, was Alkohol ausmacht im Leben, denn sie trinkt
ganz gern bei Problemen... etc., und auch, die Mutter, ein lieber
Mensch, aber, wie soll ich sagen, schwach, auf jeden Fall zu
schwach für dieses Mädchen.*

Naja.

*ORF-Geier: hab davon von mehreren Seiten gehört, aber nicht
direkt im Radio, lief nur im Studio Steiermark, 15 Minuten
Sendung über mich... Aber für die ist es eben exotisch, wie ein
Häfenbruder das alles und dazu viele gute Menschen erreichen
kann aus seiner Lage...*

Wortbrücke 3 wird in den nächsten Tagen kommen.

*Und für Nr. 4... bis September, krieg ich auch von Dir wieder was?
Wäre schön.*

*Liebe Gedanken ins verschneite Gleisdorf schickt Dir
Lächelnd*

(rote Tinte)[58]

---

58   Vergilbtes A4-Papier, links gelocht, auf Vorderseite Stempel J.U.
in Rot, Schrift rot, Vorder- und Rückseite beschrieben; Kuvert fehlt.

Im Garten

Nein, ich bin nicht besessen. Ich höre Stimmen, ich kann mir Stimmen vorstellen, ich kann mir Stimmen einbilden, aber im Sinn von »Wahn-Sinn« höre ich keine Stimmen. Ich bin weder schizoid noch paranoid. Ich hab einfach eine »lebhafte Fantasie«. Hatte ich schon als Kind, stellte man fest. Aber das geht ja anscheinend heutzutage nicht mehr. »Lebhafte« Fantasie. Lebhaft bedeutet schon zu viel, eigentlich über der Grenze, schon »krankhaft«. Verdächtig jedenfalls. Auffallend. Aber es gibt für alles ein Kastel. Einen Begriff, eine Bezeichnung. Das beruhigt. Und alles, was nicht »normal« ist, nicht einer Norm entspricht, der momentan gängigen, der aktuellen, immer neu aktualisierten Norm, ist krankhaft. Kann aber behandelt werden. Normal gemacht. MUSS behandelt werden. Weil sonst ist das unnatürlich und beängstigend.

Früher hätt man solche wie mich einfach verbrannt.

Ich setze im Garten die violette Herbstaster, die mir G. in einem Topf gebracht hat, und denke an Jack. Und wenn er noch lebte, ob ich ihm vielleicht von meinem Garten erzählen würde und er sagte: »Du hast's gut! Du bist in Freiheit!« Denn ich müsste freilich davon ausgehen, dass er wieder in Krems säße, nun wirklich sein Leben, wenn er noch lebte. Er wäre jetzt achtundsechzig. Er ist drei Jahre älter als ich. Ob ich allerdings noch Kontakt hätte, den Kontakt gehalten hätte über die Jahre, das ist eine andere Frage. Kontakt zu einem verurteilten Serienkiller, mit dem man »befreundet« ist? Rein literarisch? Gedankenaustausch unter Schriftstellern? Philosophieren über Leben und Tod?!

Zwang und Freiheit? Freiheit war ihm das Wichtigste. An dem Begriff hat er gehangen. Bei jeder Gelegenheit betont, wieviel Zeit, wie *wenig* Zeit er hatte, in Freiheit. »Zwei Jahre! Ich hatte nur zwei Jahre!« Das taucht immer wieder auf, in Interviews, in seinen Texten. Freilich wäre ihm das alles zu bieder und brav und bürgerlich und katholisch, wie wir heute leben. Wir Fortschrittlichen, Angepassten, wir Gutmenschen. Er hat diese Art Leben nicht direkt verachtet, er hatte sogar mehr Hang zum Bürgerlichen, als er selbst glaubte und sich einschätzte – so schätze ich ihn ein, heute –, jedenfalls betonte er immer wieder, dass es nichts für ihn wäre, diese Art bürgerliches Leben. Spießerleben. Verlogen und nur Bibelsprüche für alles. Und viel zu wenig Sex. Ganz lakonisch. Deutlich. Drastisch. Deshalb nennt er uns verlogen. Weil wir immer gleich so moralisch sind und betonen, wie schrecklich »die Umstände« sind, unsere luxuriösen Umstände in kostbarer Freiheit, mit meist ausreichend Geld, und wie wir dennoch tagtäglich herumjammern über die »Zustände« und fordern, wie es sein sollte. Und wir tun nix und beklagen alles und gehen partymäßig demonstrieren. Wahrscheinlich würde er auf Facebook und Twitter sich äußern – heftig vielleicht, drastisch, denn zu verlieren hätte er ja nichts mehr –, zensuriert oder beobachtet würde er freilich. Vielleicht ließe man ihn auch gar nicht ins Netz? Damit er nicht die österreichische intellektuelle Öffentlichkeit wieder aufhetzt?

Jack hat jedenfalls relativ wenig beklagt. Wut hatte er schon, aber die beherrschte er. Hm. Also gejammert hat er jedenfalls nicht. Nur um sich selbst. Pragmatisch hat er menschenunwürdige Umstände in der Menschenwegsperrung, im Strafvollzug, aufgezeigt, das schon. Für sich selbst aber hat er hauptsächlich den Verlust der Freiheit beklagt. Das war das Einzige. Und ich hier im Garten, an diesem schönen Herbsttag. Und er in seiner Zelle. Grad ein Stück Himmel, davor Gitter. Das würde er sehen und sagen. Ja, ich würde ihm wahrscheinlich erzählen von meinem Leben und dem Garten, weil es besser ist als nichts und weil es einfach ein wenig Licht bringt in die Zelle. Und Abwechslung. Bilde ich mir ein. Denn ich bin ein kommunikativer Mensch, ich erzähle ja dauernd allen möglichen Menschen, die danach fragen, was ich tue und treibe. Manchmal hab ich freilich keine Lust, was zu erzählen, und wenn dann gefordert wird, ich soll was erzählen, dann fällt mir nichts ein, dann blockiere ich. Dann bin ich ein bockiges Kind und mag nicht. Auf Befehl mag ich nicht, kann ich nicht. Nie auf Zuruf. Nur wenn ich gut aufgelegt bin. Wenn es quasi wie von selbst quillt. Freiheit.

Ich hab Gartengewand an, schlampiges, ein bissel dreckiges Gewand, Fetzen, wie er sie nicht wollte. Überhaupt bei einer Frau. Man sieht dem Menschen an, wie er ist. Wie außen, so innen. So auf die Tour dachte er, denke ich, schließe ich aus seinen Schriften. Gepflegt muss man schon sein, also besonders als Frau. Und auf sich achten. Das hab ich aber nicht gemacht, nie gern gemacht, das Äußere war mir nie wichtig, der Körper ein Vehikel, soll funktionieren, aber viel tu ich nicht für ihn. Auch so ein Punkt. So kannst du natürlich nie Popstar werden, und auch in der Literatur gibt es bestimmte Dresscodes. Der Markt ist brutal heute, du musst dich schon gut verkaufen! Du hast ja Fantasie, behauptest du von dir selbst – warum wendest sie auf diesem Gebiet nicht an?! Immer nur ums Innen geht es dir, nie ums Außen. Weniger um die Form als um den Inhalt. Das ist beim Auftritt genauso wie bei den Geschichten. Gehalt, nicht Fassade. *Content* nennt man das. Ist doch total wichtig heutzutage, oder?!

»Nein, das mein ich nicht. Du weichst nur aus! Aber so geht das nicht«, kontert der innere Jack. »Mach was aus dir! Mach sie aufmerksam auf dich. Hau mal auf den Tisch! Du musst dir schon einen Auftritt verschaffen!« – »Darf ich dich verwenden?«, frag ich. »Wenns dir hilft, wenn du meinst, es nutzt was – tu's!«, sagt er. »Hast freie Hand. Ich bin sowieso tot. Und mir nützt alles, was sich mit mir beschäftigt. Damit man mich nicht vergisst. Aber wundere dich nicht, wie sie dich bespucken werden und begeifern. Vergiss nicht, wie neidig sie sind. Wie sie es alle besser wissen. Wie sie sagen, du hast gar keinen Kontakt zu mir. Das wär alles nur Einbildung oder ein raffinierter Trick. Wie sie reden, wie sie plappern. Aber lass sie. Sie plappern und klappern nur. Erfinde einfach das Blaue vom Himmel herunter. Rette dich. Du könntest viel mehr aus dir machen. Nicht immer nur das verschämte Burgfräulein, die bescheidene Krebsin, schwer zu knacken. Spiel ein bissel! Betrüg ein bissel! Meine Briefe hast ja! Das Spiel könnte interessant werden. Und mich bringts wieder in die Schlagzeilen. Denn da gehör ich hin! Ich hab mich selbst berühmt gemacht für immer! Ich bin der berühmteste Serienkiller von Österreich, was, Österreich – international! Ich gehör zu den Top-Killern der Welt!«

Ich steh im Garten unterm Nussbaum und höre wie gebannt Jack zu:

»Geschmacklos findest du das?! – Ach, die werden dir noch ganz andere Sachen an den Kopf werfen! Wirst sehen. Das schau ich mir an. Aus der Loge, fußfrei. Himmel? Nein, Hölle natürlich. Aber wir haben auch Zuschauerplätze. Und Wiedergeburt. Wer sagt dir, dass ich nicht das Eichkatzerl bin auf deinem Nussbaum und schon die längste Zeit mit meinem buschigen Schwanz vor deiner Nasen herumkurv, haha!«, meckert der Jack in meinem Kopf.

Das Jackige in mir. Scheckig. »Gescheckte Kuh«, sagten sie zu ihm als Kind, spotteten sie. *Für sie war ich zuerst der Jacky, später wurde daraus Schecky und aus Schecky die »scheck-scheck-scheckige Kuh«!*[59] Weil er dreckig war und nichts anzuziehen hatte. Keuschlerkind.

Ich schwitze. Das kommt nicht allein vom Gartenarbeiten, das ist ja alles ganz schnell gegangen, das Eintopfen der Pflanze. Das kommt allein von der Aufregung. Von einer Art Angst sogar, nein, Furcht stimmt eher. Es ist eine konkrete Furcht. Ich merke, wie der Text wächst, wie er mir unter den Händen gedeiht und wird und wie sich die Bilder formen und wie ein Film entsteht, ein ganz eigener Film, und er heißt »Jack und ich« und er behandelt den Teufel persönlich, den Teufel in ihm, den Teufel in mir, und er entsteht von ganz allein!

59   Jack Unterweger: *Fegefeuer*, S. 64.

Opfer

Ich bin kein Opfer. Ich BIN ein Opfer. Ich bin nicht *sein* Opfer geworden, auf dieser Ebene war ich nicht zu kriegen, auf der, die ihn interessierte. – Welche Ebene meinst du? Was soll ihn interessiert haben? Sex? Mord? Liebe? Freundschaft? War ich »sein Typ«? Ist man »Typ« von jemand? Hab ich »Typen«, auf die ich einsteige? Wenn ja, dann war er keiner. Und ich für ihn? Vielleicht hätte er sich näher auf mich eingelassen. Die, auf die er sich wirklich eingelassen hat, die wurden ja auch nicht zum Opfer. Konnten es gar nicht werden. Immer nur »die anderen«. Oder dann, wenn man nicht mehr »funktionierte«. Wenn man nicht mehr war, wie er einen wollte. Zurechtmontiert. Dressiert. Wenn man ausschert. Sich nicht an die Regeln hält. SEINE Regeln. Man wird schnell zum Opfer. Und auch ich bin Opfer geworden. Immer wieder mal. Jeder wird.

Also bin ich doch ein Opfer. Bin ich ein Opfer?

Ich war niemals ein Opfer. Einige meiner Freunde glauben, ich sei gern Opfer. Anfällig. Nur einige wenige glauben das. Glauben, mich von dieser Seite zu kennen. Anders zu kennen. Besonders gut. Nennen mich masochistisch. Wie Jack. Leiten aus meinen Büchern dies und jenes ab. Ich sage, es ist reine Projektion. Und ich hab gespielt. Ich hab immer gespielt. Ich kann gut spielen. Mitspielen. Obwohl mein Freund, der Maler, gemeint hat, in unseren Freundschafts-, unseren Atelierzeiten, dass ich gar nicht spielen könne. Ich solle doch spielen, forderte er mich immer wieder auf, und er meinte das Spielerische im Leben, das Nicht-Ernst-Nehmen, aber das ging nicht für mich, ich war zu ernsthaft und naiv, und wahrscheinlich meinte er auch sexuelle Spiele, woraufhin ich meinte, diese meine »Spiele« seien Privatsache und gingen ihn nichts an. Es waren lockere Zeiten damals, und er bezeichnete mich daraufhin als prüde, aber ich wusste, dass er nichts wusste und auch niemals etwas wissen würde von mir, und niemals würde ich mich auf ihn einlassen, auf ihn, der alle meine Freundinnen und meinen ganzen Umkreis durchgefickt hatte, aber das tat man damals so, jeder war so, es war ganz normal, dass man fröhlich durch die Gegend rammelte, und auch die Worte waren normal, Ficken und Vögeln. Jetzt sei nicht so, jetzt tu nicht so, schau an das Wörterbuch vom, wie heißt er noch, der dann ja auch so grausig gestorben sein soll, die sexuellen Abarten und Spielarten, Bornemann. Ernst Bornemann. Auch er hat sich ja eingesetzt für Jack. Hat dann einen Rückzieher gemacht. Aber du natürlich warst und bliebst ein braves Mädchen, so wurdest ja auch bezeichnet, von der Neuen Zürcher[60] …

ꓽUF BÜCHER   Samstag/Sonntag, 3./4. Juni 1989 Nr. 126 113

Ich-Werdung eines braven Mädchens
Andrea Wolfmayrs Roman «Pechmarie»

… aber du wolltest ums Verrecken kein braves Mädchen sein, du wolltest lieber mondän sein, verrucht, und hast dich deshalb gern in Schwarz gekleidet, mit viel Leder, und diesen Nieten und Ketten, Sadomaso-Kleidung, sowas

---

60   »Ich-Werdung eines braven Mädchens. Andrea Wolfmayrs Roman ›Pechmarie‹«, in: Neue Zürcher, Sa/So, 3./4.Juni 1989, Nr. 126, S. 113.

täuscht natürlich, Depeche Mode, »Master and Servant«, es war die Zeit, niemand wollte brav sein damals, alle wollten schlimm sein, denn nur *gute Mädchen kommen in den Himmel, böse überall hin*[61], und sogar der adrette nette lächelnde Michael Jackson gab sich plötzlich BAD und sah böse drein, und die Nutten wurden gesellschaftsfähig, man durfte drüber reden, es wurde Thema, Sexarbeiterinnen und ihre Ausbeutung. Jedenfalls verhielten sich manche so und manche waren es auch, manche nahmen Geld, mit oder ohne Zuhälter, aber unter uns waren natürlich keine »Echten«, wir waren Bürgermädchen, katholisch. Und Jack hatte viel mit Bürgermädchen zu tun, er wollte ja auch bürgerlich sein, bürgerlich werden, irgendwo, ein bissel, oder wenigstens profitieren davon, aber natürlich nicht kleinbürgerlich und spießig. Nur: Diese Gratwanderung hat er nicht geschafft, gar nicht schaffen können, wie auch, aus diesem Milieu, aus dem er kam, immer mit Huren zu tun, auch wenn sie keine waren, seine Mutter nicht, obwohl sie manchmal, besonders in der Presse, als eine bezeichnet wurde, obwohl Jack sie selber, in *Fegefeuer*, eine Nutte nennt – und die Tante, nicht zu reden von der Tante, zu der gerne gekommen wäre, die dann aber auch ermordet wurde. Der Mord war also schon da in seinem Leben, früh. War »normal«. Und die Huren, die Prostituierten, die Jack angeblich so verachtete, die waren sowieso da, vehement und immer, und die hat er auch ernst genommen, als Menschen, als Frauen, sie waren die einzig Ehrlichen für ihn, das hat er immer wieder betont. Wenn sie halt Frauen waren, wie er sie wollte. Wie er sie sehen wollte. Wie er sie *haben* wollte.

---

61   Ute Ehrhardt: *Gute Mädchen kommen in den Himmel, böse überall hin: Warum Bravsein uns nicht weiterbringt* (1994).

Wie durcheinander kann man sein, kann man werden. SEHR durcheinander waren wir damals, wurden wir damals. Die ganze Welt, die ganze spießige, gut geordnete Welt der Achtzigerjahre stand Kopf. Und grummelt seither vor sich hin und erholt sich nicht mehr. Ein Vulkan, der immer neu überlegt, ob er jetzt ausbrechen soll.

Das Kind

> Im Sommer konnte ich, wenn Großvater nicht Zuhause war, ein wenig für mich allein verdienen. Von einem Mann aus der Stadt, der einmal in der Woche durchs Tal fuhr, bekam ich Eis und Kuchen, wenn ich ihm lebende Kreuzottern liefern konnte. Sonst kaufte er bei Opa, der hat es mir beigebracht, wie man mit einer aufgerauhten Astgabel Schlangen beim Sonnen überraschte und gefangennahm, ohne sie zu töten. Und ich durfte unten im Sägewerk helfen und meinen Magen füllen. Abends, wenn ich zurück mußte, hinein in die düstere, alte Keusche, dachte ich oft ans Davonlaufen. Nur die Fotos meiner Mutter hielten mich fest.[62]

---

62   Jack Unterweger: *Fegefeuer,* S. 26.

»Verlogen«. »Verschlagen«. Ge-schlagen.

> Ich war verschlagen, in mir jubelte es, wenn ich
> anderen schaden konnte.[63]

Ein Kind, das geschlagen wird, versucht den Schlägen
auszuweichen. Das gelingt manchmal. Viel wird vom Kind
versucht, um den Schlägen auszukommen. Manche Schläge
tun mehr weh, manche weniger. Manche sitzen. Treffen. Manche gehen unter die Haut. Manche direkt ins System, ganz
tief. Manche meint man, nicht zu spüren. Nicht mehr. Es ist
eine Täuschung, eine Selbsttäuschung. Es ist egal, sagt Jack.
Aber jeder Schlag zählt. JEDER. Jeder Schlag, der trifft, wird
gemerkt. Gespeichert. Schläge sammeln sich. Werden zu einer
ungeheuren, großen Schar von Schlägen, einer Horde, einem
Rudel von Schlägen, einem Rudel Hunde. Schlägerhunde.
Schlachterhunde. Unheimliche Wut.

> Ich schwieg und freute mich über jeden Betrug, als
> ich einmal einen Betrug ausließ, war ich drei Tage
> hungrig. Hungrig kann man schlecht schlafen. Die
> Moral war eine Sache des Magens.[64]

Aber wenn auch alles Mögliche, schon gar das Gefühl,
das ich versuche wieder aus der Mottenkiste zu holen, vielleicht überhaupt nicht mehr stimmt, das Eine weiß ich noch
ganz genau: Wie ein »verschlagenes« Kind kam er mir vor,
als ich ihn zum ersten Mal gesehen habe. Wie ein Arbei-
terkind. Ein Kind aus dem niedrigsten Arbeitermilieu, ein

---

63   Jack Unterweger: *Fegefeuer,* S. 11.
64   Jack Unterweger: *Fegefeuer,* S. 13.

ungewolltes, eines, das irgendwie durchkommen musste. Sich selbst durchschlagen. Durch alle Widrigkeiten. Ratte. Straßenkatze. Köter. Ein Kind, das nicht verwöhnt wurde, niemals. Ganz im Gegenteil. Immer nur verjagt. Nicht einmal geduldet. Keine Geschenke. Alles von irgendwo nehmen, stehlen, heimlich. Nichts gehört dir, alles, was dir vorübergehend gehört, wird dir sofort wieder genommen. Du musst kämpfen um alles, was du haben willst.

> Das sind die Abgeschobenen, das ist dort ein normaler Tageszustand, das ist nicht ein gezieltes ›Ein Kind Schlagen‹ ... dort werden eben Kinder geschlagen und da wird gesoffen ... das möchte ich gar nicht spezifisch sehen.[65]

Und ich habe solche Typen wie ihn ja auch gekannt. So jemanden wie Jack. Zum Beispiel die Buben in der Siedlung. Die aus den Gemeindewohnungen. Diese Arbeiterkinder in den Sechzigern, so klein und dürr und schlecht ernährt, aber auch so wild, durchtrainiert und brutal wie Straßenkatzen. Der Kurti und der Willi und der Karli und der Bojan und der Heinzi und der Burli und der Luis ...

Es sind Erinnerungen, die hochkommen. Nicht besonders schöne Erinnerungen. Aber heftige. Die einen atemlos machen und ganz schwach. »Der Kindergarten im Kloster. ›Ich will dort nicht hin, Mama, mir ist schlecht, ich hab Bauchweh, ich muss speiben!‹«[66]

65   Peter Huemer, Interview in Krems, Teil 1 (https://www.media-thek.at/atom/011D030D-183-001A7-00000BBC-011C3764).

66   Andrea Wolfmayr: *Pechmarie*, S. 32.

... wieder war er der kleine Junge, wieder betrachtete er mit dem gleichen körperlichen Widerwillen diese gemeinen Bilder; wieder schlug der Trommellärm betäubend an sein Ohr. Einige Takte der damals gehörten Musik huschten ihm durch den Sinn, und hierbei überkam ihn zum erstenmal ein Ohnmachts-gefühl, eine Welle der Übelkeit, eine plötzliche Schwäche in den Kniegelenken, die es unverzüglich zu bekämpfen und zu überwinden galt.[67]

Begegnung mit Jack

Dem 1,70 Meter kleinen Mann mit dem bubenhaf-ten Gesicht wird eine ungeheure Ausstrahlungskraft attestiert.

Schlagzeilen wie diese sprangen mir ins Auge. Aber wie gesagt: Als ich ihn gesehen habe, erlebt, als Person, als Mensch, war ich enttäuscht. Zumindest in der Erinnerung. Aber Erinnerung kann fälschen, wissen wir. Ich werde also noch einmal versuchen zu sagen, wie es war, und ganz genau nachzuerzählen, woran ich mich erinnere. Die Erinnerung ist eine Erinnerung von heute. Sie ist dreißig Jahre alt.

Ich glaube, es ist Sommer. Nicht einmal das weiß ich genau. Das Jahr? 1990? 1991? Ich weiß es nicht. Ich kom-me mit dem Rad, ich fahre immer mit dem Rad. Ich biege ein in die Einfahrt, Rathausgasse in Gleisdorf, vor mir offen

---

67   Robert Louis Stevenson: *Markheim*, S. 107.

der Garten, im Garten ein Gartentisch, Bänke oder Garten-
sessel. Die Sonne scheint. Jemand sitzt am Tisch. Jemand
erhebt sich vom Tisch. Ich will ihn nicht erkennen, ES in
mir will ihn nicht kennen, erkennt ihn nicht, kennt ihn
doch. Wer ist das. Es soll doch eine »Überraschung« sein.
Wer ist das. Die Züge sind sehr, sehr bekannt. Ich will den
nicht kennen. Ich kenne den. Ich gehe auf ihn zu, er geht
auf mich zu, er ist kleiner als erwartet. Was er anhat, wirkt
irgendwie … altmodisch. Der ganze Mann wirkt altmodisch und »anders«. Was soll ich sagen. Irgendwas sage ich
halt, das kann ich, immer irgendwas sagen. Lächeln und
Blabla und Gewäsch, damit was gesagt wird. Denn Stille
geht nicht. Ich kann den nicht anschauen, ich mag seine
Stimme nicht, sie kommt mir näselnd vor und altklug. Der
macht einen auf gescheit, aber das nervt mich. Ich muss
immer wieder hinschauen, nein, wegschauen, was soll ich
sagen, ich hab mit dem nichts zu reden, es gibt nichts zu
sagen, ich rede um mein Leben. Ich will das nicht. Da sitzen und mit dem reden. Ich hätte nur eine einzige Frage:
»Warst du das auch, mit den anderen Frauen? Hast du das
getan, Jack?«

Vielleicht ist es eine künstliche, erkünstelte Erinnerung.
In meinem Erinnerungsbild sehe ich ihn jedenfalls ziemlich genau. Und spüre auch deutlich wieder, dass ich über
eine innere Abneigung drübersteigen muss. Der Körper
speichert wichtige Erinnerungen und gibt Alarmzeichen.
Denn diese Überraschung ist keineswegs eine »gelungene«,
im Gegenteil. Mit dem wollte ich nicht überrascht werden.
Überhaupt hasse ich Überraschungen. Was mache ich jetzt.
Ich habe keine Zeit, ich habe keine Lust. Ich soll mich mit
etwas beschäftigen, das für mich nicht mehr interessant

ist. Ich habe jetzt ein anderes Leben. Mein Leben ist ruhig und gesichert und es geht mir gut. Ich habe keine inneren Unruhen mehr, ich habe keine finanziellen Probleme, ich lebe in einer monogamen, ruhigen Beziehung, die (noch) funktioniert. Was soll mir der Typ, jetzt, da? Er passt nicht mehr in mein Leben. Mein Leben soll kein Abenteuer sein, sondern endlich bürgerlich. Solide. Die Rampensau, das Punkmädchen, alles nur gespielt. Und vorbei. Es waren die rebellischen Jahre, die Achtundsechziger. In Wirklichkeit bin ich brav und katholisch. Und mit dieser Vergangenheit, dieser Proletenvergangenheit, die mich an die Armut, Sparsamkeit und Enge der Kindheit erinnert, will ich nichts mehr zu tun haben.

»Psychopathische Partner sind gnadenlos. Aber sie sind keine Götter«[68]

Ich bin beruhigt. Ich beschäftige mich jetzt mit dem Thema. Intensiv sogar. Ich schaue hin. Ich will es wissen. Ich lese Jacks Buch. Seine Texte. Endlich. Ich bin im Auge des Orkans. Das Gespenst wird entmachtet. Der Mörder wird entmachtet. Der Tod wird entmachtet.

Den bei sexuellen Serienkillern beschriebenen »Charme des Psychopathen« habe ich in 30-jähriger Gutachtertätigkeit nie so klar gesehen wie bei Jack Unterweger. Beeindruckend war der krasse Gegensatz

---

68   Bärbel Mechler: *Mein (Ex)Partner ist ein Psychopath. Wege aus der Opferfalle* (2017), S. 5.

zwischen seinem angenehmen Äußeren und seiner schwer gestörten Innenwelt.

Unterweger war nicht psychisch krank und mit einem Intelligenzquotienten von 112 recht begabt. Wie bei vielen Serienmördern lag bei ihm ein sogenannter »bösartiger Narzissmus« in geradezu klassischer Form vor. Diese Persönlichkeitsstörung ist gekennzeichnet durch Sadismus, Dissozialität, Egozentrik und wahnähnliches Empfinden. Unauslöschlich hat sich bei mir eingeprägt, dass große Verbrecher immer auch große Psychologen sind. Mit natürlicher Menschenkenntnis und instinkthaftem psychologischem Gespür sind sie uns Fachleuten oft weit überlegen.[69]

Was mich so unruhig macht, gemacht hat. Wo ich selber aufpassen muss. Kranke Partner. Narzisstische. So »mitfühlend« sie sein können, so sensibel, empfindsam, »angerührt« – aber worüber sind sie denn so »gerührt«? Ab und zu. Manchmal. Urplötzlich aus dem Nichts. Unvermutet. Tränen und »Rührung«. Über Kinder und Katzen. Heimat und Erinnerungen. Sie hassen auch. Sie hassen ihre Mutter, hassen ihren Vater. Sie sind so überheblich, dass sie meinen, keine Psychotherapie zu benötigen. Es ist eine Mischung aus Angst und Arroganz, Angst und Unsicherheit. Immer ist Angst dabei. Und schnelle Wut. Sie stilisieren sich selbst hoch. Genies, Philosophen, Intellektuelle, Künstler – und sind doch eher Blender, schaffen ihr Leben nicht. Schaffen

---

69 Reinhard Haller im ORF, Thema: Jack Unterweger – der »charmante Serienkiller« (23.6.2014).
(https://www.youtube.com/watch?v=ttS4ORUXf6o&t=316s)

keine Prüfungen, keine akademischen Titel, sind verächtlich gegenüber der »Gesellschaft«, leben von nichts, aber neiden denen, die was haben. Sich was erworben haben. Weisen unter Tränen und Selbstmitleid auf all ihre Defizite hin, die Schuld ihrer Eltern, und immer der Gesellschaft, Schuld, die sie zuweisen, Krankheiten, unter denen sie leiden, weil DIE sie krank gemacht haben, was sie je nachdem als Waffe verwenden oder herunterspielen in ihrer Großartigkeit. Um NICHTS machen zu dürfen. Schlafen und Lesen und Gescheitsein. Auf Kosten anderer leben. Es in keiner Beziehung aushalten. Die Eltern mit Hass traktieren, mit Verachtung und Beschimpfung »strafen«. Was macht man in so einer »Beziehung«. Wenn man in die hineingeraten ist und nicht weiß wie. Wenn man die wieder aufgeben will, weil man sieht, das bringt nichts. Der Horizont wird enger, man steht an der Wand, sitzt in einer Ecke. Man will nicht mehr. Wie vorsichtig versucht man nun, sich aus der Schlinge zu ziehen. Die Zähne sind die eines Haifischs, Hunderte, und die Widerhaken halten einen zurück – aber ich muss raus aus der Falle! Weg! Die eigene Haut retten. Wie dieser BBC-Clip mit den Schlangen, die das Reptil jagen, das es aber schafft zu entkommen.

Und auch ich entkomme. Wie ich schon einige Male entkommen bin. Aber es ist einfach grässlich. Dass ich immer so nahe daran herangehen muss. Dass mich ausgerechnet solche Menschen interessieren, solche Männer, solche Partner, und nur die »spannend« sind, weil die anderen zu »normal« sind und bürgerlich und brav und somit uninteressant. Interessant ist hingegen alles, was mich erinnert. Was irgendetwas anklingen lässt. Das »Verrückte« in mir selbst. Die ungeheilte Wunde. Mein Vater zum Beispiel. Dass er mich aus ungeklärten, nie zu klärenden Gründen nicht lieben konnte. Nicht so, wie ich es mir sehnlichst wünschte, wie ich es gebraucht hätte. Einfache, »normale« Elternliebe. Vaterliebe. Wie ich sie nehmen hätte können. Es ist sehr einfach. Eigentlich. Und eigentlich ist es schon geklärt, es stimmt nicht einmal, dass es *nicht* zu klären gewesen wäre. Und das Motiv liegt allein in *seiner* vielfach gebrochenen, zerschlagenen Persönlichkeit, durch den Krieg, durch sein Aufwachsen in seiner Zeit, durch seine Erziehung durch meine geliebte Oma, die gleich zwei Kriege erleben musste, die auch nicht immer wusste, was sie tat, und die sich halt Männer aussuchte, wie sie kamen, erreichbar waren, aus der Zeit heraus »notwendig« fürs Überleben, fürs Geschäft, vielleicht auch, weil die ihr gefallen haben, also mein leiblicher Urgroßvater ein Hallodri, ein »Weiberer«, diese Art »Fröhlichkeit« und »Leichtsinn«, der ein Gegengewicht bilden musste zu all dem Grässlichen, das es schon seit Generationen in der Familie gegeben haben muss. Und warum auch nicht. Leben heißt Leben. Direkt. Deutlich. Verwundet, geheilt. Ungeheilt. Vati, schwer gelitten zum Schluss seines Lebens. Alles gebüßt.

Und dann, sie sind ja so lieb! Sie gestehen alles ein. Manchmal. Gestehen zu. Schwören Besserung, hoch und heilig. Sie werden sich ändern! ALLES wird sich ändern! Wenn man nur bleibt. Geh nicht, geh nicht. Halte zu mir. Das kannst du doch nicht machen! Es war doch so schön! Lass mich nicht allein! Bitte, geh nicht!!

»Das Verbrechen, bei dem Sie mich ertappt haben, war mein letztes. Auf dem Wege zu ihm habe ich viel gelernt, ja, die Tat selbst ist mir zur denkwürdigen Lehre geworden. Bisher bin ich wider meinen Willen zu dem getrieben worden, was mir fern lag: ich war der gehetzte, gepeitschte Sklave der Armut. Es gibt robuste Tugenden, die diesen Versuchungen zu widerstehen vermögen; die meine war nicht von dieser Art: mich dürstete nach Genuß. Heute aber, dank dieser Tat, sammle ich sowohl gute Lehren wie Reichtümer, den erneuten Entschluß und die Kraft, wieder ich selbst zu sein. Ich bin in Zukunft in allen Dingen Herr meiner Handlungen; ich sehe mich bereits als einen ganz anderen; diese Hände werden künftig Werkzeuge des Guten sein; Friede wohnt in diesem Herzen. Etwas aus der Vergangenheit überkommt mich; etwas, von dem mir an Sabbatabenden träumte, wenn die Orgel erklang; Vorahnungen, die ich hatte, wenn ich über großen, reinen Büchern weinen mußte, oder als unschuldiges Kind mit meiner Mutter sprach. Dort liegt mein Leben; ich bin einige Jahre in der Fremde umhergeirrt, jetzt aber sehe ich den Ort meiner Bestimmung wieder vor mir liegen.«[70]

---

70   Robert Louis Stevenson: *Markheim*, S. 117.

Lieber Jack,

ich schick Dir hier zwei Manuskripte, ich
hoffe, es ist noch nicht zu spät für die
nächste Nummer. Du kannst eine oder beide
nehmen (oder auch keins), je nachdem. An sich
handelt es sich bei "Phœnix & Phœbe" um eine
Fortsetzungsgeschichte, die ersten drei Teile
sind im "Sterz" gekommen, aber nun hat der
████ die Alleinregierung dort übernommen
und modelt die Zeitschrift um und wird sehr
anspruchsvoll, hat mir eine sehr schlimme
Kritik und Beurteilung dieser beiden Texte
(wie auch der "Jahreszeiten") geschickt. Das
macht mir im Prinzip nichts aus, ich glaube
nicht, daß diese Texte so schlecht sind, wie
er tut, ich hab sie nochmal durchgesehen und
sie halten zumindest den ersten drei Teilen
(die ████ über den grünen Klee lobte) eindeutig stand.

Aber es kann sein, daß ich mich täusche,
mein Selbstverständnis als Schreiber(in)
ist im Moment ziemlich unten, ich fühl mich
nicht besonders toll. Versuche seit neuestem,
nachts zu arbeiten, was ich bis jetzt nicht
konnte, aber ich muß einfach mehr Zeit ins
Schreiben stecken, muß mehr lesen, Material
aufnehmen, vielleicht hab ichs mir wirklich
zu leicht gemacht in letzter Zeit. Obwohl ich
nicht den Eindruck hatte…

Wie geht es Dir mit der "Wortbrücke"? Viel
Arbeit wahrscheinlich, kriegst du positives
Feedback? Wie geht das eigentlich, organi-
satorisch, Briefverkehr und Schreibarbeit
betreffend, in Stein? Lassen die Dich machen?
Wenn du kannst, erzähl mir, bitte.

Ich komm mir blöd vor mit meinem Gejammer
andauernd, meine Bedingungen, und deine,
wahrscheinlich könntst uns allen draußen
manchmal eine reinhaun…?

Der Willi Hengstler hat mir erzählt, daß er
diesen Film macht, "Endstation", und wies
jetzt so steht. Ich hab einmal nachts einen

```
Typ aufgegabelt, von dem ich meinte, er kön-
ne dich verkörpern, Willi fand den auch gut
und machte paar Aufnahmen, aber der wird es
nun doch nicht. Er ist zu hell, und wenn ich
mich recht erinnere, fand ihn Willi zu wenig
erotisch…
Grüß dich sehr
```

Aber mich werdet ihr nicht erwischen …

… sagt er. Kein Mann und keine Frau. Überhaupt niemand. Denn niemand kommt mir nahe, niemand kennt
mich. Jack ist in dieser Hinsicht nicht mehr als ein interessantes Studienobjekt, und eigentlich nur interessant, weil er
bis zum Mord gegangen ist. Seine Verrücktheit ist so gefährlich geworden, so existent, so real, dass sie andere Menschen
das Leben gekostet hat. Dass er anderen Menschen das Leben
genommen hat. Auf bestialische Weise. Dass er sich das Recht
herausgenommen hat, andere zu »bestrafen«. Für erlittenes
Unrecht. Irgendwer muss sterben. Auch wenn es in dem Sinn
nicht »geplant« war und »etwas« mit ihm durchgegangen ist.
Und: Wofür die Strafe? Wofür die Rache? Wofür rächt sich
so einer? So ein Wichtel wie Jack.

> Der Narzisst verbietet sich, seine Gefühle zuzulassen,
> weshalb er gezwungen ist, andere Wege zu finden, die
> ihm ein Ausleben seiner Aggressionen ermöglichen.
> Er will nicht als ein gewalttätiger, gemeiner, boshafter
> oder sadistischer Mensch erscheinen, weshalb er seine
> Aggressionen in gesellschaftsfähige Formen presst, die
> nach außen Anständigkeit signalisieren sollen, in Wahr-
> heit aber nur seiner inneren Wut ein Ventil geben.[71]

---

71   Sven Grüttefien: *Der Narzisst und seine Aggressionen* (a.a.O.)

Er macht Sendungen für den ORF. Kindersendungen. Schreibt Kindergeschichten. Harmlose Kindergeschichten mit Kindern, die Heidi heißen, und Franzi und Seppi und Karli. Braven Kindern mit aufmerksam sorgenden Eltern. Mit rührenden Dackeln und Pudeln. Er recherchiert eifrig und fährt mit den Polizisten auf Streife im Rotlichtmilieu, in Österreich genauso wie später in Miami. Interviewt den höchsten Kriminalbeamten des Staates, unterhält sich mit Polizisten, erhält auf diese Art wohl auch Informationen, »seine« Morduntersuchungen betreffend. Recherchiert bei den Prostituierten, unterhält sich mit ihnen, fragt sie aus, findet leicht Zugang, er spricht die Sprache, er ist so verständnisvoll, so fürsorglich. Ob sie Angst haben. Wieviel Angst sie haben. Große Angst haben sie. Aha. Ja, das kann er sich vorstellen. Jack ist ein Sadist und ein Gauner. Jack ist der Joker.

Energie

Wo bist du, Jack? Kann ich dich spüren da irgendwo rundum, bist du atomisiert als Energie frei schwebend, oder bilde ich mir alles nur ein, sind es reine Projektionen? Was ist wahr, was Vermutung? Konkret ist, was ist, was war. Was ich weiß, unumstößlich, und wofür es Beweise gibt. Schwarz auf Weiß. DNA. Faser und Schal. Brief und Siegel. Ich hab ihn gesehen, ich hab ihn getroffen, ich hab ihm geschrieben, er hat mir geschrieben, wir haben uns unterhalten. Das ist wahr und das ist konkret.

Jack. Die Geschichte inspiriert mich, ich bin elektrisiert und wie neu. Hoch gespannt und aufgeregt. Ich geh in Kontakt zu

Jack. Ich kann ihn spüren, fast hab ich freundliche Gefühle. Er ist ein Mörder und ich kann freundliche Gefühle haben. Oder ist es Freude, etwas entdeckt zu haben: den Mörder in uns. In jedem von uns. Wir ermorden, was wir hassen. Geistig. Wir tun es dauernd, laufend. Aber wir haben die Grenzen eingebaut, den Grenzschutz. Wir tun es nicht wirklich und wahrhaftig. Wir sagen nur, unter Umständen: Ich könnte den oder die umbringen! Aber das stellen wir uns nur vor. Wahrscheinlich nicht einmal bildlich, wir sagen nur so. Bei ihm hat der Grenzschutz versagt. Oder er hatte gar keinen. Nur ist anfangs nichts passiert. Also gleich nach der Entlassung. Erst nach und nach ging es wieder los. Als man ihn provoziert hat. WEIL man ihn provoziert hat. Oder ES nicht auszurotten war. Was. Wer. Die Frauen? Die Erinnerungen? Kerker, Wärter, Polizei? Großvater, Mutter, Tante? Als man auf seine Achillesferse gestoßen ist. Manche nicht locker ließen. Der pensionierte Kriminalbeamte August Schenner. Die Journalisten der Kleinen Zeitung, Heinz Breitegger und Bernd Melichar. Als er unwillkürlich aufbrüllen musste, weil sie ihn hatten, Achillesferse. Mitten ins Herz. Weil es stimmte. Weil es zu weh tat und ihn im Innersten traf, dort, wo er eigentlich gefühllos sein wollte. Sollte. Im Auge des Hurrikans. Im *Eye of the Tiger*[72]. Es ist einfach mit ihm durchgegangen, die Wut war immens, alles hochgekocht in ihm, der alte Schlamm. Sie sind mit ihm durchgegangen, in Panik, losgelassen, die wilden Tiere, die Hunde, die Meute, sie sind losgegangen auf das Verletzlichste, Empfindlichste, das er in sich hatte: das Weibliche.

Bei der permanenten Unterdrückung von unerwünschten Impulsen besteht jedoch die Gefahr, dass

---

72   Survivor (1981)

sich der Narzisst überfordert, weil er seine Affekte zu stark drosselt. Die negativen Gefühle werden im Unbewussten gestaut und häufen sich dort zu einem beträchtlichen Unbehagen an. Der Narzisst muss in der Folge immer mehr Kontrolle aufwenden, damit die aus seiner Sicht peinlichen Gefühle nicht zum Vorschein kommen und aus ihm herausbrechen.

Damit der Berg unterdrückter Emotionen nicht zu hoch wird und das Fass nicht überläuft, werden die Gefühle praktischerweise an anderer Stelle ausgelebt, wo sie nicht unbedingt als Aggressionen zu erkennen sind, wie. z. B. als strenger Erziehungsstil, der zum Besten der Kinder sein soll oder als ständiges und unmittelbares Korrigieren des Partners bei geringsten Fehlern, um diesem scheinbar edelmütig zu helfen. Die Aggressionen können auch in Prahlerei zum Ausdruck kommen, in ausgiebigem Lästern über andere, in unsachlicher Kritik an den Mitmenschen, in einem zügellosen Aktivitätsdrang oder in dominanten Sexpraktiken.[73]

Es geht ALLES mit ihm durch. Emotionen und Sexualität. Wut und Aggression. Und Sex. Sex ist ein mächtiger Trieb, einer der mächtigsten, er geht mit einem durch und macht einen so wild, dass man alles vergisst. Rot sehen. Und ungeahnte Kräfte haben, eine ungeahnte Wut. Aggression pur. Eine Rakete, die losgeht, eine Bombe, die explodiert, eine Naturkraft, eine Katastrophe. Wütet.

---

73   Sven Grüttefien: *Der Narzisst und seine Aggressionen*, a.a.O.

Dann: Eine ungeahnte, großartige Erleichterung. Wie ein neuer Mensch sich fühlen, Engelsrein. Unbefleckt. Wer sagt, dass nicht ein paar Tränen dabei waren. Beim »Begräbnis«, beim Versteck, beim Liegenlassen. Ich müsste noch mehr wissen. Wie haben die Opfer ausgeschaut. Was hat er mit ihnen gemacht. Es war besonders brutal, sagen sie. Es war Folter in jeder Hinsicht. Es war Machtausübung. Und Erdrosselung mit dem eigenen Untergewand, dem BH, der Strumpfhose. Besonders demütigend also. Nackt. Teilweise nackt. Im Wald. Im dunklen, dunklen Wald. In dem er sich geborgen fühlte als Kind. In dem er seine »Schutzhöhle« hatte, in der er sich verstecken konnte vorm Großvater.

Abseits.

Er ist auf Frauen losgegangen. Auf Frauen, mit denen er Sex hatte. ... *nackt mit den Händen auf dem Rücken mit Handschellen gefesselt* – war das der Auslöser? Der Trigger? Für die maßlose Wut, die sich steigerte und steigerte und sich entladen musste?

Er hatte KEINEN Sex mit Frauen, zu denen er »nur« nett war. Bianca war vielleicht die Einzige, die alles hatte. Sex UND Gefühl. Haller sagt, Jack hätte behauptet, mit 151 Frauen geschlafen zu haben in der Zeit, in der er frei war. In zwei Jahren also.

Und anschließend, wenn er fertig war mit ihnen, den Opfern, ließ er sie zurück, in der Nacht, im Wald, erdrosselt mit ihrem eigenen BH, ihrer Strumpfhose, ihrer Unterwäsche. Bedeckte die nackte Leiche mit Ästen, Zweigen, Laub, nur notdürftig. Gesicht zur Erde. Schmuck belassen. Schuhe belassen. Es sind sexuelle Hinweise, sagt meine Therapeutin. Fetische. Er setzt Zeichen.

Elisabeth Scharang hat die Zeichensetzung mit filmischen Mitteln kunstvoll umgesetzt. Lyrisch, drastisch, erschütternd. Dieses arme nackte Wesen, gefesselt, an einen Baum gebunden – wie es in Wirklichkeit, »in echt«, nie war –, aber die Kälte, der Reif, das Bleiche, Weiße des Todes, die kommen »echt« rüber. Denn: *Manchmal seh ich dich um den Baum geschlungen, unnahbar, Teil eines ewigen Alptraums* – so steht es in seiner Lyrik. *Ich will, dass die Menschen meine Bücher lesen.* Das hat er auch gesagt. Und all diese Bilder wirken. Neben der beeindruckenden und furchtbar »kalten« Musik von Naked Lunch. Bis dann, am Ende des Films, im verschneiten Wald, die ermordete Margot Schäfer noch einmal auftaucht, als Todesengel.

Tagebuch-Auszug vom 27. Oktober 2017:

Jacks Briefe. Was sagt er. Wieviel sagt er. Wie weit geht er. Jemand aus den Klauen lassen. Jemand die Macht beweisen. Jemand zur Schnecke machen. Wie er sich lustig macht und die Leute an der Nase herumführt. Und meint, sie zu manipulieren. Sie zu »erkennen« – und dann kommt der Ekel. Und der Überdruss. Und das Kaputtmachenwollen. Das ist der Psychopath, das ist der Narzisst. Das ist das Kastel, in das wir ihn stecken (wollen … müssen …).

Servus, Andrea,

Dich gibt's noch, schön, danke für den Brief, höre neben dem Briefschreiben gerade, Gedanken, Marylin Monroe, nackt sah ich wie jedes andre Mädchen aus...

wir alle.

Danke für den Text. Gelesen noch nicht ganz, aber für Wortbrücke 4 okay. Im November.

am 5.12., Freitag, Lesung, mit den Autoren aus Wortbrücke, von Nr. 4.

Wirst ja kaum hinfahren?

STERZ: lächle. ▮▮▮▮ hat viele angeschrieben, macht es immer noch und fragt wegen Texte, viele senden ein, gedruckt wird nichts, ich sage: er schreibt viele als Alibi an, wegen Subvention, druckt aber eh nur die, die er will, vorher schon plante, außerdem war und ist Sterz nie mehr gewesen als ein Selbstbeweihräucherungsblatt der drei Männer. Pro Heft kaum je mehr als zwei Frauen. Etc. Also lass Dir keine grauen Strähnen wachsen, die haben kein Gewicht dort, was die bringen, würd ich auf vier Seiten drucken, die aber verstreuen die Texte wild rein, viel opportunistische Werbung: z.B. in der Mitte für STEIRER und hinten für Waldheim. A.) haben die selbst keine Meinung? B.) machen sie um Geld alles? Beides ists opportunistisch und eklig.

Mach nie den Fehler als Schreiber, nach unten kritisieren zu lassen, sei so präpotent und kümmere Dich einen Scheiß um die Kritik, schreibe frei raus, ich sage sogar, nicht so brav wie in Jahreszeiten! Das erste Buch war sehr gut, Jahreszeiten gut. Zu brav. Eben schön für Styria.

Schreibe mit Herz, ohne Hemmungen. Sieh Schreiben als Handwerk! Nicht von dem ICH aus, sondern eben als Arbeit!

Nein, nicht MEHR lesen, gerade da werden Selbstzweifel wach, wenn man ohnehin schon so eine Phase hat, liest und sagst, ist ja eh schon alles gesagt oder so gut... oder unbewusst bleibt ein Satz hängen, der sich in die eigene Arbeit verirrt, ohne eigentlich Absicht, nein, die beste Übung und Methode, neuen

Saft zu kriegen ist schreiben, schreiben! Und selbst, wenn Du es dann wegwirfst, übe, schreibe und wenn es eine totale irre Traumgeschichte ist, ob Lustbereich oder was immer, jag wen in die Luft, setze Kirchen in Brand, treibs mit 20 herrlich starken jungen Knaben, verrückt und irr, dem realen Alltagsleben total entfremdet, gehe weg vom Klischee, breche aus, geistig, schreibe den Traum nieder, die Wut, den Hass, die Liebe... behalte es, wenn Dus gut findest, Du stark genug bist, schick es weg, Wortbrücke sucht gerade solche Sachen, brave Literatur haben wir genug. Und wenn es innen lockerer wird, wirst auch den Frust verlieren.

Und kannst dann auch braver schreiben, weil mal alles vom Kopf rausgeschrieben ist, was dort schlummert, seien es eben unerfüllte Wünsche oder Wut.

Wortbrücke: Reaktionen gehen bis Ostrava, CSSR, man wundert sich. Ö-1 gab 5 Minuten.

Wie es geht: ich machs, spontan, pfeife mich einen Dreck um Stein oder wen da oben, verboten wärs ohnehin, aber man lässt ja alles, um zu resozialisieren etc., blabla, ich sammel Texte, schreib sie alle rein, die Zeitung, wie sie vor Dir liegt, mach ich hier, hab eine neue Maschine gekauft, nur den Druck selbst und binden lass ich draußen. Kuverts etc. alles hier, macht Spaß, kostet mich noch ca. 3000,-öS pro Heft. Und ich will trotzdem keine kommerzielle Werbung rein, nur Gefälligkeitswerbung.

Hab in einem schwulen Buch Handarbeit geschrieben, die haben mit viel Material für das neue Stück, zu AIDS, wollten dafür zwei Geschichten vom Autor JU, also machte ich sie, Geld gabs auch und was andere denken ist mir egal, Onenightstand kann Partner Frau sein, jeder selbst schuld über seine Phantasie.

VA BANQUE soll zur Buchmesse raus.

Fegefeuer für die USA übersetzt, Vater sucht Sohn... Daten etc. habe ich ja, damit hätten wir die Medien dort gratis.

Tochter fand mich am 20.1. in Wien, beginnt im Sommer in Linz, Tourotel, vier Sterne Kasten, Kellnerlehrling, Mutter, erst 32, bleibt in Wien, ▮▮▮▮▮▮▮▮ *nimmt Claudia auf, also auch Familienanschluss dabei... alle kommen her, gute Sache,* aber Mutter und Tochter leben in einer Rivalität... kommen nicht gemeinsam, wobei die Kleine es offen sagt, lebt ja seit dem 13ten Lebensjahr locker ab, auch schon mit dem Exfreund der Mutter, von da wohl auch Spannungen... was solls.

Wie gesagt, trotz allem, ich plane nichts, wenn was da ist, erledige ichs, spontan, aus.

Hengstler. Drehbuch machten wir gemeinsam.

Ist ja fix jetzt.

Ich kenn ihn zu wenig, um schlau zu werden, seine Briefe sind chaotisch, zweimal war er hier, schwieg, sagte ich ihm auch, sein Oberlehrgehabe (sic!) stinkt mir, aber was solls, nicht er, sondern Marvo Film ist Produzent, er die Regie, nur auch, wie er ███████ bei der Drehbucharbeit rausgeboxt hat, ist mies, sagte ich ihm auch und werde es auch lauter sagen, ich wollte es mit ███████ machen, er war es auch, der Hengstler auf Fegefeuer aufmerksam machte, vor drei Jahren...

Naja.

Meinen Part spielt Bobby Freund!

Ich, Willi hat was erzählt, nicht von Dir, er sagte, er habe nachts einen aufgegabelt etc., was solls, denke, nicht Größenwahn, aber ein Alain Delon müsste das sein, Charme und doch auch eine harte Ausstrahlung. Vom Leben im Milieu her eben, wo man anders nicht überleben kann.

Er müßte schlaksig, aber nicht schwach sein, auch nicht dünn, achwas was weiß ich, und entscheiden tut letzten Endes eh die Marvo und Willi, also streng ich mich gar nicht erst an dabei.

Frage, sag mal, wegen Finanzierung von Wortbrücke, ich such immer Leute, die mir Briefmarken abnehmen! Warum: die krieg ich zum halben Preis, Schwarzmarktwert hier, gegen Zigaretten, Kaffee, ich rauch und trink ja nicht, Frauen lässt man nicht rein, also hab ich keine Laster, haha, und so kann ich meine Korrespondenz zahlen, 1985 waren das 14000.-- öS ca., das heißt: wenn Du schreibst, ich kann Dir um 500.-- öS oder 200.-- öS was halt immer, Marken schicken, kriegst 550.-, 220.- öS, immer 10% mehr dafür, die Post gibt an Wiederverkäufer

4%. Ich 10%. Kannst die Marken auch mit Kaufbestätigung
haben, für Buchhaltung.

Tja, das wärs für heute,
les ich bald wieder was?!
Liebe Gedanken nach Gleisdorf!

(grüne Tinte)[74]

Tagebuchaufzeichnung von Freitag, 10. November 2017,
8.59 Uhr:

Meine große Chance sind die Emotionen. Dass ich
von früh auf geübt hab, schon als Kind, nicht nur mit
Gefühlen umzugehen, sie auszuhalten, sie zu erkennen,
zu spüren, anzuwenden, sie zu ertasten, zu bemerken bei
den anderen, sondern mehr noch, durch sie in magische,
in spirituelle Bereiche übergegangen bin. Das ist nicht zu
unterschätzen. Im Gegenteil: Das ist nicht hoch genug
einzuschätzen! Und ich mein das absolut nicht esoterisch
oder so verschwommen mystisch. Ich meine eher die Rolle
des Heiligen. Der Kirche. Der Kontemplation. Der Kirche
und Religion im Sinne von re-ligio. Zurückführen das
Individuum auf die Fähigkeit des Menschen zu glauben
und »höher« zu spüren. Das Dahinter. Das größere Gebor-
gene. Diese »Heimat«, dieses Zuhause, das letztendliche

---

74   Zweiseitiger Brief, erste Seite doppelseitig beschrieben, Maschinenschrift in Rot, zweite Seite einseitig beschrieben, unterschrieben mit
grüner Tinte; Kuvert fehlt.

Aufgehoben- und Geborgensein im Universum. Das hatte Jack nicht, ganz & gar nicht. Denn wenn du das hast, NUR wenn du das hast, kannst du Moral haben. Und er hatte alles – nur keine Moral. Er hatte nur Formen und Formeln und Höflichkeit. Er war ein trainierter, durch-trainierter, geistig sich selbst züchtender, suggestiv und manipulativ überlebenwollender/-müssender Hund. Er war ein allerdings kraftvolles Lebewesen. Insofern ist der Rettungsgedanke in einer neuen Form zu suchen, meinte ich. Kann so einer »erlöst« werden? Verzeiht Gott sowas? Ist Gott gleichgültig, wirklich, wie man oft das Gefühl hat, verzweifelt an dem, was er alles zulässt, was er so eine unmenschliche Bestie wie ihn ein paar »unschuldigen« Frauen antun lässt? – Ihr Charakter und ihre Profession seien, wie sie sind – wie kann Gott Jack zulassen? Oder Fritzl, das Monster? Oder den Kampusch-Typen? Prikopil oder wie der heißt. Oder oder …? (und immer gegen Frauen!) Österreich hat schon einige Typen zu bieten …

Aus dem Tagebuch, Samstag, 11. November 2017:

Keine Rechtfertigung. Keine Erklärung. Kein Mitleid. Kein Verständnis. Es IST NICHT zu verstehen.

Aus dem Tagebuch, Mittwoch, 22. November 2017:

Ich bin 10 Jahre älter als Astrid Wagner. Es ist jetzt 30 Jahre her, dass Jack tot ist.
Ich war NICHT auf seiner Sex–Liste. Ich bin verblüfft, dass mir das jemand unterstellt. Amüsiert fast. Geschmei-chelt? Nein. Gänsehaut? Nein.

Die Wiener Schickeria ist das eine Thema, vielleicht muss mich auch damit auseinandersetzen. Die größten Ängste, die größten Komplexe. Was Jack dazu sagt – denn er sagt manchmal was dazu. Zu diesen Typen. Der Szene. Bei mir in den Briefen nennt er sie »Trottelärsche«.

Habe ich überhaupt alle seine Briefe gefunden? Ich habe noch Berge von Papier in der Garage.

Vor allem aber: Habe ich Kopien *aller* meiner Briefe? Astrid Wagner hat alles schriftliche Material von ihm, sie hat seinen literarischen Nachlass übernommen. Und was ist mit Bianca? Jack hat ihr doch alles vermacht, zumindest hat er das angekündigt, das hab ich doch irgendwo gelesen …? Oder Astrid? Nur die Papiere? Oder auch Sachen? Möbel? Bücher? Geld? Schmuck? Dieser Ring, mit dem er sich so gern fotografieren ließ, die Goldkette? Ein Auto? Hatte er überhaupt was, außer Schulden?

Keine Beziehungen, kein Vater, keine Mutter. Die Geschichten ähneln sich so sehr. Kürzlich ist auch noch Manson gestorben, das Thema »Serienmörder« ist aktuell. Dieser Irre. Alle sind sie irr. Verirrt. Charakterlich. Was ist da passiert. Was muss da passiert sein. Haben alle eine grässliche Kindheit gehabt, sagen sie. Keine Liebe. Keinen Menschen. Charles Manson und er, Jack. Klingt alles gleich. Und drückt auf die Tränendrüse. Das schaffen sie noch immer. Weinen. Wüten. Sie sind ja so arm! Und (die meisten) Frauen wollen behüten und beschützen, wollen retten und andere Leben in Ordnung bringen und helfen. Dauernd helfen. Sogar dem Monster. Die Schöne und das Biest. Kommen gleich angerannt und bieten sich an. Ihr

Leben, ihren Körper, ihre Nerven, ihre Kraft, ihre Energie. Aber ich bin kein Helfertyp, ich bin kein Opfertyp. Doch, sagen Tests, sagt meine Therapeutin, sagen Freundinnen. Aber man kann das überwinden! Durch Willenskraft, Aufmerksamkeit. Soll! Muss! Frau muss das sowieso! Das muss doch möglich sein! Hilfe! Läuterung! Besserung …?!

Das Weinen

Sie kommen immer wieder vor, die Tränen, das Weinen. Vorgetäuschte Sensibilität. Denn es war in erster Linie Selbstmitleid. Er litt darunter, nicht verstanden zu werden. Missverstanden. Denn er hatte es doch nicht getan! Er doch nicht!

Die Polizisten reagieren erstaunt, amüsiert, verblüfft auf dieses Weinen, im Auto auch, als er abgeführt wird. Man sieht es auf den Fotos, auf einigen. Soll das jemand rühren, berühren? Gibt er demonstrativ seine Verletzlichkeit zu? Aber er sagt doch selbst, dass er weiß, dass er nur gehänselt werden wird deswegen und dass die ihn nur auslachen.

Krokodilstränen?

Wie echt sind die Tränen.

Astrid Wagner in einem oe24-Interview im Jänner 2017 mit Katrin Lampe: »Die Tränen, die waren echt …«

Der Psychiater stellt das ebenfalls fest und begründet:

Durch den inneren, scheinbar unlösbaren Konflikt zwischen Aggressiv-sein-Wollen und Nicht-aggressiv-sein-Dürfen baut sich ein inneres Spannungsverhältnis auf: der innere Zwiespalt zwischen unbedingter Kontrolle und dem Sich-gehen-Lassen. Kann die Spannung nicht mehr ausgehalten werden, bricht das Unterdrückte unverhofft durch und kann sich in Hysterie, Amokläufen, Jähzorn oder einem Vernichtungsfeldzug äußern. Dann wird der Narzisst von seinen unterdrückten Gefühlen geflutet und er verliert die Selbstkontrolle.

Der Stau von Affekten kann auch zu plötzlichen Weinkrämpfen führen und der Narzisst zeigt dann eine ungewöhnliche Sentimentalität. Plötzlich wird er anhänglich, nachgiebig und beinahe hilflos wie ein kleines Kind. Beruhigt er sich wieder und wird er sich seines Kontrollverlustes bewusst, entwickelt er meist Schamgefühle, weil er sich so erbärmlich hat gehen lassen, und wird wiederum wütend auf sich selbst, was den Aggressionsspeicher erneut anfüllen lässt.

Der Narzisst verbietet sich, seine Gefühle zuzulassen, weshalb er gezwungen ist, andere Wege zu finden, die ihm ein Ausleben seiner Aggressionen ermöglichen. Er will nicht als ein gewalttätiger, gemeiner, boshafter oder sadistischer Mensch erscheinen, weshalb er seine Aggressionen in gesellschaftsfähige Formen presst, die nach außen Anständigkeit signalisieren sollen, in Wahrheit aber nur seiner inneren Wut ein Ventil geben.[75]

---

75 Grüttefien, *Der Narzisst und seine Aggressionen* (a.a.O.).

Bianca Mrak in ihrem Buch fasst im Schlusssatz zusammen, ungeniert, lakonisch, unsentimental, wie sie mit seinen Tränen umgeht:

> … gern hätte ich heute noch einmal die Gelegenheit Jack zu sagen, was ich von ihm und seinem Mitleid heischenden Gesülze halte. Von seiner Art mit Frauen umzuspringen und von seiner Weise, die ihn umgebende Umwelt zu manipulieren.[76]

Auch das war Jack also. Ein weinerlicher, selbstmitleidiger, selbstverliebter Typ! Was für ein »Mann«!

76   Bianca Mrak: *HiJACKed*, S. 238.

Ich

… am Schluss unseres Gespräches sagt Anna etwas, das mich ein wenig irritiert: Menschen mit angewachsenen Ohrläppchen seien »mörderisch« veranlagt. Jack hatte kleine, angewachsene Ohrläppchen.[77]

Ich habe auch kleine, angewachsene Ohrläppchen. Bin ich deshalb mörderisch?

Wenn ich mich so anschaue: etwas übergewichtig, mollig, mit zu viel Busen für meine Größe. Ja, auch mir war langweilig in meinen Ehen und ich suchte Abenteuer, deshalb schreibe ich wohl auch. Und ich geh oft nach meinem Bauchgefühl. Und ich bin abergläubisch. Glaube an Horoskope. Jack hat mich sofort als Krebs diagnostiziert. Jack, der Löwe. Wenn ich mich so anschaue. Jetzt. Im Spiegel. Wie verlebt. Wie blass und teigig. Gut, das habe ich mir schon angekreidet, da war ich dreißig. Und jetzt bin ich eben alt. Das graue Haar. Es war damals dunkel. Ich habe es zu Indianerzöpfen geflochten, es ist zu lang, ich lasse es nur meine Schwester schneiden, sonst lasse ich niemanden dran. Sie lebt in Wien. Auch ihr war es zu klein da in der Provinz. Und Graz, da kriegst nie genug Kunden. Graz ist ein Nest, jeder kennt jeden. In Wien kennt auch jeder jeden. In der Schickeria zumindest. Nein, in den Kreisen. Jeder in seinem Kreis. Kennt jeden. Fast.

Okay, ich habe mich nie schön gefunden oder attraktiv, ich hatte immer Komplexe. Aber damit bin ich nicht allein,

---

77   Astrid Wagner, *Verblendet,* S. 223.

die meisten Frauen haben Komplexe, Minderwertigkeits-
gefühle. Und viele Männer auch, jaja, ich weiß, sie melden
sich gleich. Warum hab ich, mit all der Unterstützung und
dem wunderbaren Elternhaus, der Geborgenheit, Sicherheit, den vielen Freunden und tiefen Beziehungen, Komplexe – und Jack hatte anscheinend keine. War ganz schön
selbstbewusst. Fühlte sich stark.

Jack hat einiges gesagt zu mir, und das hat sich eingeprägt. Weil es wichtig war? Weil *er* wichtig war? Ein wichtiger Mörder? Nicht rechtskräftig verurteilt und deshalb als
unschuldig geltend? Er wars. Sage auch ich. Kein Zweifel.
Bei so einem ist alles möglich. Und Liebe macht blind. Da
waren einige blind. Und blauäugig. Ich nicht. Und doch.
Ich war es auch.

Rotkäppchen

Glaubt jedem Wolf, der daherkommt. Im Körbchen
Kuchen und Wein für die Großmutter. Braucht den Jäger,
der es befreit. Verirrt im dunklen Wald. Jedenfalls verbindet
uns alle etwas. Oder ist das zu wenig, was uns verbindet,
zu allgemein. Sind das schon Archetypen. Weibliche Frau-
en. Angewachsene Ohrläppchen. Brüste. Rote Häubchen.
Kleine Pilze, Penisse. Wege in den tiefen, dunklen Wald.
Auf dem Weg zur Großmutter, zu den Ahnen. Tod und
Leben. Vom Wege ab.

Rotkäppchen aber war nach den Blumen herum-
gelaufen, und als es so viel zusammen hatte, daß es
keine mehr tragen konnte, fiel ihm die Großmutter
wieder ein, und es machte sich auf den Weg zu ihr.
Es wunderte sich, daß die Türe aufstand, und wie
es in die Stube trat, so kam es ihm so seltsam darin
vor, daß es dachte ›ei, du mein Gott, wie ängstlich
wird mirs heute zumut, und ich bin sonst so gerne
bei der Großmutter!‹ Es rief ›guten Morgen‹, bekam
aber keine Antwort. Darauf ging es zum Bett und
zog die Vorhänge zurück; da lag die Großmutter und
hatte die Haube tief ins Gesicht gesetzt und sah so
wunderlich aus. ›Ei, Großmutter, was hast du für
große Ohren!‹ ›Daß ich dich besser hören kann.‹ ›Ei,
Großmutter, was hast du für große Augen!‹ ›Daß ich
dich besser sehen kann.‹ ›Ei Großmutter, was hast du
für große Hände!‹ ›Daß ich dich besser packen kann.‹
›Aber, Großmutter, was hast du für ein entsetzlich
großes Maul!‹ ›Daß ich dich besser fressen kann.‹
Kaum hatte der Wolf das gesagt, so tat er einen Satz
aus dem Bette und verschlang das arme Rotkäppchen.[78]

---

78   »Rotkäppchen«, in: *Kinder- und Hausmärchen, gesammelt durch
die Brüder Grimm* (1977), S. 177f.

19.3.1987

Grüß Dich, Andrea!

Danke für die ROM-Karte.

Naja; lieber trennen als nebeneinander vorbei + austrocknen. ROM: war ich öfter/ zuletzt Sommer 1974, super natürlich war es bei mir rein „Night"-Milieu, Via Veneto, rund um die Villa Borghese, US Botschaft + Bahnhof; Huren (kein Negativ) beim Lagerfeuer... + dort ist Milieu noch Charakter, bei uns und BRD ist es eher mies, schleimig. Es war einmal.

Wortbrücke 5 = fertig. Im Mai.

Vielleicht kommst mal nach Krems... Schöne Tage/Nächte wünscht Dir Jack[79]

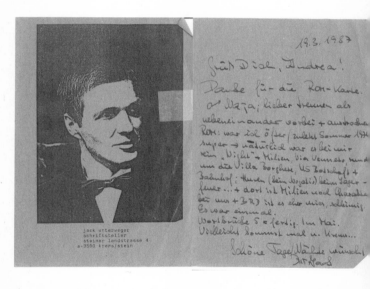

jack unterweger
schriftsteller
steiner landstrasse 4
a-3500 krems/stein

---

79   Auf rosa Papier, Briefpapier anscheinend selbst verfertigt, Porträt in Blau, darunter in Kleinschrift: jack unterweger / schriftsteller / steiner landstrasse 4 / a-3500 krems/stein; mit blauer Tinte, handschriftlich.

Du glaubst, es kann dir nicht passieren

Und plötzlich bist du in genau DER Situation. Plötzlich passiert es dir. Und es gibt keinen Ausweg. Und du suchst. Innerlich. Fieberhaft. Welche Möglichkeiten hast du. Momentan keine. Du appellierst, du redest, du flehst, aber du merkst, der ist nicht ansprechbar. Nicht auf dieser Ebene. Der ist woanders. Der ist ein anderer. Mit dem musst du anders umgehen. Da musst du schweigen, da musst du mitspielen. Jetzt. Und aufpassen. Und du hoffst, dass es noch irgendwo ein Schlupfloch gibt. Aber wie. Wo. Dann weißt du es. Und wartest auf den richtigen Zeitpunkt.

Für mich hat es das gegeben. Es war real, es ist passiert. Nicht einmal in meinem Leben. EINIGE Male.

Deshalb war ich so entsetzt. Weil ich merkte, ich war gefangen. Plötzlich. Physisch, psychisch, emotional, mental. Real. Und konnte da nicht raus. Gefesselt. Geblendet. Gebannt. Hypnotisiert, paralysiert. Alles war gelb und orange. Und ich wartete nur mehr, bis ER mich holen kommen würde und ich gerettet war. Denn er würde kommen. Ich hatte einen Verbündeten, ich hatte Anker, woanders, ich hatte Hilfe. Ich hatte versehentlich Blaubart geheiratet, weil ich es nicht ahnen konnte. Aber ich hatte Brüder. Die würden kommen, mich zu retten. Ich hatte sieben Raben. Ich strickte an einem Hemd aus Nesseln, aber ich hatte die Hoffnung. Ich hatte das Bild in meinem Kopf, von Kindheit an, das Kitschbild im Schlafzimmer meiner Oma, im geborgensten Raum, den ich kannte. Ich saß auf dem weißen Pferd und war die Lichtgestalt, die Prinzessin, und wir waren im dunklen Wald, und da kniete er schon, der

Prinz, und die Schlangen konnten uns nichts anhaben. Er würde mich heimnehmen, auf sein Schloß. Märchen sind keine Lügen, Märchen sind Hoffnungen, Märchen sind Glaube, Märchen sind Hilfe. Wer Märchen hat, braucht sich um seine Seele nicht zu sorgen, seine Seele wird nicht verderben, schwarz werden und krank und böse. Ich war gerettet. Meine Station war mobilisiert, ich wusste, sie würden mich suchen, ich wusste, ich war nicht allein. Man würde mich finden. Hoffentlich nicht tot. Aber man würde mich finden, man würde mir helfen, es gibt IMMER eine Hilfe. Und wusste, ab dem Moment wusste ich es wirklich und ganz genau: Vorbei! Und: Da darfst du nie wieder hin. So weit darfst du nicht gehen. Du warst schon mit einem Fuß überm Abgrund. Es war gefährlich. ZU gefährlich. Die Situation, der Mensch ist unberechenbar. Nicht mehr »normal« in der Reaktion. Knapp am Ausflippen, schon am Ausflippen. Weil seine Seele nicht nur krank ist, sondern kaputt. Und böse. Kohlrabenschwarz. Wenigstens stellenweise. Und da braucht es keine Tapferkeit und kein Stillhalten. Da hilft nur Flucht.

Lies *Misery* von Stephen King – und schau es dir an, wenn du kannst.

Hannibal Lecter. Detto.

Ich hab mich verbissen in die Geschichte. Kokoschka. Mörder, Liebling der Frauen. Nein, HOFFNUNG der Frauen. Hoffnung?!

Der Teich, das Ruder, das Boot, der Mann. Der Gangster. Jacky. Die Figur, meine Figur.

Mein Herz tut weh. Meine Venen tun weh. Es ist kein Zufall, dass meine Venen weh tun.

Bel Ami, Liebling der Frauen. Hochstapler. *Felix Krull.* Du Betrüger.

Bei Selbstmord schneidet man die Venen durch. Aber nicht quer, denn dann gehen sie von selbst wieder zu, dein Körper will ja nicht umgebracht werden. Deshalb steigt man am besten auch noch in die Badewanne, wie die Römer. Wärme, da rinnt das Blut. Jack hat es auch probiert, zweimal, glaube ich mich zu erinnern. Aber es dauert länger. Und so haben sie ihn auch gefunden.

»Natürlich hat es schon perfekte Morde gegeben – sonst wüsste man ja etwas von ihnen.«
(Alfred Hitchcock)

Vielleicht hat Jack auch perfekte Morde begangen. Absichtlich unabsichtlich. Ist ihm passiert, ist er so reingekommen. Bewusst unbewusst. Schon vorher vielleicht. Morde, die man gar nicht ihm zugerechnet hat, zurechnen konnte. Lang vergessen, nicht mehr nachweisbar. Oder Morde, von denen niemand weiß. Trigger, heißt es, gibt es in solchen Fällen. Trigger gehören zum Suchtverhalten. Das sich ganz langsam steigert. Ganz raffiniert vorbereitet.

Täter, deren mehrere Taten erst nach geraumer Zeit entdeckt werden, müssen zwingend sehr gut sein im

Planungsteil, sonst würde man sie vermutlich schon nach dem ersten Delikt fassen und sie würden nie als Serientäter vor Gericht stehen. Das heißt, um überhaupt zum Serientäter zu werden, braucht es in einem doch relativ gut funktionierenden Staat mit entsprechendem Polizeiapparat eine sehr gute Denk- und Planungsfähigkeit, das heißt, der kognitiv-rationale Teil ist immer sehr gut ausgebildet, der Teil, der nach außen hin so gut funktioniert und diese unauffällige Fassade konstruiert.[80]

Was sollte verschleiert werden. Von ihm. Alles. Muss verborgen bleiben, damit nicht aufgedeckt wird, damit er nicht die Freiheit verliert. Die ihm das Wichtigste ist. Aber er hat gespielt mit ihr, mit der Freiheit. Hat gezündelt. Er war zu eitel. Zu stolz. Toll, wenn sie einem nicht draufkommen! Toll, wenn er merkt, dass die dumm sind und blöd und gemein – und er ist so klass. Nur er hat recht. Wie bildet sich sowas heraus. Eitelkeit. Hybris. Größenwahn.

Dabei redet er doch drüber! In den ersten Interviews schon! Über seine Aggressionen, die Gleichgültigkeit, den Trotz, das Aufbegehren, das dauernde Ausbrechenwollen, -müssen.

… dass ich einfach alles brechen wollte, bezwingen wollte, mich selbst bezwingen, was unmöglich war, weil die geistige Voraussetzung nicht gegeben war.[81]

---

80   Heidi Kast, forsensische Psychiaterin, in: *Das Böse nebenan. Wenn Menschen zu Bestien werden.*
(https://www.youtube.com/watch?v=H2KmxK9oOnI)

81   Peter Huemer, Interview mit Jack Unterweger in Stein, Teil 2.

Und dann als Beweggrund, als Motiv, aber unterschwellig, immer die Mutter, die Mutter, immer auf der Suche nach der Mutter! Das Problem mit den Frauen. Die Anziehung durch die Frauen. Hassliebe. Er schreibt darüber, er redet davon. Haben wir das nicht gehört? Haben wir nicht verstanden?

»Wer Frauen brutal ermordet, wird mit Frauen ein Problem haben und mit der primären Frau in seinem Leben ein Problem gehabt haben; aber zu sagen, deshalb hat er das getan, würde zu weit greifen«, sagt Heidi Kast.[82]

Meine Tochter lacht. »Hat er allen Ernstes gesagt: *Noch einmal* kriegen sie mich nicht!? – Das ist ja eigentlich schon ein Geständnis. Denn wenn er *nichts* gemacht hat, besteht doch keine Gefahr für ihn, *noch einmal* gefasst zu werden!«

Sie hat recht. Bei aller Vorverurteilung und Hetze. Wenn er nichts getan hat, kann er nicht eingesperrt werden. Nicht *noch einmal*. Wenn nicht. Also hat er. Und der Prozess war groß genug. Und die Indizien haben gereicht. Also hat er. Und er weiß es.

Nur: Er kann es nicht glauben. Der Einzige, der glaubt, unschuldig zu sein, ist Jack. Er glaubt es wirklich. Glaubt er es wirklich?! Glaubte er überhaupt an was? An sich selbst? Er – sein eigener Gott?

(https://www.mediathek.at/portaltreffer/atom/139F187D-0E0-000D7-00000C74-139E6537/pool/BWEB/)

82   Heidi Kast, ebda.

Popstar

DAS hast wirklich geschafft, Jack. Popstar unter den Mördern. So berühmt, wie du geworden bist, wie du dich gemacht hast, durch dein Leben, durch deine Morde – durch deinen Tod. WEGEN deinem Tod. Nach dem Tod kann man leicht zum Star erklärt werden. Ich glaube, du wolltest es. Ich denke nicht, dass es ein »Unfall« war oder ein Hilfeschrei, ein Nochmals-gerettet-werden-Wollen. Oder dass ein Streifenbeamter dich gesehen hat und einfach weitergegangen ist. Sicher, Jack selber sagte, dass er keine Minute unüberwacht gewesen wäre – vielmehr erst nach dieser Verhandlung, vor dem Schuldspruch ... sein kann alles.

Auf die Tränendrüse drücken, das hast du ja gekonnt. Spielen, bis zum Letzten. Aber ich denke, du hast es darauf ankommen lassen. Und du warst sehr, sehr müde von dem allen. Jedenfalls Popstar. Ganz groß. Es gibt niemanden, der dich nicht kennt. Du bist ein Klassiker geworden. Wirst es bleiben. Hast dich ins kollektive Gedächtnis eingebrannt. Jeder kennt dich. Du kannst froh sein über deinen Namen. Jack, wer hieß schon Jack damals in Österreich, wenn nicht ein Besatzungskind. So viele Jacks gabs sicher nicht bei uns. Auch wenn die liebende Mutter, ach, Thea, bist du jetzt tot oder nicht?, beständig »Hansi« sagte. Oder die Tante, die ermordete.

Mir jedenfalls geht es nicht um dein berühmtes »Charisma«, ich will dich keinesfalls noch weiter hochstilisieren, du Star unter den Mördern, Österreichs bekanntester Serienkiller, Frauenmörder, Triebtäter! Aber jedes Wort ist ein Steinchen und legt etwas dazu, auf diesen wachsenden Berg von Erinnerungen, Fragen, Gedanken, Gefühlen. Das Netz ist dicht und voll von Beiträgen über dich. Kein Wort, das noch nicht gesagt wurde.

Das Schwierigste: Sich selbst erlösen.

Wohin mit der Schuld?
Wie spaltest du dich? Wie verläuft die Grenze, der Graben?
Die Auseinandersetzung, die große Auseinandersetzung.

Er war ein durch und durch narzisstischer Mensch. Wie Klaus Kinski, den erwähnt er wie ein Vorbild, den spielt er, ahmt ihn nach. Schurke. Verrückter. Spielt Rollen. Den Cowboy, den Lebemann. Den Zuhälter, den Literaten, den Schauspieler.

Zwei Arten von Kindheit, die Narzissmus begünstigen: Vernachlässigung und Verzärtelung. Zum Beispiel das Selbstwertgefühl eines Kindes aus einer Mühl-WG der Achtzigerjahre. Total auf sich selbst gestellt. Laisser Faire. Mach was du willst. Zugleich totalitär behandelt, autoritär, gleichgültig, vernachlässigt, unwichtig, übersehen, belogen, betrogen. Auch geschlagen. Einer, der geschlagen wird, schlägt weiter. Einer, der vernachlässigt wird, vernachlässigt andere, vernachlässigt sich selbst. Nicht äußerlich, da war er genau. Aber innerlich. Seine Gefühle, die vernachlässigt er. Vergisst er, verdrängt er. Wird ungeduldig und unruhig, wenn man dahin kommt, dran rührt. Im Gespräch mit Haller zum Beispiel, seine Kindheit, nicht wichtig, lang vorbei.

Und die Rebellion. Und die Kraft und die Wut. Aber steckengeblieben im Morast dieser Tage.

Und jetzt ruft auch noch mein Freund, der Maler, an – nichts passiert zufällig. Seine Madonna, die Höhle, die Grotte, die Farbstiftzeichnungen, das Schwule, das Zugeschnittene, das Pink – alles da! »Ein Kind muss unschuldig aufwachsen! Sex hat in der Kindheit nichts zu tun! Sex überfordert, Sex macht Kinder kaputt, macht sie krank! Das ist zu früh, das ist Missbrauch!«

Jetzt übrigens Sturm und wohl wahrscheinlich bald auch Kälte – ich geh nicht raus. Der Baum ist quasi nackt, die Eichkatzerl düsen auf ihm herum, ich geh mir Nudeln kochen. Mit Totentrompeten.

Serienmörder. Da lässt sich nichts erklären. Nichts beschwichtigen. Nichts abschwächen. Das ist passiert.

Ich kann nichts mehr essen, nichts mehr trinken, nichts schmeckt.

Jack ist tot.

Was mach ich da, was rede ich. Was steigt hoch aus meiner Innenwelt. *From The Underworld.*[83] Alles Fantasien. Alles nur im Kopf. Aber auch in der Realität basteln sie ihre Pseudo-Mythen, schlachten jeden Fall aus, ziehen jedes Fell

---

83   The Herd: »From The Underworld« (1967).

ab, das passiert ganz automatisch. Reflexhaft. Menschen sind Menschen. Sind Herdentiere, Hordentiere. Und er war ein Serienmörder! Frauenmörder! Eiskalter Killer! Es ist ja ein totaler Blödsinn, wenn manche heute noch denken, nein, das kann nicht sein, er ist ja nicht rechtskräftig verurteilt, es ist ein Indizienbeweis, und wer weiß, ob die Indizien überhaupt halten würden, das Urteil war auch nicht einstimmig, wer weiß, mit den damaligen Untersuchungsmethoden, vielleicht ist alles ein riesengroßer Irrtum, es ist nicht bewiesen, nicht total glaubwürdig. Im Zweifel für den Angeklagten, heißt es, er ist es vielleicht wirklich nicht gewesen. Vielleicht.

Vieles ist so primitiv. So simpel. So platt. So vorverurteilend. Die Presseberichte. Da hat sie schon recht, Astrid. Da hat er schon recht, Jack.[84]

Und ich denke auch ganz simpel jetzt. Sein oder nicht sein. Getan oder nicht getan. Schwarz oder weiß. Keine Grautöne.

Aber egal, wie ich es auch drehe, ich komme nicht aus diesem Sog, diesem Wirbeln, diesem Kreisel, diesem Gedankenkarussell: Ich beschäftige mich mit ihm, noch immer, schon wieder, nach tagelangen Pausen, aus Erschöpfung, aus Müdigkeit, aus Überdruss muss ich wieder hingehen, zum Stoff, zum Material, zu den Büchern, Filmen, Dokumenten. Er beschäftigt mich, sein Schicksal beschäftigt mich, ich rede mit ihm, als wär er lebendig. Und schüttle über mich den Kopf. Über meine Besessenheit. Denn:

Jack ist tot!

---

84   Jack Unterweger: *Fegefeuer.*

Gott sei Dank ist Jack tot! Gott sei Dank hat er sich selbst umgebracht, sich selbst »gerichtet«. Was wäre gewesen, wenn nicht? Er wäre gesessen. Die Frauen hätten ihn besucht. Eine hätte ihn geheiratet. Vielleicht. Heute sagt sie, wahrscheinlich doch nicht. Eher nicht. So gescheit wäre sie doch gewesen. Vielleicht. Letztendlich. Wäre sie wohl. Aber alles Mögliche wäre passiert. Er hätte weiter geschrieben und weiter seinen Mythos gesponnen. Sich selbst aufgebaut, seinen Nimbus. Den Helden markiert. Wenn er noch die Kraft gehabt hätte. Er sagte es selbst. Er hatte keine Energie mehr. Irgendwie war die Luft raus, das Pulver verschossen. Er hat aufgegeben.

Das ist doch gut! Er hat es zugegeben. Durch seinen Selbstmord. Durch die Schlinge. Das war ein Beweis. Er war zäh genug, an sich. Wenn er noch genügend Kraft gehabt hätte, wäre das ein Beweis für seine Unschuld gewesen. Wäre er unschuldig gewesen, hätte er noch ganz andere Saiten aufgezogen. Aber er war es nicht, unschuldig. Und er konnte die Selbstlüge nicht mehr aufrechterhalten. Mit diesem Bild von sich selbst nicht mehr existieren. Er hat sich selbst zermürbt. Verwirrt im Dschungel, nein, im tiefen, tiefen, kalten Winterwald (die Schlussszene im Scharang-Film!).

Zu viele Ausreden. Ausflüchte.

Mein Jack-Wahn ist nicht gesund, das weiß ich selbst. Ich muss ein Ende finden. DAS muss ein Ende finden. Mein Jack-Wahn sollte als solcher gar nicht bemerkt werden. Ich wollte es unauffällig halten, aber es dauert nun schon zu lang, die Nachricht sickert durch, das Blut sickert durch die

Ritzen. Sie haben immer gleich solche Angst um mich. Das brauchen sie aber nicht. Wir haben überhaupt zu viel Angst um unsere Nächsten. Diese Ängste sind nur Projektionen. Wir sollten draufkommen, dass alle Ängste immer nur unsere eigenen sind. Dass wir immer nur Angst haben um uns selbst. Was mit uns passiert, wenn die anderen dies oder jenes machen. Deshalb versuchen wir einzugreifen. Damit die NICHT dieses und jenes machen. Weil das könnte schwierig werden in Folge. Nicht (nur) für die, sondern für uns. Deshalb. NUR deshalb.

Mein »Jack-Wahn« – den ich trotzdem noch immer hege und pflege. An dem ich hänge. Nach dem ich süchtig bin. Mehr oder weniger. Einen Tag mehr, dann tagelang gar nicht. Dann wieder voll. Meine Kontakte. Mein Zusammenkommen. Mein Zögern. Meine Ideen. Meine Blockaden. Ich habe mir (wieder mal) ein Büchel gekauft, ein Notizbüchel. »Bücherl«, sagt er zu *Spielräume*, meinem ersten Roman. Anscheinend hab ich ihm damals die Taschenbuchausgabe geschickt. Ich werde von nun an immer »Bücherl« denken müssen, wenn ich *Spielräume* in die Hand nehme. Er ist nicht mehr da, aber er kann noch immer bedingte Reflexe auslösen. Er kann das, weil er in meinem Kopf ist. Weil ich ihn reinlasse. Ihn kultiviere. Einen Schatten-Jack bastle in meinem Hirn. Weil es gar nicht er ist, sondern ich. Ein Jack-Ich im Kopf.

Heute hab ich einen Bozener Krimi geschaut. Also diese neuen Krimis aus allen Ländern! Und diese österreichischen Landkrimis! Die englischen Krimis, die amerikanischen. Auch türkische gibt es. Es muss ein ungeheurer Krimi-Bedarf bestehen bei den Leuten. Eine ungeheure Lust, sich darauf einzulassen. Auf Mord und Totschlag. Auf Todesarten. Todessehnsucht. Ingeborg. Sigmund. Todestrieb, Todeswunsch. Dass es endlich, endlich vorbei ist. Wenn nötig, mit Gewalt. Es soll vorbei sein.

Bin ich böse? Wenn ich das alles denke und mich immer noch stark fühle? Sogar stärker? An dem Thema immer stärker werde? Als hätte ich es mit einer Kletterwand zu tun. Und ich bin schon so müde und so erschöpft. Ich schwitze, meine Hände bluten, meine Füße sind aufgeschürft, ich keuche, die Sonne brennt. Ich kann nicht mehr. Doch, du kannst. Du MUSST!

Ich kann.

Und ich bin NICHT böse.

Aber viele böse Dinge tauchen auf, die mir Angst machen wollen. Je mehr ich zulasse, umso mehr taucht auf. Aber vielleicht sind mir nur die Augen aufgegangen. Und alles ist eigentlich ganz klar. Die Nebel lichten sich.

Ich habe viel zu tun. Ja, ich habe viel Arbeit. Beruflich und privat. Das ist normal. Und Themen tauchen auf, Probleme, Ideen. In jedem Leben. Und es ist kein Zufall, was einem zufällt, ins Auge fällt, es ist die angemessene Dosis. Und ich traue mir das jetzt zu. Ich traue mich an das heran. An das Böse. Ich traue mich, dem ins Auge zu sehen.

Wie viele böse und seltsame Dinge passieren. Jeden Tag. Tag für Tag. Es ist eigentlich zum Verrücktwerden. Aber ich darf nicht verrückt werden, darf mich nicht verrückt machen lassen. Sie grinsen sich eins und fahren ihr eigenes Auto. Der tote Jack grinst. Lass mich in Ruh, toter Jack. Bleib ruhig, toter Jack.

Ich bin müde, meine Augen klappen zu. Ich werd dennoch diese Artischocke essen. Bitter passt jetzt. Und ich werde diesen blöden deutschen Hexenkrimi fertig schauen. Seltsame Zeit. Überall zwickt es und tickt es, dauernd stech ich mich, verletz mich. All die Zeichen. Eine Spinne lässt sich vor meiner Nase mitten im Türrahmen herunter, ganz gemütlich. »Na das hättst du wohl gern, Spinne«, sag ich, und hol den Staubsauger.

Es ist wie in meiner Kindheit. In der magischen Kindheit. Als ich zum ersten Mal *Das Gespenst von Canterville* las, in einem Jugendbuch. Wie mich das belastet hat. Ein Gespenst, das so gern sterben würde, aber die Lebenden seckieren muss, bis die es endlich erlösen. Das Mädchen es erlöst. Es muss immer ein Mädchen sein, ein unschuldiges junges Mädchen. Diese schiachen Augen, die ich sah, in der Nacht, im Bett, so eingesetzte helltürkise Linsen in Totenschädeln aus Plastik, wie sie in den Kaugummiautomaten waren. Wenn ich aufs Klo musste, lauerte der Schädel unterm Bett und wollte zubeißen, in meine Knöchel. Ich traute mich nicht aus dem Bett. Ich zitterte. Ich spürte das Monster, direkt unter mir. Urängste. Alle Kinder haben die. Das Teuflische, das Böse. Nichts ist unheimlich. Nicht wirklich.

Ich geh jetzt schlafen. Ich bin erschöpft. Ich kann nicht mehr. Karten legen. Nachdenken und Karten legen. Vielleicht, wenn ich Glück hab, redet er noch mal, meldet sich noch mal und sagt was. Die Frage ist, ob das Glück ist … ich trink einen Fernet, den brauch ich jetzt. Bitteren dunklen Vampir-Fernet. Tarot und Patience. Für die anderen Patienten in meinem Kopf und meinem Leben hab ich jetzt echt keine Zeit. Gute Nacht!

Nur Frauen

Und es waren nur Frauen. Mit Männern konntest du nicht, Männer hast du verachtet, Männer waren nur da zum Besiegen. Es war eigentlich Mittelalter in deinem Kopf, Jack, es war archaisch, was sich da abspielte, wir sind nur mehr im limbischen System, nur mehr auf der Krokodil-Ebene …

»In Ihrem Leben haben Frauen eine große Rolle gespielt, hat Sexualität eine große Rolle gespielt …« Jack unterbricht: »… wobei man unterscheiden muss, oberflächlich betrachtet, da schaut das aus nach Vielweiberei, Potenzprotzerei und was weiß ich alles, diese Klischeebilder, die stell ich aber entschieden in Abrede, sondern in diesen Frau … (!) – es hat erstens nur Frauenbeziehungen gegeben, das dürfte durch die Kindheit geprägt gewesen sein und auch durch irgendein persönliches Problem vielleicht, jedenfalls ich hab mit Männern nicht können, weder Gespräche noch … Männer waren für mich nie vertrauenswürdig, sei es bei einem Einbruch als Komplize oder jetzt in einem Amt, ich hab mit Männern nicht können. Und es hat sich eben immer, gar net gezielt, aber er hat sich so ergeben, dass am Schluss am Tisch die Frau gsessen ist. Und die Frau wiederum, und da bin ich schuld, dieses Weggehen von ihr wieder, es waren viele wertvolle Menschen darunter, ah, sin ja praktisch von mir benützt worden als Mutterersatz – und um wieder zurückzukommen zum Anfang – und bei Erkennen, dass es eben nicht die

Mutter ist – das Weglaufen, und durch das hat es viele Frauen gegeben und keine feste Bindung.[85]

Die Mutter-Fixierung ist jedenfalls mehr als deutlich, und wenn er auch kaum über die Kindheit spricht, und wenn doch, dann in einem sehr distanzierten Ton, allgemein, über die Mutter spricht er immer wieder ausdrücklich, und er spricht auch über seine Bindung an Frauen und die Unfähigkeit, mit Männern zurechtzukommen. Und dass er sich vor allem auch »immer ältere Frauen gesucht« hätte.

Das Geheimnis ist das Ausschlaggebende. Das Rätsel. Jeder rätselt, warum hat der so eine Wirkung. Was wirkt so stark? Der Mann? Der Mörder?

85   Peter Huemer im Gespräch mit Jack Unterweger, Teil 1, Ö1-Mediathek, aufgenommen im Zuchthaus Stein an der Donau, ohne Datum (https://www.mediathek.at/portaltreffer/atom/139F187D-0E0-000D7-00000C74-139E6537/pool/BWEB/).

An sg. Frau
Andrea WOLFMAYR
J.J. Fuxg. 20
A – 8200 Gleisdorf

Ihr Schreiben: 4 – 1 – 1989   Datum: 10 – 1 – 1989

Servus Andrea,

danke für den Textauszug. Klar kann ich den verwenden,
Heft 9 wird Ende Mai/Anfang Juni erscheinen, wenn nichts
passiert, bzw. ich die finanz. Rückendeckung zusammenbringe.
Irgendwie gelingt es immer wieder, nur darf ich nicht mit einem
Minus eine nächste Ausgabe starten, was ja bis heute noch
nicht passiert ist.

Da Dein Buch im März erscheint, wäre es nicht besser, Du
schickst mir ein gutes S/W Foto vom Buchumschlag/Rücken,
sozusagen verkehrt aufgeschlagen geknipst? Den würde ich
zum Text dazugeben. Nur müßte ich dieses Foto bis Ende März
hier haben.

Als Vorabdruck ists ja zu spät, da Heft 8 schon draußen ist,
müßtest bereits haben!?

Liebe Grüße schickt Dir

(blaue Tinte)

Literatur

Ich hab meine Geschichte geschrieben. Ich hab überhaupt nichts gelesen. Das Lesen ist erst nach dem Schreiben gekommen. 1980 hab ich keinen Wolfi Bauer und Handke und keinen Hesse gekannt. Die Auseinandersetzung mit den Texten ist eine derartige Bereicherung! ...
Zur Wortbrücke:
... zweimal im Jahr ... Ich mach alles selber bis zum Druck. Mit dem Schreiben hab ich etwas gefunden, das ich auch mit 15 oder 16 gefunden haben könnte, einfach eine Arbeit, die gefällt.[86]

Nicht untergehen. Nicht ertrinken. Nicht erschlagen werden. Hierin sind wir uns einig, sind wir verwandt, Jack. Dein Mörder, das ist die Mutter. Mein »Mörder«, das ist der Vater. Wie bei Bachmann. Lies *Malina*.[87] – Aber du kannst doch nicht allen Ernstes die alle in einen Topf werfen! Und solche Vorwürfe, solche Vorstellungen! Sakrosankt! Sakrileg! Die heilige Bachmann mit ihrem strohblonden weizenblonden Haar, *meiner Mutter Haar ward nimmer weiß*[88], wie Celan sagt, ich hab immer gesagt, die hatten ein Verhältnis, aber das war nur eine Vermutung und hielt wissenschaftlich nicht stand. Ich wusste es. Manche Sachen weiß man. Spürt man. Und Jahre, Jahrzehnte später sitz ich da mit meinen grauen

---

86   Peter-Huemer-Interview (https://www.mediathek.at/portaltreffer/atom/139F187D-0E0-000D7-00000C74-139E6537/pool/BWEB/)

87   Ingeborg Bachmann: *Malina* (1971).

88   Paul Celan: »Espenbaum«, in der Gedichtsammlung *Mohn und Gedächtnis* (1952).

Haaren, meinen tagtäglich weiter ergrauenden, weißenden Haaren, sitze da und lebe, seelenruhig an meinem Schreibtisch, in meinem Militärhemd, Männerhemd, weil ich immer nur mehr dieses eine Militärhemd anziehen kann, weil ich mich nicht schön machen kann, weil ich verweigere, weil ich kein Weibchen sein will, nie sein wollte. Und schau dennoch weiblich aus, gar mütterlich, weil zu viel Brust in diesem Männerhemd, das alte Problem, zu viel Busen, Jack mochte das, heißt es, und deshalb hätte ich durchaus ins Opferschema gepasst, heißt es, sagen manche, und schaudern. Pass auf! Geh nicht so nah dran! Aber ich bin in Sicherheit. Ich weiß, dass ich nicht in sein »Beuteschema« gepasst hab – wenn er denn überhaupt eins gehabt hat. Seine Art zu reden mit mir war ganz anders. Für ihn war ich Schriftstellerin. Befreundete Schriftstellerin. Sonst nichts. Und wenn er sich einmal was gedacht hat, beim Briefeschreiben, und dann, als wir uns kennenlernten, persönlich, in diesem Sommer, es muss 1990 gewesen sein, er gerade entlassen, oder war es 1991?, hat er es schnell verworfen, als er mich gesehen hat. – Und auch ich war enttäuscht, als ich ihn sah. Ich war so ganz und gar nicht mehr interessiert. Abgesehen davon war ich in einer schon sieben Jahre währenden, äußerst konservativen, sehr monogamen Beziehung gelandet, und im Nachhinein kann ich mir gern einbilden, dass ich Enttäuschung gesehen hab in seinen Augen. Weil ich nichts war. Nichts für ihn. In keiner Hinsicht passend. Nicht brauchbar. Er hatte vielleicht ein ganz anderes Bild von mir entwickelt im Gefängnis in der Zeit, als wir uns schrieben. Aber im ersten Roman, *Spielräume*[89], war ich eine ganz andere Frau. Viel sehnsüchtiger, viel süchtiger. Und im zweiten, den er anscheinend auch gelesen

---

89   Andrea Wolfmayr: *Spielräume* (1980, Neuauflage 2017).

hat, *Farben der Jahreszeiten*[90], war ich versponnen und ver-spielt. Jetzt aber war ich realistisch und normal. Und wollte eigentlich auch gar nichts mit einem Mörder zu tun haben. Denn ich war mir damals schon sicher, dass er einer war. Und kein *ein*maliger. Diese Wichtigtuerei in diesem Anzug, im Hochsommer, und weiter dann in der »Scherbe« in Graz, als er telefonierte und immer wegging vom Tisch, weg von uns, in seine Jack-Welt, seine hochwichtigen Telefonate, die nie-mand mithören sollte, das alles ging mir auf die Nerven. Und ich sah, wie er mich ansah, und wie er sich dann wegdrehte von mir. Das ging ziemlich schnell. Wenn ich will, kann ich den Blick heute noch sehen, sein Wegdrehen. In Zeitlupe. Ich war sicher nicht interessant für ihn.

Was will ich sagen, worauf will ich hinaus. Da gibt es kein Geheimnis, das noch geklärt werden könnte, da gibt es nur mehr Deutungen. Und die gehen über Jahre und Jahrzehnte hinweg weiter. Und ich reihe mich ein.

Ich muss mich hinlegen und versuchen, mit Jane in Kontakt zu kommen, meiner Jane. Und den verdammten Jack zu lesen, der mich nicht interessiert, doch. Aber er ist schrecklich. In den Texten steht eigentlich eh alles drin. Aber die liest ja keiner.

Der Mensch in Jack. Wer will das noch wissen.
Die Suche. Die Sucht. Die Sehnsucht.

Interessant, sehr interessant. Jetzt hat mich soeben ein Gespräch versöhnt. Es gibt immer ein Gespräch. Es ist eine

---

90   Andrea Wolfmayr: *Farben der Jahreszeiten* (1986).

immerwährende Gratwanderung. Zwischen Gefährdung, Gefahr, Gefährlichkeit. Es ist nicht wirklich gefährlich. Aber die Menschen sind kaputt. Manche. Psychisch krank. Irgendwie defekt. Aber es ist nicht so schlimm, wie du denkst. Nur wenn du in die Nähe kommst. Nur wenn ein Geruch auftaucht, warnend, eine Farbe. Rot und weiß. Blut. Schnee. Wittchen. »Sneewittchen« heißt es im Text der Brüder. Plattdeutsch.

> Es war einmal mitten im Winder [sic!], und die Schneeflocken fielen wie Federn vom Himmel herab, da saß eine Königin an einem Fenster, das einen Rahmen von schwarzem Ebenholz hatte, und nähte. Und wie sie so nähte und nach dem Schnee aufblickte, stach sie sich mit der Nadel in den Finger, und es fielen drei Tropfen Blut in den Schnee. Und weil das Rote im weißen Schnee so schön aussah, dachte sie bei sich ›hätt ich ein Kind so weiß wie Schnee, so rot wie Blut, und so schwarz wie das Holz an dem Rahmen.‹ Bald darauf bekam sie ein Töchterlein, das war so weiß wie Schnee, so rot wie Blut, und so schwarzhaarig wie Ebenholz, und ward darum das Sneewittchen genannt. Und wie das Kind geboren war, starb die Königin.[91]

Ich träume. Der Traum vom See, von den drei kreisrunden Seen. Vom hohen Gras. Von der schönen Landschaft. Vom Mörder, der auf meinen Mann zeigt. Der Doppelmörder von Stiwoll. Charles Manson ist gestorben. Alle Mörder-Biografien ähneln sich.

---

91   »Sneewittchen«, in: *Kinder- und Hausmärchen, gesammelt durch die Brüder Grimm* (Winkler 1977), S. 297.

Hat niemand diese Bücher gelesen? Niemand hat diese Bücher. Die Nationalbibliothek muss doch Jacks Bücher haben. Die Landesbibliothek. Oder sind die unter Verschluss und dürfen nicht mehr gelesen werden? Sind die Texte eines Mörders unanständig und dürfen nicht verbreitet werden?

Das Manuskript, das ich von einer Frau bekommen habe anlässlich einer Lesung. Sie wollte es nicht mehr bei sich haben, es ist an sie gekommen. Es gruselt sie, sie will es nicht mehr in der Wohnung haben. An sich ein sehr harmloses Manuskript. Die Mörder selbst sind sehr zurückhaltend im Beschreiben ihres Mordes. Sehr schüchtern.

Sie können nicht reden. Sie können sich nicht ausdrücken. Sie singen nicht. Sie können es nicht sagen. Wer kann sowas auch sagen. Das kannst du nur beschreiben, von außen. In der Fachsprache, Polizeisprache, in der Sprache einer Beweisaufnahme. Welche Realität stimmt. Was Astrid meint, ist das Nicht-Stimmen, das Nicht-Genau-Sein bei so vielem. Dennoch ist auch das schon wieder ungerecht. Wird der Lage nicht gerecht.

Wie die Worte, die Buchstaben aneinanderstellen. Holprig. Hölzern. Bemüht um Sachlichkeit. Jack verwendet dieselbe Sprache, dasselbe Deutsch. Was ist ordinär, was ist unanständig, ab wann darf, und wie kann über Sex gesprochen werden, ohne gleich Geilheit auszulösen. Oder Aggression. Oder anzügliches Grinsen.

Vati, Vater, Mörder der Tochter. Malina. Den Schluss nochmal ansehen.

Schritte, immerzu Malinas Schritte, leiser die Schritte; leiseste Schritte. Ein Stillstehen. Kein Alarm, keine Sirenen. Es kommt niemand zu Hilfe. Der Rettungswagen nicht und nicht die Polizei. Es ist eine sehr alte, eine sehr starke Wand, aus der niemand fallen kann, die niemand aufbrechen kann, aus der nie mehr etwas laut werden kann.

Es war Mord.[92]

Die Texte, die Texte. Hat sich niemand so richtig die Mühe gemacht, zu lesen, was er geschrieben hat, Jack? Die Juristen mal sicher nicht. Schöngeistige Sprache, »romantische« Sprache, Fantasiertes, Imaginiertes, Ausgedachtes – das hat null Realitätswert. Juristendeutsch ist anders. Polizeideutsch ist anders. Astrid vielleicht, aus Liebe. Hat alles gelesen von ihm, kann sein, muss sie fragen. Und die Presse mal ganz sicher nicht, denn Pressedeutsch, Journalistendeutsch, das hat mit Prosa nichts zu tun, nicht mit Roman und nicht mit Theater, und mit Lyrik schon gar nicht. Und die Germanisten beschäftigen sich mit so einem Typen schon gar nicht – das ist doch alles flach, nicht vergeistigt genug, das ist doch derb. »Häfnliteratur« – wie ihn das erst gekränkt haben muss …

Dann: Der Trotz, das Lernenwollen und nur dann können, wenn der brennende Ehrgeiz einen beflügelt, vorher wars Sehnsucht, bis diese alle durch Betrug vergiftet werden (durch die Mutter in erster Linie, die größte Enttäuschung, die Mutter).

---

92 Ingeborg Bachmann: *Malina* (1971).

Jetzt in die Uni-Bibliothek, die haben praktisch alles. Einen Ausweis besorgen und dann nach Herzenslust ausborgen! Und lesen!

Und dann auch die Lyrik, die man sicher nicht als das Allerbeste und Feinste bezeichnen kann – aber es ist auch keine schlechte Lyrik. Was auf jeden Fall drin und dabei ist: Ehrlichkeit! Erstaunlich. Bei so einem Betrüger, Hochstapler und Manipulanten. Aber eben deshalb! Das ist es, was er kann. Das Spiel mit der Unehrlichkeit, der Ehrlichkeit. Den wahren Gedanken.

> Nun lag Sneewittchen lange lange Zeit in dem Sarg und verweste nicht, sondern sah aus, als wenn es schliefe, denn es war noch so weiß als Schnee, so rot als Blut, und so schwarzhaarig wie Ebenholz. [93]

Wut

Aus meinem Tagebuch, 2. November 2017:

Mit mir ist es nun wirklich so weit gekommen, dass ich mich allen Ernstes, ja wirklich und wahrhaftig und äußerst ernsthaft und eigentlich ständig mit einem Mörder beschäftige. Mit einer »menschlichen Bestie«. Mit Wut. Wie ich sie hatte, wie jeder sie manchmal hat. Diese Wut, die auch meine Mutter hatte, vor der sie uns immer warnte. Rot ist

---

[93]   »Sneewittchen«, in: *Kinder- und Hausmärchen, gesammelt durch die Brüder Grimm* (Winkler 1977), S. 306.

ihr geworden vor Augen. Beinahe hätte sie ihre Schwester umgebracht! Warnungen. Die meine Mutter aussprach. Die meine Freunde aussprechen. Geh nicht so weit. Geh nicht zu tief. Du machst dich verrückt. Warum überhaupt denkst du nach über diesen Typ? Was gibt dir das? Was hast du davon? Du bist nicht so! Du bist ganz anders!

Aber ich bin so. Manchmal. Sehr, sehr wütend. Nur: Wohin geht meine Wut? Verdräng ich sie? Mach ich mich selbst krank? Bin ich masochistisch, wie Jack es mir unterstellt? Oder sadistisch, weil ich gemein bin zu anderen? Weggehe von ihnen? »In echt« und im Kopf ...?

Wut ist elementar. Wut ist einfach. Wut ist riesengroß. Wut wird mehr oder weniger verdrängt. Je nachdem. Wer kann, der kann. Aber auch nur eine Zeitlang. Wut ist ein Vulkan, Wut ist ein Kelomat unter Druck, Wut ist eine Bombe. Wenn sie kein Ventil hat, wird sie sich eines Tages entladen. MUSS. Kann nicht anders. Wie lange köchelt Groll vor sich hin, bevor er zu Wut wird? Was braut sich zusammen im Laufe eines Lebens? Wieviel verdrängte Wut steckt in einem Menschen? Man sieht es nicht. Von außen ist nichts zu sehen. Und manchmal findet man es nicht einmal innen, so versteckt ist es.

Sie sind zu Recht wütend auf mich. Ich belüge sie alle. Ich bin manipulativ. Wie Jack. Weil ich das nicht will, was ich kriege. Weil ich nicht wollen kann, was ich mir da beschert habe. Weil ich zornig bin, dass ich das nicht kriege, was ich will, wirklich will, und mir ein Surrogat verschafft habe, das mir zwar keine Probleme macht, fürs Erste – aber dann. Vom Regen in die Traufe. Probleme, viel größere Probleme, auf einer anderen Ebene. Das Monster kriegt Junge. Für jeden abgeschlagenen Kopf wachsen der Hydra ein paar neue nach.

Aber sie haben auch NICHT recht. Denn ich bin wütend. Und ich bin ehrlich in meiner Wut. Wut macht IMMER ehrlich. Ich lüge nicht. Sie manipulieren mich. Menschen versuchen immer, einander zu manipulieren. Auf irgendeine Art und Weise das zu kriegen, was sie wollen. Den anderen dorthin kriegen, wohin sie ihn wollen. Jedes Mittel ist recht. Das ist nicht auszuhalten. Irgendwann bricht sich die Wahrheit Bahn. Irgendwann bricht sie aus. Die Wahrheit. Das wahre Gefühl. Das echte.

Es kann Verachtung heißen oder maßlose Rache. Es kann heißen maßlos verletzte Liebe. Es kann heißen Enttäuschung oder Bitterkeit, Verzweiflung oder Kränkung, schwere Kränkung.

Ich krieg immer mehr Wut auf ihn, Jack, je mehr ich über ihn lese. Bei Leake zum Beispiel. Der einfach nur beschreibt, alles schön der Reihe nach. Ein Chronist. Versucht alles aufzulisten. Eine Chronologie. Wann was. Die Spuren, die Jack so sorgfältig getilgt hat, neu aufzuzeigen, festzuhalten, niederzuschreiben. Auf eine sympathische, unaufgeregte Art. Ein ganz pragmatischer, praktisch denkender, sich nicht aus dem Konzept bringen lassender Schriftsteller, der ein Thema gefunden hat, einen Stoff, der ihm gefällt und mit dem er sich beschäftigen will. Weil so interessant. Und spannend. Und faszinierend. Und dieser Jack Unterweger eine so schillernde Persönlichkeit. Und Österreich so ein wunderschönes Land, mit soviel Kultur.

Und ein Rechtsstaat, eine Demokratie. Freilich sehr vernetzt alles. Weil so klein.

Und was versuche ich?

Ich lese über Jack und werde ganz irre, weil ich nicht mehr weiß, sind *die* verrückt oder bin *ich* es oder ist meine Auseinandersetzung mit Jack eben nichts als ein eigener Versuch, damit fertig zu werden, dass ich mich in meinem Leben anscheinend immer wieder mit Verrückten und Psychopathen einlasse. Aber wenn das so ist, warum tu ich das? Weil ich selber verrückt bin oder weil ich was heilen will oder weil ich denke, dass meine Eltern verrückt waren und ich dann eine Erklärung hätte für ihr Verhalten? Oder weil ich Psychopathen einfach interessant finde? Interessanter als den braven langweiligen bürgerlichen Durchschnittsmenschen, der sein kleines Normleben lebt?

An sich wäre das ja ein gutes Motiv: Mir wird zugetraut, dass ich mit Jack was gehabt hätte. »In echt«. Warum nicht? Er hat mit vielen Frauen was gehabt. Verrückt, total verrückt. Und ich schalte sofort, reflexhaft, auf empört. Was den Verdacht möglicherweise noch erhärtet, eine vorgefasste Meinung bestärkt, den Verdacht erst recht schürt. Denn sicher lüge ich doch. Der behauptet, ehrlich zu sein, dem wird alles zugetraut. *Honi soit qui mal y pense.* Könnte ich in diese Falle gehen, in so einer Schlinge mich fangen lassen?! Allerdings. Ich geh oft genug zu weit an den Abgrund heran. Ich bin neugierig. Und doch hab ich das Vertrauen. Oder einen starken Schutzengel. Den Glauben. Ich weiß, das Einlassen auf kaputte Menschen kann mir meine Welt, meine Beziehungen, meine Ehe nicht kaputt machen. Manche Menschen sind einfach krank. Und sobald ich drauf komme, will ich es genauer wissen. Es sind vielleicht keine guten Gefühle, die ich für diese Menschen hege, und vielleicht bekomme ich es auch mit der Angst zu tun, aber ich werde alles annehmen, bemerken, besprechen und aushalten, manchmal mit Hilfe meiner Therapeutin, sehr oft mit Hilfe von allen netten Menschen, Freunden und Lieben, die ich in meinem Leben habe. Manchmal bin ich halt selbst auch selbst ein bisschen verrückt oder begebe mich zu weit in andere Leben, das ist alles, was man mir vorwerfen kann.

Ich bin zehn Jahre älter als Astrid. Ich habe mich ebenso in den Stoff verbissen wie sie, in *ihren* Stoff, nein, *seinen*, mit viel, viel weniger Material und viel weniger Zusammenhang und Verbindung. Keine Frage. Ich sehe mich dennoch da sitzen, in einer dieser blöden Talkshows, mit Astrid und Bianca. Irgendwann einmal in einer ausgedachten Zukunft. Es wird bezahlt dafür. Und Astrid setzt sich in Szene. Sie ist der Teufel, mit allen Wassern gewaschen. Und Bianca ist abgebrüht und älter geworden inzwischen. Durch und durch vernünftig. Nur ich bin alt zwischen denen beiden. Und ich bin noch immer nicht weise, noch immer naiv.

Das ist aber vielleicht mein Vorteil.

Aus dem Gespräch mit H. gestern: »Dass du ja nicht ihn verteidigst! Ihn zu positiv darstellst!« Und so weiter. Sie will mich ja nur schützen. Bewahren vor dem Übel. Ihre Angst um mich. Weit aufgerissene Augen. Stanley Kubrik: *Eyes Wide Shut*. Was ist wahr, was ist wirklich. Wut ist eine Reaktion. Auf Wirklichkeit, innere Wirklichkeit. Oder?

Wer trägt welche Masken. Domino. Nachtleben. Verwirrung, Drogen, Rausch, Prostitution. Schnitzlers *Traumnovelle*. *Eyes Wide Shut* ist Kubriks letztes Werk. 1999. Das Jahr, in dem auch meine Mutter starb.

Was ist wahr. Was ist wirklich.

Wut ist immer wirklich. Immer echt.

Warum

Die große und einzig »wirklich wichtige« Frage scheint mir die nach dem WARUM zu sein. WARUM hast du das getan? Das fragt ihn auch seine Tochter, auf einem Zettel. Das erzählt er. Das frage auch ich mich. Obwohl es mir immer klarer wird, das WARUM. In der Beschäftigung damit. DARUM. Das ging nicht mehr anders. Das hatte viele, ZU viele Gründe, Beweg-Gründe.

An sg Fr
Andrea WOLFMAYR
Fritz Huber G.4
A – 8200 Gleisdorf

ES IST SOWEIT! DIE MEDIEN IN ÖSTERREICH FEIERN ES ALS FAST SCHON JAHRHUNDERTEREIGNIS... stimmt auch in gewisser Weise, in den letzten 15 Jahren wurden keine 10 Leute aus lebenslanger Haft mit der Mindestzeit von 15 Jahren ent-lassen..., ich zähle jetzt dazu und halte mir zugute, etwas dafür getan zu haben. Damit ist die Vergangenheit abgeschlossen, die Gegenwart hat einiges für mich bereit..., ich weiß, es wird nicht einfach, aber bei sachlicher und rationaler Abwicklung, Punkt für Punkt, kann nichts passieren und so will ich jetzt eini-ge Sachen in einer Art Punkteliste aufschreiben, damit es nicht zu einem Missverständnis kommen kann.

Entlassungstag ist der Mittwoch, 23. Mai 1990.

Ab sofort bitte folgende Postanschrift:

Jack Unterweger

A – 1210 Wien
(Namensgleichheit ist Zufall)

Unter der Telefonnummer: ▮▮▮▮▮▮▮ *(Bürozeiten) kann man mich entweder ab Anfang Juni erreichen, bzw. erfahren, wo ich erreichbar bin. (Ist obige Firma!)*

Sobald ich meine eigene Postanschrift habe, gebe ich die bekannt.

Dies alles hängt mit der Klärung meiner Wohnungsfrage zusammen!

Deshalb nicht enttäuscht, böse sein, wenn ich aufgrund all die-ser Turbulenzen (Wohnungsfrage klären, Amtswege; einkaufen; von der Unterhose bis zum Kochgeschirr, Möbel, etc. und tau-send andere Alltäglichkeiten, die erledigt werden müssen) ab sofort und wie ich es einschätze bis etwa Mitte Juni, um den 10.

Juni will ich alles geschafft haben und mich dann endlich auf Menschen, Begegnungen (Tochter, Schwiegersohn, Enkelkinder, Bekannte, wichtige Gespräche wegen Arbeiten, Literatur, Lesungen) konzentrieren. Aber wie gesagt, erreichbar, halt (wahrscheinlich) nur telefonisch bin ich auch zwischen 23. Mai und Mitte Juni, am besten, ich krieg eine Telefonnummer und rufe zurück, man kann diese Nummer im Büro, entweder Frau Ingrid Unterweger oder Peter Unterweger (Sohn) oder wenn Herr Unterweger dran ist, der hat aber nie Zeit, lieber an Frau Renate Grüneis, die notiert mir alles und ich rufe dann an!

Ich muss auch ans Geldverdienen denken, Lesungen machen und jetzt sozusagen noch kurbeln, daß ich für Juni und Anfang Juli noch Leseeinladungen erhalte! Quer durch Österreich oder Deutschland, aber ich bin ja jetzt endlich wieder in der Rolle, alles selbst tun zu können, nicht immer nur davon reden, träumen und doch andere bitten müssen, kannst dies oder das für mich tun...

Kontakte: mir ist es vollkommen klar, nicht jeder hat seine Freude mit meiner Vergangenheit und ich akzeptiere es vollkommen wenn jemand den Kontakt in Zukunft mit dem FREIGELASSENEN Jack Unterweger abbricht, weiterhin nur schriftlich, telefonisch aufrechterhält. Ich kenne Menschen (Nachbarngetuschel) zu gut, und verstehe jede Haltung. Mich freut es aber, wenn es in Zukunft auch zu persönlichen Begegnungen kommen kann. Deshalb: bitte schreiben, wie es sein soll! Es ist für viele auch so, daß es einen Unterschied macht, dem Häftling zu schreiben, ihn im Knast zu besuchen oder in Freiheit zu begegnen...

Ab jetzt beginnt für mich die Zukunft, der 23.5. ist ein neuer Geburtstag! Und wie ich schon schrieb, Mitte Juni wird eine Beruhigung meiner Situation eintreten und ich kann mich mit Freude den menschlichen Begegnungen widmen! Darauf freu ich mich und ich bitte um eine kurze Mitteilung, Brieferl, Karte, wann ich wo anrufen kann in diesen hektischen Tagen... Danke.

Zur Vergangenheit: sie ist vorbei, endgültig, die Medien schreiben eh alle kreuz und quer durch Wahrheit und Lüge, und ich denke, daß sich eine wertvolle Beziehung (Mensch zu Mensch) nicht in der Vergangenheit aufhalten soll, sondern die Kraft voll in die Gegenwart legen muß, um eine Zukunft zu haben. Für heute –, bitte ich noch um Verständnis für meine Kürze, mir bleiben jetzt nur wenige Tage zur konkreten Vorbereitung, auch Kontakte aufnehmen, wo ich eine Lesung aus meinen Arbeiten bekommen kann, undundund, lange Rede, kurzer Sinn: ich brauch bis etwa Mitte Juni Zeit, dann atme ich ruhiger und freue mich auf eine Begegnung mit denen, die's auch wollen! So nach dem Motto: nur keine Zwänge!

Bis ... alles Liebe und etwas egoistisch: teilt die Freude mit mir über dieses Ereignis meiner Freiheit! Ein neuer, zweiter Geburtstag nach insgesamt 20 Jahren und 8 Monaten in Gefängnissen. Von 1966 bis 23. Mai 1990. Die letzten 15 Jahre und vier Monate, zwei Wochen ohne Unterbrechung...

Jetzt wartet alles in mir auf Leben und das gibt Kraft, nichts in den letzten Jahren war umsonst! Die selbstgewählte Isolation vom Tagesgeschehen im Knast hat sich gelohnt, das Leben hat wieder Sinn und Inhalte bekommen, ich habe nur eine Chance, die ich mir selbst gebe und verdammt, die will ich nützen, mit jeder Faser!

In diesem Sinne: auf Schönheiten im Morgen!

(blaue Tinte)[94]

---

94   Dünndruckpapier, Computerpapier, zwei zusammenhängende Seiten. Fensterkuvert, ATS 5,- Marke, Poststempel Wien, Datum fast unkenntlich, Rückseite Stempel lila.

Farbenlehre des Mordes

Regina Prem, Mordopfer, trug eine rote Jacke, einen wei-ßen Rock und weiße Highheels.

Jack liebte die Kombination rot-weiß. Zynisch. Der unschuldige Mörder. Die weiße Weste. Der Gott in Weiß. Das rote Blut. Die Leidenschaft. Das Leiden. Das Leben.

Rot-weiß-rot wie die österreichische Fahne. Jack ist der berühmteste österreichische Mörder.

Und er trägt gern Rot. Trainingsanzug, T-Shirts. Das Foto, auf dem er dasteht, lässig, posiert. Privatfoto. In der Zelle. Weiße Hose, rotes Shirt, schwarze Brillen. Nur das Schuhwerk ist nicht ganz stimmig – weiße Schlapfen. Und die Arme überkreuzt.

Was, wenn er sich seine Opfer nach der Farbe der Klei-dung ausgesucht hat? Des Schmucks? Ich weiß, wie wichtig ihm Kleidung ist. Konventionelle Kleidung. Raffinesse. Ein Spiel. Ein Kunstwerk. Er wollte ein Kunstwerk machen. Wie ich. Ich aus meinem Leben, aus Alltag, Bürgerdasein und Frauenleben. Er durch Skandale.

Eine fürchterliche Gestalt, Jack – eine Furchtgestalt. Rot. Weiß. Schwarz. Öder Typ.

Die Zeit

»Zeit war, da der gehemmte Geist entwich« – fuhr es ihm durch den Sinn, und das erste Wort zündete in seinem Hirn. Die Zeit, für das Opfer ausgelöscht, war nun, nach vollbrachter Tat, für den Mörder unaufhaltsam, ungeheuerlich, bedeutungsvoll geworden.[95]

Sie zählen die Tage. Dauernd zählen sie die Tage. Die drinnen. Die in Gefangenschaft. Um eine Art von Ordnung herzustellen. Wie Natascha Kampusch es schildert in ihrem Buch *3096 Tage*.[96]

Es muss quälend gewesen sein. Zu denken, was die anderen machen, die in Freiheit, besonders zu bestimmten Gedenktagen. Zu Weihnachten die Billets, oder zu Geburtstagen:

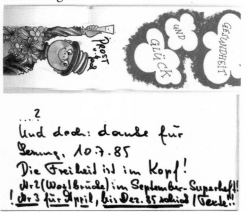

---

95   Robert Louis Stevenson: *Markheim*, S. 102.

96   Natascha Kampusch (mit Heike Gronemeier und Corinna Milborn): *3096 Tage* (List 2010).

Allein der Gast hob warnend den Finger. »Sechsunddreißig Jahre lang haben Sie in dieser Welt gelebt«, sagte er, »durch wechselvolle Schicksale und Launen habe ich Sie ununterbrochen von Stufe zu Stufe sinken sehen. Fünfzehn Jahre ist es her, daß Sie mit einem Diebstahl begannen. Noch vor drei Jahren hätte das Wort Mord genügt, um Ihnen das Blut aus den Wangen zu treiben. Gibt es wirklich noch ein Verbrechen, eine Grausamkeit, eine gemeine Handlung, vor der Sie heute zurückschräken? In fünf Jahren werde ich Sie auch dabei ertappen. Tiefer, immer tiefer führt Ihr Weg; und nichts, außer dem Tode, vermag Sie aufzuhalten.« [97]

Ein Mensch ist ein Projekt, beweglich, veränderlich, dauernd sich erweiternd. Läuternd, lernend. Keine Chance, Jack. Noch in Würde im Anzug auftauchen will er. Mit dem Wissen: ein letztes Mal. Keine Chance. Sie haben dich. Es kommt dir total ungerecht vor, das alles. Sie wissen nichts und deuten alles falsch, meinst du. Sie haben jede Menge Fehler gemacht. Deine Richter, die Geschworenen, die Polizei, die Ermittler, alle. Sie! Sie sind schuld!

Du aber auch. Jede Menge Fehler. Hätte dir nicht passieren dürfen. Überhaupt das. Alles. Aber sie sind selber schuld, schreist du, Kleinkind. Wenn sie dich so provozieren! Wenn sie so gemein sind! Wenn sie dich auslachen! Wenn sie dich nicht ernst nehmen! Wenn sie dich nicht LIEBEN. Nur benutzen. Und belügen. Und dann feig sind. Und ausweichen. Und nicht die Wahrheit sagen. Du wirst die Wahrheit aus ihnen rausprü-

97   Robert Louis Stevenson: *Markheim*, S. 118.

geln, du wirst die Wahrheit in sie hineinficken. Sie sollen voll sein von Wahrheit und dann als Beweis daliegen. Beweis ihrer selbst. Beweis ihrer Schuld. Für immer. Diese Beweise. Diese Spuren. Das sind sie. Notdürftig bedeckt, mit Reisig, Laub und Ästen. *Ecce Homo.* So ist der Mensch. Niedrig, wichtig, schwach, blass und nackt. Heult um sein Leben. Bittet und fleht. Das macht dich wütend, das macht dich irre. Wie einen das wütend machen kann! Diese Kriecherei, Schleimerei. Ausflüchte und Lügen! Ewig diese Lügen. Macht einen total irre sowas. Das muss einfach aufhören. So lang niederhalten, würgen, schlagen, bis es aus ist, eindeutig aus.

> Es hätte genügt, den Händler zu binden und zu kne-
> beln, statt ihn zu töten; er hätte verwegener sein und
> sich auch noch des Dienstboten entledigen sollen; alles
> hätte er anders machen sollen: brennendes Bedauern,
> zehrender, nimmer endender Kreislauf der Gedanken,
> um das zu ändern, was nicht zu ändern war; zweckloses
> Planen, Baumeister der unwiderruflichen Vergangenheit
> zu werden. Und im Hintergrund dieses fiebrischen
> Denkens füllten tierische Schrecken, wie das Scharren
> und Rascheln der Ratten auf dem öden Dachboden,
> die geheimsten Kammern seines Hirns mit Aufruhr;
> die Hand des Konstablers fiel schwer auf seine Schulter,
> und seine Nerven zuckten wie ein Fisch am Angel-
> haken; oder es jagten Gerichtsschranken, Gefängnis,
> Galgen und der schwarze Sarg an seinem geistigen Auge
> vorüber.[98]

---

98   Robert Louis Stevenson: *Markheim*, S. 104.

Schizo

> Die innere Tür stand offen und spähte in das Heer
> der Schatten mit einem langen schmalen Streifen
> Tageslicht, der einem gestreckten Zeigefinger glich.[99]

Das Psychologische, sagt meine Therapeutin. Was das
Kind erlebt hat. Das Kleinkind. Woran es sich nicht erinnern
kann. Was es verdrängt hat. Wie ich auch. Das Abgespaltene.
Das Fremde, das Andere. Das, was einem Angst gemacht hat.
Woran man nicht sterben durfte. Was man überstehen muss-
te, irgendwie. Überleben. An das man sich nicht erinnern
kann, nicht erinnern will. Schizophren. Schizoid zumindest.
Sadistisch und schizoid. Abgespalten und gemein, bösartig.

Du hast es anders gemacht, Jack. Einfach total anders. Du
hattest auch keine Chance. Freilich: Kindheitsverhältnisse,
das haben alle. Die glückliche Kindheit ist oft eine Illusion,
hohl, an die will man glauben, dann klopft man mal an die
Mauer und alles bröselt. Und viele haben gelitten und leiden auch heute noch in ihrer Kindheit, in ihrer Pubertät, als
Jugendliche, unter den Umständen, den Eltern, der Gesellschaft, der Zeit. Okay, du hast besonders viel gelitten, gehen
wir mal davon aus. Aber ich hatte es auch nicht ganz einfach.
Die Gesellschaft war dieselbe. Sensible, sensitive, intelligente,
wachsame, eher introvertierte Kinder hatten es nicht leicht
in der Zeit. Freiheitsliebende. Mit großen Gedanken, großen
Wünschen und Träumen. Die fliegen wollten. Sich entwi-
ckeln, jemand werden! Jemand Großes, Besonderes, Geschei-
tes! Wie kommst du durch all den Filz. Den Dreck und das

---

99   Robert Louis Stevenson: *Markheim*, S. 102.

Abwasser. Wie weichst du denen aus, die dich attackieren. Die dich behindern. Dir im Weg stehen. Am schlimmsten: dich verspotten. Weil du bist, wie du bist. Die dich auslachen. Ausgelacht werden, nicht ernst genommen werden, nicht wahrgenommen werden – oder als »anders« wahrgenommen werden, gar als arm – das beschämt. Wir waren auch arm. Ich, als Kind. Wir hatten sehr wenig. Ich weiß, im Vergleich zu dir hatten wir wohl mehr, ich bin kleinbürgerlich aufgewachsen, mit beiden Eltern. Und Geschwistern. Im Vergleich zu dir hatte ich es super gut. Aber ich gehe von dem aus, was ich nachempfinden kann. Was NICHT als super gut empfunden wurde. Von mir. Missachtet werden. Belächelt. Schon allein das eigene Gefühl konnte dafür ausreichen – und das eigene Gefühl war schnell da. Minderwertig zu sein. Etwas ganz Besonderes machen zu müssen, um jemand zu sein. Bei denen. Von denen geachtet, bemerkt, gar bewundert. Viel haben wir dafür getan, Jack.

> Ich fühlte, daß ich nun zwischen diesen beiden Naturen wählen mußte. Meine beiden Wesen hatten das gleiche Gedächtnis, aber alle andern Funktionen waren verschieden. Jekyll, der zuweilen sehr zart zu empfinden vermochte, dann aber wieder sich lüsternen Begierden hingab, entwarf und teilte die Vergnügungen und Abenteuer Hydes. Hyde aber hatte keinerlei Interesse für Jekyll oder erinnerte sich seiner nur, wie der Räuber sich der Höhle erinnert, die ihm bei der Verfolgung Unterschlupf gewährt. Jekyll hatte mehr das Interesse eines Vaters. Hyde wiederum war gleichgültiger als ein Sohn.[100]

---

100   Robert Louis Stevenson: *Dr. Jekyll und Mr. Hyde*, S. 83.

Ich versuche, in deine Schuhe zu schlüpfen, in deinen Schuhen zu gehen. Es sind größere Schuhe als meine, auch wenn du wahrscheinlich kleinere Füße hattest als MANN im Durchschnitt hatte. Und es sind Männerschuhe, keine Frauenschuhe. Und du musstest dich noch mehr beweisen als ich. Allerdings bin ich in der Zeit der Frauenbewegung und Emanzipationsbestrebungen jugendlich gewesen, und ich war mittendrin, ich war engagiert, und ich war zornig, oh ich war zornig, und motiviert! – Aber da sind wir wahrscheinlich schon mittendrin. Denn ich durfte, obwohl die Begeisterung meiner Familie und der Kleinstadtgesellschaft sich in Grenzen hielt, aufbegehren, rebellieren, protestieren, mir die Haare wachsen lassen. Ich wurde deswegen nicht von der Schule geschmissen. Ich war keine besonders gute Schülerin, aber auch keine schlechte. Ich war Durchschnitt, ich war unauffällig, ich wollte auch nicht auffallen. Es war mir ein Anliegen, NICHT aufzufallen. Aber die, die auffielen, die gefielen mir. Die Leader. Die Unangepassten, die Freaks, die bösen Buben, die Schlimmen. Die Frechen. Die Goscherten. Die sich nichts gefallen ließen. Die von der Schule geschmissen wurden oder mindestens einen Karzer kriegten. Die Schule schwänzten und stattdessen im Kaffeehaus Billard spielten. Die heimlich rauchten im Klo. Die Chance hattest du nicht. Die Rebellen, die Revoluzzer. Sie sahen auch toll aus. Ich hätte dich wahrscheinlich ebenso toll gefunden, wenn ich deine Fotos anschaue als junger Mann, ich kenne kaum Fotos, auf denen du sechzehn warst oder achtzehn. Gibt es welche? Ich meine das eine Foto, auf dem du deinem vermutlich ersten Opfer entgegengestellt wirst, da hattest du lange Haare, du sahst toll aus, also mein Geschmack wärst du gewesen, damals. Dass du klein warst für einen Mann, das hätte mich nicht gestört, mein erster Mann war auch klein und zart, später dann kamen erst die Großen, Dünnen. Mit denen freilich nicht zu leben war, aber für Affären waren sie großartig. Wir waren Biester, Jack. Ich auch. Ich war biestig. Aber ich war auch ziemlich katholisch. Und moralisch. Und hätte keiner Fliege was zuleide tun können. Hast du eigentlich Fliegen was zuleide tun können, als Kind? Also ich meine, warst du ein Tierquäler-Kind? Hm. Haare, Augen, Rebellentum also. Das Unterschicht-Milieu hätte mich nicht gestört, hat mich auch nie gestört, im Gegenteil. Ich fühlte mich immer eher den »Kleinen« zugehörig, Handwerkerstochter, wie ich mich gern bezeichne, bezeichnete, denn das soll ich nicht, meinen die mir Wohlmeinenden, ich soll mich nicht immer runterstufen, ich bin das schon lange nicht, mit meinen akademischen Titeln, meinen Büchern, meiner politischen Vergangenheit – ich war wer, ich bin wer!

Hier machen wir es genau umgekehrt, Jack. Du hast dich in Schale geworfen und die intellektuelle Pose eingenommen im Club 2. Du wolltest hoch hinaus, am liebsten mit Porzellantieren und protzigen Wohngruppen, es hat dir gefallen in der Schickeria von Wien, du hast dich als Journalist ausgegeben für den ORF und bist bis Miami gekommen damit und zum *Sandmännchen*, du hast gespielt und man hat dir die Rollen geglaubt, es muss dir ungemeinen Spaß gemacht haben. Da war ich ganz anders. Ich wollte mich am liebsten verstecken, immer. Ich wollte nur beobachten. Ich wollte nur schreiben. Und sie sollten nur lesen. Ich wollte nicht mal vorlesen. Ich wollte nicht an die Öffentlichkeit. Du wolltest Partylöwe sein, aber das warst du ja, vom Temperament und Sternzeichen her, ich nicht. Ich hab lieber Mond gespielt. Im Schatten. In die Sonne sollten sich die anderen stellen, die Redner, die Großen, die Machos – ich hab Efeu gespielt oder Beiwagerl oder Groupie, es gibt eine Menge Rollenmodelle für Frauen.

Und wie war das mit dem Benutzen? Denn du hast sie ja benutzt, deine Pferdchen, und wie! Bianca, dass sie tanzt und dadurch Geld bringt, Astrid, dass sie dich aus der gerichtlichen Bredouille reitet. Hast ihnen Honig ums Maul gestrichen. Leim. Damit sie picken und funktionieren, in deinem Sinn. Großer Manipulator du – aber Manipulatoren stolpern letztendlich immer über ihre eigenen Fäden, die sie gezogen haben. Denn die Pferdchen sind im Allgemeinen keinen Dummen – dumme, oder sagen wir besser *naive* Frauen hast du dir nie gesucht, oder – ich sags mal ganz bösartig (und vielleicht ebenfalls naiv) – höchstens zum Umbringen … Die Gescheiten mussten dir auf anderer Ebene nützlich sein. Ausgenutzt hast du sie immer, und teilweise haben sie das sogar gesagt. Gewusst. Aber Frauen sind gewohnt, ausgenutzt und benutzt zu werden, das tut ihnen oft nichts – wenn sie im Gegenzug etwas kriegen. Was kriegte man von dir. Außer Gefängnis, wie Bianca das kriegte. Denn viel hat sie nicht von dir gekriegt, nur ein wenig Ruhm. Oder vielleicht vor der Verfolgung und der Flucht, in den »glücklichen« Zeiten mit dir, einige Abenteuer und Kicks, aber kann sein, dass sie mehr davon bekam, und auf eine ganz andere Art, als sie es sich gewünscht hatte – wir sind auf eigene Vermutungen angewiesen.

Jedenfalls will ich Jack anscheinend unbedingt verstehen. Ich WILL wissen, wie es möglich sein kann, dass man Dinge einfach nicht mehr weiß, nicht mehr wissen will oder auch KANN, bei allen Bemühungen. Aber will sich Jack nicht erinnern oder tut er nur so, macht er das bewusst, um uns an der Nase herumzuführen oder unbewusst, weil er es einfach wirklich nicht mehr weiß, nicht mehr wissen kann, weil die Erinnerung auch für ihn unerträglich ist oder unmöglich, so dass er diese seine Morde einfach ausspart aus dem Gedächtnis? So tut, sie wären sie nie gewesen? Und behauptet, er wars nicht, die Morde waren nicht? Er KANNS gar nicht gewesen sein, beteuert er immer wieder und erklärt unermüdlich, erschöpfend, dass er unschuldig ist. Er wars nicht – aber vielleicht wars doch dieses andere Ich, vielleicht war es Mr. Hyde …?

Markheim[101]

»Mich kennen!« rief Markheim. »Wer kennt mich? Mein Leben ist nichts als eine Travestie, eine Verleumdung meiner selbst. Ich habe gelebt, um meine Natur Lügen zu strafen. Alle Menschen tun das; alle Menschen sind besser als die Maske, die sie tragen, die sich ihnen anschmiegt und sie erstickt. Sehen Sie nicht, wie das Leben sie packt und mit sich reißt, wie Räuber einen Menschen in einen Mantel hüllen und mit sich schleppen? Könnten diese Leute nur, wie sie wollten – wenn Sie ihre Gesichter sähen, sie erschienen ganz anders; Sie würden als Heroen und Heiligen erglänzen. Ich bin schlimmer als die meisten; trage eine ärgere Verkleidung; meine Entschuldigung kennen nur Gott und ich allein. Hätte ich Zeit, ich würde mich Ihnen enthüllen.«[102]

101   Robert Louis Stevenson: *Markheim*, S. 95ff.
102   Robert Louis Stevenson: *Markheim*, S. 113.

Ich mag Jack nicht mehr. Anfangs hab ich noch versucht, ihn zu verstehen. Naiv und blauäugig, das Gute im Menschen suchen. Und finden. Wer suchet, der findet immer. Und sicher, da sind die guten Anteile. Wie in jedem Menschen. Aber ich mag ihn nicht mehr. Vor allem, nachdem ich seine Stimme wieder gehört habe. In erster Linie das Interview in Miami. Diese kalte, monotone Stimme, diese glanzlose Stimme. Dieses ewige »Ich kann es nicht gewesen sein«, »es gibt keine Beweise«. Diese Haifischaugen. Aus den Kinderaugen sind starre Haifischaugen geworden. Voll Angst nicht mehr. Sondern voll kalter Wut. Nein, nicht einmal mehr Wut. Nur mehr Kälte. Es ist aber keine Einsamkeit. Es ist das Raubtier. Nicht einmal Tier, Fisch. Zwischen Lebendgebären und Ei, die seltsamen Eier der Haifische.

Jack hat für mich inzwischen ein anderes Gesicht bekommen. Ein ganz bekanntes. Ist Teil einer Art inneren Personals geworden. Es sind Anteile. Die jeder hat. Dr. Jeckyll and Mr. Hyde. Wecke das schlafende Böse nicht. Oder manchmal wird es wach, muss es wach werden? Aber wenn es doch böse ist. Böses kann nie Gutes erzeugen. Aber wenn du in eine Gasse gejagt wirst, in der nichts Gutes entstehen kann. In der es kein Zurück gibt. In der es heißt: Ich oder die. Man könnte sagen: Das war nicht der Fall. In diesem Fall war das nicht der Fall.

24. Mai 1990

Einen Tag DANACH!

Es tut mir leid, daß ich mich nicht ausführlicher melden konnte, kann, aber die tausend kleinen Alltagsdinge (Behörde, etc.; Wohnung; einrichten, Einkäufe, u.a.m.) blockierten mich ein wenig.

Heute habe ich alles „erledigt" und muß jetzt noch schnell zwei Auftragsarbeiten (für Verlag) fertigstellen, bis 4. Juni, weil ich auch für Geldverdienen was tun muß ...

Lesungen: 31. Mai in Klagenfurt, Landhausbuchhandlung, 19.30 Uhr

anschließend nach Wien (Flugzeug auf ORF Kosten) und im TV,FS 2, um 22. 25 Uhr, CLUB 2 Diskussion, Live Sendung ...

5. Juni, 20.00 Uhr, Lesung im Cafe Korstall, Amstetten, NÖ

7. Juni, 18.00 Uhr, Lesung im VINDOBONA, Studentenheim der Adolf Schärf Stiftun (sic!), Laudongasse 36, Wien-Josefstadt.

18. Juni, 20.00 Lesung in der TRIBÜNE (im Keller des Cafe Landtmann, Burgring, gegenüber vom Burgtheater; Wien)

16. Juli, 18.30 Uhr, ALTE SCHMIEDE, Schönlaterng. 9, Wien

12., und 13. Juni Symposium der Grazer Autoren Versammlung, TU Wien.

19. Juni, 20.00 Lesung im Studentencafe Berggasse. Wien

20. Juni, Lesung in Villach (Schule)

Und einige, noch nicht ganz sichere Termine im Juni/Juli ...

Aber sobald ich Luft habe, melde ich mich ausführlicher!

Anrufen kann man mich immer, beste Zeiten sind der frühe Morgen, Vormittag bis ca 9.00 herum ... und ab 1.6. läuft ohnehin der Anrufbeantworter, ich melde mich sofort zurück ...

mit der Bitte um etwas Verständnis für diese ersten Tage ..., Juli und August ist ohnehin kulturell ruhiger!

Alles Schöne wünscht *(blaue Tinte)*

und wie gesagt, Donnerstag, 31. Mai, 22.25 Uhr, FS 2 im österr.
TV, komm ich LIVE ins Wohnzimmer! Mittels Flimmerkiste!

(Roter Stempel:)

Jack Unterweger
Autor – Tel. 0222/42 25 39
Postfach 187
A-1080 Wien – Vienna[103]

War er's?

Jack sagt, er war es nicht. Bis zum Schluss beteuert er, dass er es nicht war.

Er KANN es nicht gewesen sein, sagt er. Die Indizien reichen nicht, sagt er. Auch wenn alle meinen, oh doch, sie reichen sehr wohl! Auch wenn er selbst (wieder mal weinend) zugesteht, eingestehen MUSS, dass eine einzige winzige rote Faser das ganze »schöne« Gebäude zum Einsturz gebracht hat.

Auch wenn es die Geschichte von Reinhard Haller gibt – von der ich sehr viel halte, auch wenn sie, wie er selber sagt, nie einem Gutachten oder einer juristischen Stellungnahme standhalten könnte –, von diesem einen Moment zwischen Täter und Untersucher, nach den vielen langen, langen Gesprächen, in dem plötzlich diese »Wahrheit« vor ihnen,

---

103   Auf Din A5-Papier, Rückseite einer Kopie des Artikels »Der Verbrecher ist immer der Spucknapf«, in »Panorama« vom 23.5.1990.

zwischen ihnen steht. Diesen »Augenblick der Wahrheit«. Astrid beschreibt ihn in *Verblendet*, der Wortlaut gefällt mir im Interview besser, klingt authentischer. Oder ist er nur dramatischer? »Romantischer«…?

> In irgendeinem Fernsehinterview sollen Sie geäußert haben, dass Jack Ihnen gegenüber eine Art Geständnis abgelegt hat?

> »Ich weiß, worauf Sie anspielen. Es war ein düsterer Nachmittag im Juni, ein aufziehendes Gewitter hatte den Himmel fast schwarz verfärbt. Jack wirkte melancholisch: ›Heute ist unser letztes Gespräch, Herr Professor‹, bemerkte er betrübt. Da sah ich, dass er ein paar Tränen in den Augenwinkeln hatte, die er verschämt wegwischte. Und dann sagte er: ›Ich hatte so viel erreicht, so viel geschafft nach meiner Entlassung. Und jetzt bleibe ich an einem einzigen Haar hängen… (!)‹ Ich habe diese Bemerkung als heimlichen Wink empfunden: Ja, ich bin es doch gewesen. Als unausgesprochenes Geständnis. Freilich, dieses subjektive Gefühl meinerseits ist wissenschaftlich nicht fassbar, weshalb ich das auch nicht in meinem Gutachten erwähnt habe.«[104]

»Es« war es. Vielleicht. Aber nicht ER. Schizo. Abgespalten. Das böse Kind war es, das traurige Kind, das entsetzte, verletzte Kind. Das verlassene Kind, das betrogene, das belogene Kind. Das missbrauchte Kind war es. Aus dem Kind wird ein Monster. Stellen wir fest. Und das Monster-

---

104   Astrid Wagner: *Verblendet*, S. 233.

kind können wir dann festnageln. Mit Indizien und Beweisen. Und von den »guten« Erwachsenen wegsperren. Es ist wohl die einzige Möglichkeit für »Unverbesserliche« – aber es wird nicht viel helfen. Denn: »Das eben ist der Fluch der bösen Tat, dass sie, fortzeugend, immer Böses muss gebären.«[105]

> »Ich hielt Sie für intelligent. Ich glaubte… Sie verstünden in den Herzen zu lesen. Und doch wollen Sie mich nach meinen Taten beurteilen! Überlegen Sie, was das heißt: nach meinen Taten! Ich bin unter Riesen zur Welt gekommen, habe unter Riesen gelebt; Riesen haben mich, von dem Tag meiner Geburt an, bei der Hand genommen und fortgeschleppt – die Riesen des Zufalls, der Umgebung. Und Sie wollen mich nach meinen Taten beurteilen? Vermögen Sie nicht in mein Inneres zu blicken? Können Sie nicht begreifen, daß ich das Böse hasse? Erkennen Sie nicht in meinem Innern die klare Schrift des Gewissens, die keine willkürlichen Sophismen auszulöschen vermochten, trotzdem ich sie gar zu oft unbeachtet ließ? Erkennen Sie in mir nicht jenes Wesen, das so weit verbreitet ist wie die Menschheit selbst – einen Sünder wider Willen?«[106]

Ich bin gespalten. Kann nicht vor und zurück. Will am Jackbuch ewig weiterschreiben. Will damit aufhören. Will kürzen. Plötzlich hatte ich die rettende Idee, tauchte das auf: Ich hab mich im Wunsch nach Perfektionismus verfangen!

105 Friedrich Schiller: *Wallenstein. Die Piccolomini* (1800).
106 Robert Louis Stevenson: *Markheim*, S. 114.

Schon wieder! Ich will abschließen, was nicht abzuschließen ist. Weil es auch nie abgeschlossen WURDE. NICHTS ist außerdem perfekt und nichts ist abgeschlossen, kann es ja auch nicht sein. Ist ja alles nicht ganz klar, viel zu viele Vermutungen, Nicht-Wissen, Rätseln an der grundlegenden »Motivation«. Wir wissen nichts. Wie immer. Vielleicht soll er auf dem Cover stehen, in seiner Lieblingspose. Der Smarte, der Coole, der Perfekte. Wie lächerlich, wie arm. Im Kerker posierend. Das Cover rot-weiß-rot. Österreichisch. Vielleicht mit dem Foto, wo er sich hat fotografieren lassen im roten T-Shirt, der weißen Hose, mit den dunklen Brillen. Er will schön wirken, clever, lässig – und sich bedeckt halten. Wie immer. Verborgen. Sein wahres Gesicht. Nein, nicht DAS wahre, sondern EIN wahres. Jeder Mensch hat mehrere Gesichter und mehrere Wahrheiten. Ich muss das Nebulose zulassen. Das Offene. Nicht Gewusste. Irgendwo aufhören. Es gibt kein Ja und kein Nein, kein Schwarz und kein Weiß, es gibt nur Grautöne. Ich trau ihm alles zu. Wenn mich jemand fragt, kann ich sagen, ich glaub, er wars. Aber ich hab mich schon so oft getäuscht. Warum nicht auch hier. Man glaubt nur, was man glauben will und was man spürt. Ich bilde mir viel ein auf meine Intuition, ich glaube an das, was mir zufliegt. Aber vielleicht ist auch das nur in meinem Kopf. Hirngespinst. Sonst nichts. Vielleicht sind Indizien wirklich die einzigen Beweise, die »echt« sind und »wahr«. Nur was gesagt wird, ausgesprochen, belegt, ist real. Was im Kopf ist, in Gedanken und Gefühlen, ist nicht greifbar, nicht verhandelbar, nicht belegbar. Nicht festzunageln. Ein Selbstmord kann eine Art Schuldbekenntnis sein, aber auch eine Verzweiflungstat. Weil er weiß, dass er es im Gefängnis einfach nicht aushält. Das kennt er zu gut. Erst die realen Beweise, die Fasern, die Belege zeigen, dass diese Frauen

WIRKLICH dort waren, in diesem seinem Auto. Dass er das Auto weggegeben hat, Autonarr, der er ist, dass er es dennoch weggegeben hat, seinen Stolz, seine Potenz, sein FORTBE-WEGUNGSMITTEL, das macht ihn umso verdächtiger. Mehr ist da nicht zu sagen. Es ist ungreifbar, unfassbar.

Vielleicht, dass man ihn nach dem Tod fragen kann, wenn man ihm begegnet. Falls es halt sowas gibt, ein »Nachher-Ich«. Ein persönliches Ich. Und ein Jack-Ich. Als Geist. Wie man sich das vorstellt. Kindische Vorstellung. Ich begegne Jack im Himmel, Blödsinn, in der Hölle (aber wie sollen wir uns begegnen, wenn wir sogar im Jenseits – hoffentlich – in anderen Welten unterwegs sind …?) und frage ihn. Ich sage zu Jack: »Bitte, das wollte ich schon immer wissen: Warst du es? Was war da los?!« Und er antwortet gelangweilt: »Alle fragen mich dasselbe. Dabei habt ihr es eh gewusst. Auf einer anderen Ebene. JEDER hat es gewusst. Klar war ichs! – Aber ihr konntet es mir nicht beweisen. Nicht ganz …!« Und Jack grinst. Man kann einfach nicht mit einem ungelösten Rätsel sein anscheinend als Mensch. Man ist viel zu neugierig. Man MUSS es einfach wissen! – Aber manche Sachen lassen sich nicht lösen, lösen sich nicht auf, es bleiben Reste.

Selbst-Mord

Das Denken, das Träumen, das macht einem die Nerven kaputt. Im Lauf der Zeit. So kannst du einfach nicht leben. Auf jeden Fall wirst du kein langes Leben zusammenkriegen, auf die ein oder andere Art wirst es nicht packen können. Niemand kann das. Wie du es auch nicht ausgehalten hättest, Jack. Ein langes Leben. Im Kerker. Mit diesen Gedanken. Unterirdisch. Den Erinnerungen. Den Sehnsüchten. Der Ohnmacht. Es musste was passieren. Unfall oder Krankheit oder Selbstmord. Oder Mord. Immer mehr Mord. Immer schneller dreht sich das Rad. Bis es dich rausdreht. Fliehkraft.

> Ernst und gemessen folgte ihm seine Vergangenheit. Er sah sie, wie sie wirklich war, häßlich und quälend wie ein Traum, willkürlich und ungesetzlich wie ein Straßenkampf – eine einzige Niederlage. Das Leben, so wie er es jetzt überblickte, lockte ihn nicht mehr; am jenseitigen Ufer jedoch gewahrte er für sein Lebensschiff einen stillen Ankerplatz.[107]

»Ihr kriegt mich nicht!« Oft genug hat er diesen Satz gesagt.

> Schuh: Sie sind ein außergewöhnlich kluger Mensch, aber haben Sie das Gefühl, dass Sie da in was Irrationales, genannt *Liebe*, hineingetaumelt sind? – Haben Sie eine Ahnung von dem Gefühl, das ich habe, wenn ich Ihnen zuhöre ... das ist ja immer so, wenn jemand jemanden liebt ... von außen beobachtet, das sind

---

107   Robert Louis Stevenson: *Markheim*, S. 120f.

Abgründe dazwischen – haben Sie nicht das Gefühl, dass Sie da einen Riesenblödsinn gemacht haben?

Astrid: Ich stehe zu dem »Blödsinn«, den ich gemacht habe, unter Anführungszeichen, wobei ich ihn nicht als »Blödsinn« sehe, es ist ein ganz spannendes Kapitel meines Lebens gewesen, jemand hat mir mal gesagt, vielleicht hat sich das sogar perpetuiert – durch den Tod von Jack Unterweger ist es dann in was Ewiges übergegangen …

Schuh: Haben Sie psychisch gelitten oder haben Sie dieses Leid der Unerfülltheit dazu benützt, dafür umso intensiver zu träumen?

Astrid: Schon Zweiteres, ich bin halt … eine Träumerin (Lächeln) – ich hab nicht physisch gelitten, aber ich hab sehr stark psychisch gelitten, ich hab jemand geliebt, der, ja, dem Tode geweiht war, das hat er auch immer wieder gesagt, ist auch ganz groß gekommen: Selbstmord ist meine letzte Freiheit.[108]

Die Achtung vor dir selbst darfst du nicht verlieren. Nie. Bis zuletzt nicht. Es ist eine Frage der Ehre. Der Selbstrettung. Manchmal kannst du dich nur selbst retten, das Selbst retten, wenn du in den Tod gehst. Frei-Willig. Mut-Willig? Selbst-Los? Ehren-Haft? Es ist kein Ausweichen. Oder doch?

108   Aus einem Gespräch von Franz Schuh mit Astrid Wagner im Rahmen einer ORF-Fernseh-Dokumentation in »Kreuz & Quer« (2014).

Und sie haben dich nicht gekriegt. Du musst offiziell noch immer als »mutmaßlicher Mörder« bezeichnet werden, bist »nicht rechtskräftig« verurteilt.

Markheim blickte seinem Ratgeber fest ins Gesicht. »Bin ich auch verdammt, Böses zu tun«, sagte er, »so bleibt mir doch eine Tür zur Freiheit offen – ich kann mich jederzeit der Kraft des Handelns begeben. Ist auch mein Leben vom Übel, so kann ich es doch niederlegen. Erliege ich auch, wie Sie sagen, der geringsten Versuchung, so kann ich doch in einen Bereich jenseits aller Versuchungen fliehen. Meine Liebe zum Guten ist zur Unfruchtbarkeit verdammt; wohlan, es sei! Mir bleibt ja noch der Haß des Bösen, und aus ihm kann ich, das werden Sie zu Ihrer bitteren Enttäuschung erfahren, Kraft und Mut schöpfen.«[109]

---

109   Robert Louis Stevenson: *Markheim*, S. 120.

Abschließende Notizen

Ja, ich wollte, dass man Jack versteht. Davon bin ich ausgegangen. Ursprünglich. Ich wollte, dass man einen Mörder versteht.

Heute will ich es nicht mehr, oder sagen wir: Es ist mir egal.

Ich bin durch alle Höhen und Tiefen gewandert. Ich hab mich gefürchtet, ich war erschrocken, ich hatte Angst. Ich hab ihn gemocht, ich hab mich verbissen in diese Figur, hab mich verschaut in die Filme, hab mich reingelesen und ein-gelassen. Ich hab ihn verstanden und hab mich identifiziert, habe ihn gehasst und mich gehasst deswegen, ich wollte mit ihm zu tun haben, ich wollte niemals mehr irgendwas mit ihm zu tun haben.

Er war jedenfalls da und hat sich in mein Leben gemischt. Ich hab das zugelassen. Wenn du die Geister rufst, kommen sie. Und manchmal wird man sie auch so schnell nicht wie-der los.

Biancas Buch[110] war vielleicht DAS Ausschlaggebende. Das hat meine Stimmung total gekippt. Mehr noch aber war es er wohl selbst. Jack. Seine Interviews – diese Stim-me! Ihn wieder zu sehen, wieder zu erleben, nach dreißig Jahren. In den Filmdokumenten, lebendig. Ich mochte seine Stimme nicht, von Anfang an, nun fiel es mir wieder ein. Schon damals mochte ich seine Stimme nicht, sie war

---

110   Bianca Mrak: *hiJACKed. Mein Leben mit einem Mörder* (2004).

mir nicht geheuer. Und diese seine Art, dauernd von sich zu reden und was beweisen zu wollen, SICH zu beweisen. Immer nur Jack, Jack. Dieses ständige: »Ich kann es nicht gewesen sein! Es gibt keine Beweise!« Was soll das, Jack?! Ausreden, Ausflüchte. Denn du warst es. Deshalb die vielen Fluchten, bis hin zur letzten.

Ich bin nicht der Meinung von Reinhard Haller, dass es sich bei diesem Selbstmord um einen Selbstmord*versuch* handelte und Jack – bewusst oder unbewusst – gerettet werden wollte, überleben wollte. Dieser Selbstmord war kein Versuch. Es war *kein* Hilferuf. Und wenn doch, dann war es ein letzter Versuch mit sich selbst. Mit einem gewissen Restrisiko. Vielleicht hattest du ja wirklich noch einen winzigen Funken Hoffnung, Jack? Nein, Hoffnung wohl nicht. Aber doch Lebenswillen. Leben gibt man nicht so schnell auf, der Überlebenswille ist stärker und instinktiver als das Individuum. Aber was hattest du denn noch vor dir? Ein Leben im Kerker, nun wirklich im Kerker, ganz sicher bis ans Lebensende, verurteilt als Triebtäter, Serientäter, unheilbarer Psychopath, für die mindestens elf Morde, die man dir nachweisen konnte. Da kommst du nie mehr raus. Kannst nur noch warten auf Besuch. Würde Astrid weiterhin kommen und für verbesserte Haftbedingungen kämpfen? Dich gar heiraten, als schuldig gesprochen? Oder würde auch sie, sogar sie, das nicht aushalten auf Dauer, die Zeit vergeht, das Rad dreht sich, weiter und weiter, und diese deine ewige Leier aushalten? Deine Weinerlichkeit, dein Selbstmitleid, dein ewiges: »Ich war es nicht!« Deine Ausreden, deine Ausflüchte, deine Beschönigungen: »Und wenn ichs war, dann bin ich trotzdem nicht schuld.«

Weil *sie* schuld sind! Immer SIE, immer die anderen. Du kannst ja nichts dafür! Du bist ja so arm! Dir soll man alles entschuldigen. Elf Morde, elf Frauen, denen du das Leben genommen hast – entschuldigen …?!

Jack, das ist ein Symbol.

Symbol wofür? Für das Böse, das in jedem steckt? Ausbrechen kann unter bestimmten Voraussetzungen?

Ich meinte ja nicht einmal direkt und ausdrücklich Jack. Aber an seiner Person hat sich mein Denken festgehakt. Man braucht immer ein Bild, Menschen brauchen Bilder, brauchen Personen, Situationen. Brauchen Archetypen. Märchen. Geschichten. Damit sie wieder und immer neu erfahren, was Gut und Böse heißt.

Klar, nicht alle können mit Jacks Geschichte was anfangen, wollen sich überhaupt darauf einlassen. Aber manche werden es wohl. Jetzt. Nachdem es so lang her ist.

Manche werden es wollen, wie ich es wollte. Weil sie solche Leute kennen. Ich meine ganz dezidiert und ausdrücklich die Psychopathen, die heute durch die Gegend rennen. Jetzt. Genau jetzt. Unbemerkt, unerkannt. Lebende Bomben, manche davon entschärft, manche knapp vor der Explosion. Die Psychopathen, die wir vielleicht selber sind. Sein könnten. Die Gestörten. Weil wir wissen, dass jeder und jede von uns in einer gewissen Weise gestört ist. Und letztendlich, wie Haller sagt, das Böse und den Abgrund in sich hat wie auch das Gute. Die Hoffnung, den Glauben und die Liebe. Und wir alle uns bewusst entscheiden können, wollen, müssen. Und fähig sind – unter bestimmten Umständen – zu allem. Sogar zu einem Mord.

Verständnis heißt nicht Entschuldigung. Nicht Rechtfertigung. Nicht Entlastung.

Fünf Prozent der sexuellen Triebtäter sind nicht heilbar, so in etwa, heißt es. Bei manchen verschätzt man sich vielleicht auch, meint, sie seien rehabilitiert. Wären »geläutert« durch Therapie, Schreiben, Beichten, was immer. Kann sein, muss nicht sein. Wie man weiß.

Jack, deine Erklärungen, warum du es nicht gewesen sein kannst, halten nicht stand. Das weißt du selbst, hast es aber nie zugegeben, hast immer nur dich selbst reden gehört. Endlosmühle, Beschwichtigung deines Gewissens. Hast nie zugehört. Nicht der kleinen Stimme in dir, nicht den anderen. Hast alle überredet. Manipuliert. Zumindest hast du es versucht. Du hast einfach geglaubt, du bist uns überlegen. Im Grunde hast du uns misstraut, kein Wunder. Jedem misstraut, Straßenkatze du, getretener Hund. Hast uns gehasst, uns alle. Klar. Wolltest gern lieben, aber das Hirn war schon kaputt. »Liebe« funktionierte nur mehr pervertiert bei dir.

Aber ich glaube, ich kenne dich jetzt ausreichend. Mehr kann und will ich nicht wissen und kennen. Und ich will dich auch nicht mehr in meinem Leben haben. Du kannst gehen, Jack. Verschwinde. JETZT. Bleib mir vom Leibe. Nein, mehr: Bleib mir von der Seele.

Jacks Abschiedsgruß

Eines Samstags, gegen Ende der sich über einige Monate hinziehenden Schreibarbeit am Jack-Buch – ich hab den Trolly vollgepackt mit Eierkartons, die ich zum Bauernmarkt zurückbringen, Leerflaschen, die ich unterwegs in den Container werfen will, es ist ein kalter Morgen, aber kaum Schnee –, sperre ich in Gemütsruhe und voller Vorfreude das Gartentor auf. Ich liebe diese Samstagmorgen, wenn ich unterwegs bin zum Markt und die Kinder treffen will, ich freue mich auf sie und auf die Menschen, denen ich begegnen werde, da schießt mir ein schadenfroher Gedanke durchs Hirn, ganz unvermutet – vielleicht spreche ich ihn auch laut aus, Frauen in meinem Alter werden oftmals eigen – »... denn ICH lebe! Und DU bist tot!«

Da macht mein Trolly einen Hupfer (es ist da keine Schwelle, da ist gar nichts, nur ebener Asphalt, ich fahre sonst immer klaglos und ohne Probleme zum Tor hinaus) und es schmeißt mir den Wagen um. Zur Straße hin, klar. Und die Klappe öffnet sich und die leeren Flaschen kollern heraus. Jack!, denke ich. Ganz automatisch.

Und schnell klaub ich meine Flaschen und Eierkartons in den Wagen zurück und bemüh mich, schleunigst und unversehrt in die Stadt zu kommen ...

Jacks Morde

15. September 1990: Blanka Bockova wird an einem Fluss bei Prag ermordet

26. Oktober 1990: Brunhilde Masser wird in einem Wald bei Graz ermordet

5. Dezember 1990: Heide Hammerer wird in einem Wald bei Lustenau ermordet

7. März 1991: Elfriede Schrempf wird in einem Wald bei Graz ermordet

8. April 1991: Silvia Zagler wird im Wienerwald ermordet

16. April 1991: Sabine Moitzi wird im Wienerwald ermordet

28. April 1991: Regina Prem wird im Wienerwald ermordet

7. Mai 1991: Karin Eroglu wird im Wienerwald ermordet

19. Juni 1991: Shannon Exley wird auf einem leeren Grundstück bei Los Angeles ermordet

28. Juni 1991: Irene Rodriguez wird auf einem Parkplatz bei Los Angeles ermordet

3. Juli 1991: Sherry Long wird auf einem Hügel bei Malibu ermordet

Literaturliste

Jack Unterweger: *Tobendes Ich.* Lyrik, 1982.

Jack Unterweger: *Fegefeuer oder die Reise ins Zuchthaus.* Roman, MaroVerlag 1983.

Jack Unterweger: *Worte als Brücke.* Lyrik, Prosa, 1983.

Jack Unterweger: *Bagno.* Prosa, 1984.

Jack Unterweger: *Endstation Zuchthaus.* Drama, 1985.

Jack Unterweger: *Kerkerzeit.* Lyrik, 1985.

Jack Unterweger: *Wenn Kinder Liebe leben.* Gutenachtgeschichten, 1985.

Jack Unterweger: *Va Banque.* Roman, 1986.

Jack Unterweger: *Reflexionen.* Lyrik, 1987.

Jack Unterweger: *Schrei der Angst.* Drama, 1990.

Jack Unterweger: *Mare Adriatico.* Erzählung, 1990.

Jack Unterweger: *Dangerous Criminal.* Lyrik, Prosa, 1992.

Jack Unterweger: *Kerker. Prosa,* Verlag Edition Wien 1992.

Jack Unterweger: *99 Stunden.* Dokumentarische Erzählung, 1994.

Andrea Wolfmayr: *Spielräume.* Roman, Verlag Edition Steinhausen 1981.

Andrea Wolfmayr: *Die Farben der Jahreszeiten.* Roman, Verlag Styria 1986.

Andrea Wolfmayr: *Pechmarie.* Roman, Verlag Styria 1989.

Andrea Wolfmayr: *so brauch ich Gewalt.* Roman, Verlag Aarachne 1995.

Sekundärliteratur

Reinhard Haller: *Die Narzissmusfalle. Anleitung zur Menschen- und Selbstkenntnis.* Ecowin 2013.

Reinhard Haller: *Das ganz normale Böse.* Ecowin 2009.

Reinhard Haller: *Die Macht der Kränkung.* Ecowin 2017.

John Leake: *Der Mann aus dem Fegefeuer. Das Doppelleben des Serienkillers Jack Unterweger.* Residenz 2008.

Bärbel Mechler: *Mein (Ex)Partner ist ein Psychopath. Wege aus der Opferfalle.* Mankau 2017.

Bianca Mrak: *HiJACKed. Mein Leben mit einem Mörder. Mit Tagebuch-Aufzeichnungen von Jack Unterweger.* Egoth, Egon Theiner Verlag 2004.

Umberta Telfener: *Hilfe, ich liebe einen Narzissten! Überlebensstrategien für alle Betroffenen.* Goldmann 22203, 2017.

Astrid Wagner: *Verblendet. Die wahre Geschichte der Anwältin, die sich in den Mörder Jack Unterweger verliebte.* Seifert 2017.

Astrid Wagner: *Aug in Aug mit dem Bösen. Spektakuläre Verbrechen aus der Praxis einer Strafverteidigerin.* Seifert 2017.

Astrid Wagner: *Jack Unterweger. Ein Mörder für alle Fälle.* Militzke 2001.

Belletristik:

Paul Celan: »Espenbaum«, in der Gedichtsammlung *Mohn und Gedächtnis,* 1952.

Oskar Kokoschka: *Mörder, Hoffnung der Frauen.* Libretto (Oper von Paul Hindemith), 1921.

Friedrich Schiller: *Wallenstein. Die Piccolomini.* 1800.

Robert Louis Stevenson: »Der seltsame Fall des Dr. Jeckyll und Mr. Hyde«, 1886. In: R.L.Stevenson: *Unheimliche Geschichten 1*, Heyne 1986.

Robert Louis Stevenson: »Markheim«, 1886. In: R.L.Stevenson: *Unheimliche Geschichten 1,* Heyne 1986.

Nachwort

Alle Briefe, Karten und Billets von Jack an mich sowie Briefe von mir an ihn sind als Faksimile auf der Homepage des Verlages www.editionkeiper.at veröffentlicht.

Dieses Material ist NICHT als vollständig zu betrachten. Es kann nämlich sein, dass im Nachhinein noch einiges aus der Versenkung auftaucht. Mein »Archiv« ist kaum geordnet, sehr umfangreich und etwas chaotisch – falls also noch Dokumente auftauchen, werden wir den Dokumentenpool auf der Homepage des Verlages damit ergänzen.

Für die Abdruckgenehmigungen der eingescannten Zeitungsartikel, die wir im Anhang zu einer Collage zusammengestellt haben, bedanken wir uns noch einmal sehr herzlich bei der Kleinen Zeitung. Wer sich darüber hinaus für genauere Lektüre von Zeitungsberichten oder Reportagen interessiert, dem empfehle ich das Stöbern in einschlägigen Zeitungsarchiven.

Um die Persönlichkeitsrechte einzelner Personen zu wahren, haben wir manche Namen geschwärzt.

Was nun Fotos betrifft, so scheint es, dass Jack noch posthum quasi zum Internet-Star geworden ist – unzählige Fotos, Artikel, Kolumnen, Glossen, Filme und Filmchen, Beiträge in (manchmal recht reißerischen) Reportagen finden sich im Netz, auf YouTube und in diversen Dokumentationen. Aus diesem Grund verzichten wir darauf, einzelne Fotos in dieses Buch aufzunehmen – wie es eigentlich der ursprüngliche Plan war. Aber mit einem Klick im Netz erscheinen sein Gesicht als junger Mensch, als Vierzigjähriger, als der Presse »Vorgeführter« zum letzten Prozess; Jacks Augen, Jacks Hunde, Jack mit Bier und mit Champagner, Jack flirtend und lesend, Jack als Prominenter und in Handschellen, und sogar Jack tot in seiner Zelle. Jack hat Verkleidungen geliebt, er präsentierte sich als Cowboy, als Dandy der Zwanzigerjahre mit Hut und Stock, als Zuhälter mit nacktem Oberkörper, Tätowierungen und Goldschmuck; Jack im weißen Anzug, mit der berühmten roten Blume im Knopfloch, Jack bei Lesungen und Fernsehauftritten, Jack im Anzug mit schwarz weiß gepunktetem Hemd, Jack mit Sonnenbrille, Jack mit der Schlinge, Jack nackt – Jack war nicht fotoscheu, im Gegenteil, er war Löwe und posierte gern … und stellte seine vielen Gesichter zur Schau. – Überzeugen Sie sich selbst …

Andrea Wolfmayr

Unterweger: Gut gelaunt gelandet

VON HANS BRETTEGGER

Knapp drei Monate nach seiner Verhaftung in Miami wurde Jack Unterweger ausgeliefert. Er ist gestern früh in Wien-Schwechat ein. Sofort wurde er zum ersten Verhör nach Graz gebracht.

... Flugzeug-gelände verlassen, sieht ein Mann in grauer Hose und dunkelblauem Sakko die Zeit für wichtigen Medienauftritt gekommen. „Ich weiß ja heute nicht, was die Behörden gegen Unterweger in der Hand haben. Der Leiter der Sonderkommission Dr. Georg Zanger...

Es gibt keine Beweise gegen Jack Unterweger

Unterweger-Verteidiger Dr. zu den Kommissären.

Die amerikanische Fessel kann Jack Unterweger (M.) — augenblicklich — bald abstreifen.

Grazer Gericht soll auch über Morde in L.A. urteilen

Jack Unterweger kehrt nach Österreich zurück. Der US-Staatsanwalt hat die DNA-Untersuchung aus Kostengründen abgelehnt.

■ VON HANS BRETTEGGER

Jack Unterweger (42) kommt nach Österreich zurück. Die Polizei in Los Angeles ist zwar...

Die Detektive in L.A. setzen auf eine spezielle DNA-Blutuntersuchung...

Die amerikanische Justiz zeigt an Jack Unterweger kein...

STEIERMARK

S-Justiz macht Rückzieher
nterweger nun ein FBI-Fall

eht um vierfachen Mord. Während sich der Gefängnisliterat in Los
geles aufhielt, wurden vier Prostituierte getötet.

N HANS BREITEGGER

uslieferung Jack Unterwe-
ist vorerst geplatzt. Der
: Das FBI ermittelt gegen
Gefängnisliteraten — wegen
achtes des vierfachen Prosti-
nmordes.

war im Sommer 1991: Jack
weger hatte es aufgrund von
ventionen aus Österreich ge-
t, mit der Polizei in Los An-
auf Streife zu fahren. Rund
Wochen war er mit den Ord-
shütern unterwegs, um eine
tagenserie zu schreiben.
in dieser Zeit wurden vier
stuierte ermordet.

mand hatte Jack Unterwe-
ge Polizei in Los Angele-
ur als Journalisten kannte,
htigt. Erst jetzt stieß man
den Österreicher, der im
sgefängnis bei Miami einsitzt.
pol Wien hatte nämlich das
ersucht, die Amerika-Reise-
des gebürtigen Steirers zu
prüfen. Unabhängig davon

Auch in den USA unter Mordverdacht: Jack Unterweger FOTO: AMBÜSS

waren die amerikanischen Behörden bereits mißtrauisch geworden, weil Unterweger — obwohl er
in Österreich wegen siebenfachen
Prostituiertenmordes verdächtigt
wird — unbedingt abgeschoben
werden wollte. „Üblicherweise
versuchen die Häftlinge bei derar-
tig schweren Anschuldigungen
eine Abschiebung zu verhindern.
Unterweger aber wollte sofort
nach Österreich zurück", behauptet ein Ermittlungsbeamter. „Bei
uns in Kalifornien droht bei Mord
die Todesstrafe".

Gestern teilte die US-Justiz den
österreichischen Behörden mit,
daß die Ermittlungen des FBI auf
vollen Touren laufen und Jack Unterweger daher zum vereinbarten
Zeitpunkt (heute, Dienstag) nicht
ausgeliefert werde.

Sollten sich die Verdachtsmo-
mente in Amerika erhärten, droht
Jack Unterweger in Kalifornien
ein Gerichtsverfahren. Daher
bleibt er bis auf weiteres in der
USA in Haft.

ch stelle mich, wenn der
aftbefehl aufgehoben ist"

Unterweger hielt Wort und meldete sich zum Interview: „Zuerst
e ich mich umbringen, aber jetzt beginne ich zu kämpfen."

nnerstag abend hatte er es
nem ORF-„Inlandsreport"-
. Im Inter-
ie vereinbarte Zeit: 18 Uhr.
vor einer Woche unter-
te Jack Unterweger wußte
h ganz genau, daß sich
e Sicherheitsbehörde für

klagte sich Unterweger. Daß bei
den Mordfällen nichts herauskom-
men würde, sei jedem, auch Kriminalbeamten, klar. Es könne keinen Beweis in seine Richtung geben: „Weil ich es nicht gewesen
bin."

So sei er vor seiner Flucht ohne-
mit den Behörden in

fahren und habe mit den Beamten
einen Tag vor Ausstellung des
Haftbefehls Kontakt gehabt, in
Wien und Graz. Und alle waren
einhellig der Meinung — es gibt
keine Beweise, es gibt nicht einmal Indizien."

Warum er geflüchtet ist und
nicht aufgibt, erklärte Unterweger

m blauen BMW war Un-
· 1990 unterwegs

RMARK

DIENSTAG ·
18. FEBRUAR 1992

DIENSTAG
18. FEBRUAR 1992

MORDSERIE

KLEINE Z

„Heute wäre er ein Fall für die Ansta

„Er hat sadistische Züge." Werner Laubichler, Psychiater beim Mordprozeß gegen Jack Unterweger, steht auch heute noch zu seinem Urteil.

■ VON BERND MELICHAR
UND HANS BREITEGGER

Werner Laubichler kann sich auch, nach 16 Jahren gut an Jack Unterweger erinnern. Er hat mit ihm mehrmals gesprochen und erstellte für den Mordprozeß, der am 31. Mai 1976 in Salzburg begann, das psychiatrische Gutachten. Jack Unterweger stand damals vor den Geschworenen, weil er in Deutschland ein 18jähriges Mädchen mit einer Stahlrute erschlagen hatte.

„Das war der fürchterlichste Mord, der mir je untergekommen ist", erinnert sich der Psychiater im Gespräch mit der KLEINEN ZEITUNG. „Es war eine eiskalte Hinrichtung."

1976, als Unterweger wegen Mordes schließlich zu lebenslanger Haft verurteilt wurde, war die Zeit der großen Strafrechtsreform in Österreich. Erst in diesem neuen Strafrechtsänderungsgeset

wurde die Einweisung in eine Anstalt für geistig abnorme Rechtsbrecher verankert. Laubichler: „Jack Unterweger war der typische Fall eines geistig abnormen Rechtsbrechers. Hätte es die Möglichkeit einer Einweisung damals schon gegeben, wäre er sicher in eine Anstalt gekommen."

Laubichler weiter: „Theoretisch kann sich ein Mensch während der Haft natürlich ändern. Aber wenn die Verdächtigungen stimmen, würde das zu dem Bild passen, das ich mir von Herrn Unterweger gemacht habe."

„Er hat es immer verstanden, seine triste Kindheit gut zu verkaufen. Hat immer versucht, seine Tat zu beschönigen und Mitleid zu heischen." Darüber, daß Jack Unterweger jetzt gesucht wird, ist Werner Laubichler nicht besonders erstaunt. Überrascht ist er nur über eines: „Herr Unterweger wurde berühmt und vielen gefeiert. Ich habe aber immer nur an diesen fürchterlichen Mord denken können ..."

In seinem Gutachten aus dem Jahr 1976 hat Werner Laubichler unter anderem auch eine ‚unrichtige Schutzbehauptung' Jack Unterwegers widerlegen können. Der Angeklagte hatte damals behauptet, zum Tatzeitpunkt unter Drogen gestanden zu sein und sich an nichts erinnern zu können. „Das kann nicht stimmen", sagte der Psychiater: „Dann hätte er nämlich nach der Tat nicht mit dem Auto fahren können, wäre auch nicht fähig gewesen, ein Sexualdelikt vorzutäuschen." Anmerkung: Nachdem Unterweger das Mädchen erschlagen hatte, schlang er einen Büstenhalter um ihren Hals, um ein Verbrechen aus dem Milieu vorzutäuschen.

Seit dem Salzburger Mordprozeß hatte Psychiater Werner Lau

„Fegefeuer" von Jack Unterweger. Ein Szenenfoto aus seiner vom Grazer Regisseur Wilhelm Hengstler verfilmten Biographi

Fahndung: Wieder Pannen

Jack Unterweger ist trotz zahlreicher Hinweise weiter flüchtig.

Die Pannen bei der Fahndung nach Jack Unterweger häufen sich. Wie berichtet, hielt sich Unterweger von Freitag abend bis zum späten Samstag mit seiner Freundin, der 18jährigen Bianca Mrak aus Wien, in einem Gasthaus in St. Gallen (Schweiz) auf. Und diesen Aufenthaltsort hatte die Mutter, so der Lokalbesitzer, auch gewußt und der Wiener Polizei gemeldet. Als die Schweizer Polizei am Sonntag vormittag das Pärchen aufstöbern wollte, war vertreckt. Zeit vergangen. Unterweger und seine Begleiterin, die in dem nahstdabunelichen Lokal sonst als Serviererin gearbeitet hat, waren längst über alle Berge.

Mittlerweile dichtete dafür die

Wiener Polizei der internationale Fahndung auch auf Unterwegers Begleiterin aus. Bianca Mrak wurde von ihrer Mutter am Montag als abgängig gemeldet.

Während der Nachrichtensperre verhängt hat, melden sich laufend „Zeugen", die Unterweger gesehen haben wollen. So auch bei der KLEINEN ZEITUNG. Die Redaktion in Klagenfurt erhielt einen anonymen Anruf, wonach der geheime „einem ehemaligen Mithäftling in Kärnten untergetaucht ist". Ein anderer Augenzeuge „sah" Unterweger in einem blauen BMW in der Steiermark. Und gleich mehrere Hinweise führen nach Italien: „Unterweger hält

sich in Tarvis oder Rimini auf ...

— Auch die Politik bleibt von der „Lex Unterweger" nicht verschont: Der Kärntner FP-Landesparteiobmann und Nationalratsabgeordnete Peter Mitterer kündigte gestern eine parlamentarische Anfrage an Unterrichtsminister Rudolf Scholten (SP) an. Unterweger habe als „Häftlingsliterat" auch Lesungen an Schulen gehalten. Der FPÖ-Politiker will jetzt wissen, ob dies auf Empfehlung und unter Duldung des Ministeriums geschehen sei. Auch die Frage, ob Unterweger vom Kulturministerium Unterstützungen für seine „zweifelhaften literarischen Werke" erhalten habe, müsse sich Scholten gefallen lassen, meinte Mitterer.

„Abgängig": B
begleitet Jac

Unterweger: US-Justiz hat das letzte Wort

Der Grazer Regisseur Wilhelm Hengstler (rechts, bei den Dreharbeiten) verfilmte Jack Unterwegers Biographie „Fegefeuer" FOTO: JUNGWIRTH

Der Innenminister ordne jetzt großes Schweigen

Neues belastendes Material im Fall Unterweger sichergestellt.

Um welches Material es sich konkret handelt, wird nicht bekanntgegeben. Denn jetzt wurden die Behörden im Fall Jack Unterweger offiziell in Schweigen gehüllt — von oberster Stelle.

Innenminister Franz Löschnak hat gestern nach dem Ministerrat eine Nachrichtensperre verhängt. Er wolle nicht, daß „weitere Begünstigungen im Fall der Tatverdächtigen durch Bekanntwerden von Erhebungsergebnissen" erfolgen. Zu den polizeilichen Ermittlungen meinte Löschnak nur: „Es ist nicht so gelaufen, wie man es sich gewünscht haben." Damit dürfte der Minister wohl diverse Pannen der Wiener Polizei gemeint haben.

Unterweger wurde vor seinem

NEUE AUFLAGE

1776 „Fegefeuer"

Seit einem Jahr ist Jack Unterwegers literarische Autobiographie „Fegefeuer" auf Die Reise ins Zuchthaus" vergriffen. Jetzt druckt sie der Maro-Verlag in einer Auflage von 300 Stück neu. Nur 1776 Bücher wurden seit 1983 verkauft, was nicht zum Trugschluß „schlechte Qualität, schlechte Nachfrage" verleiten sollte. Verleger Benno Käsmayr: „Das ist normal bis gut für einen neuen Autor."

Verschwinden zwar allerdings nicht rund Die Beobachtung hat „zeitweise" ...

Jack Unterweger, tung seiner 18jähr Freundin Bianca Mra ist, bleibt also weite verschwunden. Auc minister will nicht ver sich vielleicht auf ander der Schweiz, wo er zu wurde, dürfte er nich

Eine von vielen an ßen Spuren" führt — mal — nach Italien, bung von Rimini. Do terweger in Zufalls terschlupf gefunden Könnte.

Erinnerungen an einen „Sozialh

Der Grazer Regisseur Wilhelm Hengstler verfilmte Jack Unterwegers Lebensgeschichte. „Ein faszinierender und hochintelligenter Mensch."

■ VON BERND MELICHAR

Die erste Frage müßte sich auf Glauben Sie, daß Jack Unterweger schuldig ist, daß er diese Prostituiertenmorde begangen hat? Die Antwort Hengstlers ist knapp: „Solange es nicht verhaftet und verurteilt ist, ist er unschuldig."

Hengstler, der sich drei Jahre intensiv mit dem Leben Jack Unterwegers beschäftigt hat, bezeichnet ihn als „schwierigen, neurotischen, aber normalen Menschen". Einer, der „immer zuviel von einer Beziehung verlangt hat und dann unweigerlich enttäuscht wurde. Auf diese Enttäuschung hat er mit wahnsinniger Aggressivität reagiert".

mentarfilm über das Innenleben des Jack Unterweger". Ein distanzierter Film, „weder für noch gegen Unterweger", „Aber das hat ihm offensichtlich nicht gepaßt", führt Hengstler fort. „Unterweger wollte einen plakativeren Film, er wollte als eine Art amerikanischer Gangsterheld dastehen."

„Dieses nicht aufgeben, sich nicht unterkriegen lassen" hat Hengstler an der Person Unterweger imponiert. „Wir waren nie die

Wer mit mir was macht, muß eine gute Kondition haben. Ich atme meist schneller, als andere denken.

besten Freunde, aber das wollten wir eh beide nicht." Bereits während der Dreharbeiten kam es zu Differenzen zwischen Unterweger und Hengstler. Unterweger beschuldigte den Regisseur, daß der Film nichts mit der Romanvorlage zu tun habe. Hengstler: „Wie man mit Unterweger auch umgeht, es wird immer einen Wickel geben."

Ein Schlüsselerlebnis war für Hengstler die Präsentation des Films: „Die Menschen haben nur applaudiert. Es gab keine Betroffenheit, nichts. Jack Unterweger wurde als Sozialheld gefeiert."

Der Mord an dem 18jährigen Mädchen in Deutschland kam in der Verfilmung von „Fegefeuer" nicht vor. Hengstler: „Das war mit Unterweger so ausgemacht und ich habe mich daran gehalten. Ich glaube, daß er diesen Mord innerlich nie verarbeitet hat."

Wilhelm Hengstler über Jack

„Ich laß' dich jetzt doch nicht allein …"

...matischer Appell von Jack Unterweger ...er an ihren Sohn: „Melde dich bei mir!" Sie ...on seiner Unschuld überzeugt.

...N BERND MELICHAR

...erweiflung dieser Frau ist ...m Telefon spürbar: „Ich ...kann nicht auf die Straße ...muß meinen Namen an ...n ist im Wahnsinn." Die ...ge Mutter von Jack Unter... ist mit ihren Nerven am En... doch alles gar nicht ...n", sagt die gebürtige ... „Der Hansi so nennt ...e Mutter) hat doch keinen ...gehabt, warum soll er wel...bringen? Es gibt doch über...sein Motiv. Und wenn es ...h stimmt, ist er krank."

...a Februar hat die alleinste... Frau, seit 1958 in Mün...bt, ihren Sohn das letzte ...sehen. Das war an diesem ...tag. Gemeinsam mit der ...en Bianca Mrak aus Wien, ...rem Mädchen ist Unterwe...

...ger auf der Flucht, besuche Jack Unterweger auch zu Weihnachten seine Mutter. „Die beiden haben sich bei mir in der Wohnung verlobt, wir ihre Ringe gezeigt und vom Heirat gesprochen. Ich hab das Mädchen damals gefragt, ob sie über meinen Sohn überhaupt Bescheid weiß. Ob sie weiß, daß er wegen Mordes verurteilt wurde. Sie hat nur gesagt, daß er alles erzählt hat …"

...Ich hab mir sicher, daß er unschuldig ist: Irgend jemand will ihm einen Strick drehen." Im Gespräch mit der KLEINEN ZEITUNG will Unterwegers Mutter auch mit einigen „Falschmeldungen" aufräumen: „Es stimmt nicht, daß ich Prostituierte war und mein Sohn deshalb einen Haß auf diese Frauen hat. Es stimmt auch nicht, daß seine Tante — die angeblich auch Prostituierte war

— ermordet wurde. Ich war ein eine Tante gehabt." Daß seine Prostituierte gewesen sei, hat Jack Unterweger allerdings auch selbst behauptet: „Ich weiß nicht, warum er das gesagt hat. Er hat sich nach seiner Entlassung tausendmal dafür bei mir entschuldigt."

Die Mutter von Jack Unterweger hat nur eine Bitte: „Schreiben Sie, daß er sich bei mir melden soll, ich besorge ihm einen Anwalt. Es wird sich alles aufklären. Er soll sich und dem Mädchen ja nichts antun."

Von Jack Unterweger und Bianca Mrak fehlte es gestern jede Einzelkind, der Bub hat also nie ... Spur. „Einige Hinweise", so das Innenministerium, „so daß aufgrund von Medienberichten aus Deutschland eingelangt."

Der Akt Unterweger ist mittlerweile in der Steiermark gelandet. Untersuchungsrichter Wolfgang Wladkowski vom Strafland... richt Graz leitet die gerichtliche Voruntersuchung.

20 Jahre verbrachte Jack Unterweger hinter Gittern FOTO: ...

„Unauffälliger Einzelgänger"

...reagierte Zach allerdings auf den Prominenten-Rummel, der plötzlich rund um Jack Unterweger entstand. „Das war mir nicht geheuer. Für einen Menschen, der nicht mit Geldsorgen umgehen kann, war das gefährlich. Davor habe ich damals schon gewarnt." Gefährlich, vor allem nach der bedingten Entlassung: „Zuerst haben alle gesagt, der Unterweger ist der Beste, der Größte, der gehört nicht hierher. Als er dann entlassen wurde, war er plötzlich nicht mehr so interessant und faszinierend. Es wäre aber wichtig gewesen, Unterweger auch in der Freiheit zu begleiten." Deshalb macht sich „typisch" für den Anstaltsleiter, „wie ihn jetzt seine damaligen Förderer und Freunde im Stich lassen."

„Ich kann Jack Unterweger nur raten, sich zu stellen", sagt Willibald Zach. „Die Vorwürfe sind ungeheuerlich. Aber wenn er es nicht war, wird er das auch beweisen können."

Unterweger: „In Unfreiheit kann man Freiheit nicht erlernen"

Scharf kritisiert Jack Unterweger in seinem Buch „Kerker" den Strafvollzug.

Gefängnis: „Das Gefängnis ist zum Einsperren da, sagt der Volksmund. Den Gesetzesbrecher einzusperren bedeutet gleichzeitig Aussperrung aus der Gemeinschaft der ,sozial' Anständigen und bedingt so ein tief verwurzeltes Bedürfnis nach Sicherheit und Ordnung. In den Gefängnissen werden täglich Menschen in Schließfächern — ähnlich dem Tiefkühlboxen-System eines Schlachthofes — isoliert, verwahrt und verwaltet."

Strafvollzug: „Strafvollzug heißt nach wie vor ,STENNerne' Isolierung. Die von neuen Architektur steriler Gefängnisbauten symbolisiert den auf besonders drastische Weise. Aus dem Zuchthaus des 20. Jahrhunderts ist jedes Menschlichkeit gewichen."

Häftling: „Das persönliche Ich des Häftlings wird zentral ausgeschaltet. Selbstständigkeit und Selbstachtung, Möglichkeiten zur Selbstbestimmung und Selbstverwirklichung, die freie Wahl der Mitmenschen, der Anspruch der Privatsphäre (vom Intimsphäre ganz zu schweigen), das alles wird völlig eliminiert. Um zu ,UNTER-LEBEN', beschaffen sich die einen Drogen, die anderen verlieren sich in Haß und Gewalt, demolieren ihre Zelleneinrichtung. Der Großteil aber fällt in Resignation."

Resozialisierung: „Warum wird am Hexeneinmaleins der Resozialisierung festgehalten, wenn die Rückzahlffrom eindringlich belegen, daß allenfalls Gefängnisse resozialisiert werden müssen?"

Freiheit: „Warum wird eingesperrt? In Unfreiheit kann man die Freiheit nicht erlernen."

Das Buch „Kerker" (erschienen bei Jugend & Volk) ist laut Verlag in einer reicheren Zahl im Buchhandel erhältlich.

AUSLIEFERUNG

US-Richter entscheidet ganz allein

Im „Fall Unterweger" ist jetzt die Justiz am Zug. Sie beantragt bei den US-Behörden die Auslieferung Jack Unterwegers. Das Ansuchen muß Beweismaterial enthalten, aus denen sich zu mehr als 50 Prozent die Wahrscheinlichkeit ergibt, daß der Verdächtige ihm zur Last gelegten Taten begangen hat.

Bisher bestand gegen Jack Unterweger ein internationaler Steckbrief wegen der zwei Prostituiertenmorde in Graz. Der Steckbrief wurde, so der Sprecher des Justizministers, Gerhard Litzka, Donnerstag abend der österreichischen Botschaft in Washington übermittelt.

Und auch der Auslieferungsantrag hat gestern bereits das Landesgericht Graz verlassen, wie Vizepräsident Winfried Enge erklärte.

In dem eilig zusammengestellten Antrag führt das Grazer Straflandesgericht sieben Prostituiertenmorde (vier in Wien, einer in Vorarlberg, zwei in Graz) an. Außerdem an von Menschenhandel die Rede, weil Unterwegers Begleiterin Bianca Mrak noch minderjährig ist.

Ob das Beweismaterial für eine Auslieferung Jack Unterwegers ausreicht, muß das US-Gericht prüfen. Das letzte Wort hat allein der Richter in Miami. Bleibt es bei der Entscheidung über den Zeitpunkt einer möglichen Auslieferung bei den amerikanischen Behörden. Litzka: „Willigt der Verdächtige ein, dann

Fahndungsfoto ...erweger ...

Durch Telefonate legte Unterweger Spur nach Miami

Nach zwei Wochen ist für Jack Unterweger (42) die Flucht zu Ende: Drei Tage nach der Verhaftung des Flick-Erpressers Gerhard Möser aus Graz schnappte die FBI in Miami auch den Gefängnisliteraten.

■ VON HANS BREITEGGER

Ein Päckchen Medizin für eine Schilddrüse hatte Irene P. in Wien Jack Unterweger besorgen sollen. Deshalb rief der flüchtige Gefängnisliterat vor drei Tagen bei ihr an. Doch er sagte der Frau die Empfangsadresse nicht sofort. Das Telefon konnte abgehört werden, befürchtete der unter Mordverdacht stehende Unterweger. Deshalb bestellte er P. in ein Lokal. Dort wird er am nächsten Tag neuerlich anrufen.

Aber so vorsichtig der Gesuchte auch agierte, es nützte ihm nichts.

Über Auftrag des Grazer Untersuchungsrichters Dr. Wolfgang Wladkowski hatte die Kripo beide Telefonate abgehört und damit die genannte Deckadresse in Miami erfahren.

Jetzt war das FBI am Drücker. Doch von Jack Unterweger und seiner 18jährigen Freundin Bianca Mrak, die ihn auf der Flucht begleitete, fehlte vorerst jede Spur. FBI, „Miami Vice" und Beamte des „Marshall Service" legten sich in den Touristenzentren von Miami auf die Lauer. Donnerstag mittag (amerikanische Zeit) schlug ihre Stunde: Nur in Badehose und

mit Leibchen bekleidet, schlenderte der Gesuchte mit seiner Freundin vom Strand Richtung Hotel „Marina".

Plötzlich bemerkte Unterweger die Polizisten und versuchte durch Seitengassen und Hinterhöfe zu entkommen. Das war zu spät.

Unterweger wurde vorerst wegen der Einwanderungsdelikte in Schubhaft genommen. Er hatte bei der Einreise verschwiegen, daß er in Österreich wegen Mordes gesucht wird.

Zum Gefängnisaufenthalt kommt jetzt aber noch eine 14tägige Quarantäne. Denn in der Haftanstalt, in die der Steirer eingeliefert wurde, herrschen Windpocken (Schafblattern).

Jetzt wurde auch der Fluchtweg rekonstruiert: Unterweger holte am 14. Februar 1992 in St. Gallen, Schweiz, seine Freundin Bianca Mrak ab und fuhr mit ihr nach Paris. Von dort aus flog das Paar nach Miami.

Bereits 1991 hatte sich Jack Unterweger in den USA aufgehalten. Er suchte vergeblich nach seinem Vater, einem ehemaligen US-Besatzungssoldaten in Österreich, den er nie kennengelernt hatte.

Innenminister Franz Löschnak bestätigte gestern, daß die Indizien gegen Jack Unterweger verdichtet hätten. In allen sieben Mordfällen (Graz, Wien, Vorarlberg) ist nun das Landesgericht Graz federführend. Ob auch der Mord an Marica Horvat (28) vor 18

ACHT OPFER, EIN TÄTER?

Diese Frauen wurde als ermordet: V.l.n.r.: Marica Horvat, Brunhilde Masser, Heide Hammerer, Elfriede Schrempf
FOTOS: REMASCHITZ, APA

Jack Unterweger: „Ich beginne zu kämpfen"

Wenige Stunden nach der Verhaftung des Grazer Flick-Erpressers Gerhard Möser endete nun auch für Jack Unterweger die Flucht im sonnigen Florida. In seiner Begleitung: Bianca Mrak (18) aus Wien.
FOTOS: HEIDE, BEGSTEIGER, APA

Wenn die Wiener Polizei das FBI nicht hätte

zwei aufsehenerregende Kriminalfälle innerhalb von zwei Monaten. Zweimal wird die Festnahme von Tatverdächtigen in Wien verpatzt. Und zweimal ist es das FBI in Miami, das die entflohenen Steirer wieder einfängt.

Zur Erinnerung: Im Dezember 1991 wird der 26jährige Flick-Schwager Günter Ragger aus Bad St. Leonhard/Kärnten entführt. Die Ermittlungen der Kärntner Gendarmerie-Kriminalabteilung tragen Früchte. Schon Stunden vor der Geldübergabe in Wien gibt es konkrete Hinweise auf die Täter.

Doch die Wiener Exekutive versagt: Jener Mittäter, der die Geldkoffer mit rund 70 Millionen Schilling am Westbahnhof abholt, wird von Beamten der Gendarmerie-Einsatzkommandos „Kobra" in drei nicht gerade unauffälligen Mercedes-Wagen verfolgt. Das kann nicht gutgehen. Der Täter entkommt. Eineinhalb Stunden verlieren ihn die Verfolger aus den Augen, ehe er schließlich doch noch verhaftet werden kann.

In diesen eineinhalb Stunden nimmt er rund 210.000 Schilling aus der Geldtasche und übergibt sie dem Grazer Gerhard Möser. Dieser flüchtet nach Miami. Nach zwei Monaten, am Dienstag, dem 25. Februar 1992, wird Möser vom FBI verhaftet (wir berichteten gestern darüber).

Fall Nummer zwei: Am Donnerstag, dem 13. Februar 1992, wird vom Landesgericht Graz ein Haftbefehl gegen den 42jährigen „Häfenliteraten" Jack Unterweger erlassen. Er ist verdächtig, in insgesamt acht Frauenmorde verwickelt zu sein. Am Freitag wird im Innenministerium eine Sonderkommission gegründet, danach soll Jack Unterweger verhaftet werden.

Der Verdächtige wird, so lautet zumindest aus dem Wiener Sicherheitsbüro, observiert. Später stellt sich heraus, daß diese Überwachung Unterwegers nur sporadisch durchgeführt wird, obwohl bereits ein Haftbefehl bestanden hat. Jack Unterweger kann entkommen. Er flüchtet, wie Gerhard Möser, nach Miami. Donnerstag wird auch er vom FBI geschnappt.

In seinem Kommentar hebt Innenminister Franz Löschnak in beiden Fällen die gute Polizeiarbeit hervor.

Doch: Was täte die Wiener Polizei, wenn sie das amerikanische FBI nicht hätte?

Hans Breitegger

Jack Unterweger will heim

Anwälte verhandeln mit dem Sicherheitsbüro über freiwillige Rückkehr des Gefängnisliteraten. Bianca Mrak (18) traf gestern in Schwechat ein.

■ VON HANS BREITEGGER

Seit gestern früh ist der 42jährige Bianca Mrak wieder in Wien... dramatische Rückkehr...

...o ist überzeugt: Indizien erdrückend

...mission sammelte mit Erfolg neues Belastungsmaterial gegen

Unterweger, der des siebenfachen Prostituiertenmordes verdächtigt wird.

Unterwege schon bald "daheim"?

...nderkommis... ...geben sich op- ...dungs diesmc ...letzten Tagen ...smentiert als ...stellen Stand ...ist jetzt lok-

...den Angaben ...1 (Mordfall ...k Unterwege ...17. Jänner ...die Ursache ...anstel den Vor-... ...menzeit haben ...iener Sicher-... ...nalstabilen ...Vorarlberg ...Kriminalpoli-... ...tere schwerer-...

wiegendes Belastungsmaterial zusammengetragen.

Der Grazer Untersuchungsrichter Wolfgang Wlackowski und Staatsanwalt Martin Wenzel reisten in den nächsten Tagen zur einer Absprache nach Wien. Sie treffen sich mit dem Leiter der Sonderkommission, Ernst Geiger, und sie werden sich in die Akten über das Wiener Prostituiertenmord einsehen. Denn diese vier Kriminalfälle werden ebenso an das Landesgericht Graz abgetreten, wie ein ungeklärter Prostituiertenmord in Vorarlberg.

Somit müssen sich Untersuchungsrichter und Staatsanwalt in Graz mit sieben Frauenmorden befassen — mit einer Mordserie, die exakt sechs Monate nach der vorzeitigen Haftentlassung Jack Unterwegers begonnen hat.

Rekapitulieren wir: Am 23. Mai 1990 öffnen sich für den zu lebens-...

langer Freiheitsstrafe verurteilten Jack Unterweger die Gefängnistore in der Strafvollzugsanstalt Stein. Ein halbes Jahr später, fast auf den Tag genau, wird in Graz die Prostituierte Brunhilde Masser ermordet. Unterweger hält sich in der Steiermark auf. Am 6. Dezember 1990 ist der Literat in Vorarlberg unterwegs. An diesem Tag stirbt Heide Hammerer eines gewaltsamen Todes. Am 7. März 1991 wird in Graz Elfriede Schrempf getötet. Auch damals ist der Verdächtigte in der Steiermark. Im April und Mai 1991 werden in Wien drei Prostituierte ermordet, eine vierte, Regina Prem, verschwindet spurlos. Bei ihr soll Jack Unterweger Kunde gewesen sein.

Kurz darauf wird der Gefängnisliterat vom Sicherheitsbüro erstmals zu den Wiener Morden befragt.

Die Mordserie reißt abrupt ab.

Für die Gefängnisbehörden in Miami gilt Jack Unterweger als "mutmaßlicher Schwerverbrecher"

...er informierte "Fall Unterweger"

...bestellte" während seiner Flucht ...stungsberichte über seine Flucht.

...werden sollte sie ...und sämtliche ...te über seine ...ursi nachschl-...

... Herausgeber ...kam von diesen ...d jeweils eine ...er. Er erklärte ...die Bedeutung ...Gründenzeitung" ...Kam... 28. Fe-... ...weger würde ...en beim 1000 ...ich sah" mich ...d Irene das ...Polizei kurzg-...

...per lieferte so ...m Hinweis ...ort Unterwe-...

...gers. Über die weiteren Schritte von Irene P. waren ab diesem Zeitpunkt auch die Kriminalbeamten informiert. Zunächst schickte die Dü-(?)Fräulein Unterwegers ein Kuvert mit 3000 Schilling, Tabletten und den "bestellten" Zeitungsausschnitte über seine Flucht nach Miami. Die von Unterweger angegebene Adresse lautete auf Bianca Mrak. Dann sande Irene P. 250 Dollar nach Miami — an dieselbe Adresse. Gert Schmidt: "Bei der Sendungen waren mit der Polizei abgesprochen, um die Fluchtwege Unterwegers zu verfolgen." Als Jack Unterweger das Geld abholen wollte, wurde er verhaftet.

Jack Unterweger hatte gegen Kaution telefonisch nach Wien

Miamis "Countryclub" teilte dem Häfenpoeten ein finsteres Loch zu

Im Fall Unterweger weicht die Gefängnisleitung von der üblichen Praxis ab und erlaubt keinen Kontakt. Der Häftling gilt als "dangerous criminal".

Von   außen gleicht dem Metropolitan Correctional Center (MCC) in Miami eher einem mondänen Countryclub als einer Haftanstalt. Die Tennisanlagen, Joggingbahnen und diversen Freizeiteinrichtungen, die den Strafgefangenen zur Verfügung stehen, bleiben Jack Unterweger aber verwehrt. Er wurde nicht als gewöhnlicher Außerwährungshäftling eingestuft — die meisten der MCC-Insassen warten hier auf ihren Prozeß — sondern

Robert Patterer berichtet aus Miami (Florida)

als "dangerous criminal", als mutmaßlicher Schwerverbrecher. Er wurde aus diesem Grund den bereits abgesonderten Hochsicherheitstrakt des Gefängnisses zugewiesen, der hier im Volksmund als "hole", als düsteres Loch, bezeichnet wird. Der Blick, den Unterwegers Zelle freigibt, ist in der Tat der psychischen Festigkeit des Einzelnen nicht gerade förderlich: Der Steirer blickt auf die "Todeszellen", jene Räumlichkeiten, in denen zum Tode verurteilte Häftlinge auf ihre Injektion erhalten.

Unterwegers Freiheiten zu "Loch" Miamis sind limitiert. Dreimal pro Woche ist Duschen gestattet, fünfmal pro Woche ein einstündiger kreisförmiger Spa-

ziergang im Gefängnishof. Das Recht auf Kommunikation mit Familienangehörigen oder Bekannten ist in Amerika liberal gehandhabt. So kann man mit einem jederzeit telefonieren, er wird sogar vorher gefragt, ob das Gespräch auch erwünscht ist. Im Fall Jack Unterwegers aber dürfen die Behörde von der üblichen Praxis ab. War es am Tag nach der Festnahme noch problemlos möglich, mit Unterweger in Kontakt zu treten, so wurde der ausländische Häftling in der Folge von den Außenwelt abgeschirmt. "Unterweger? So Sir, impossible", lautet die Antwort der Gefängnisleitung auf die Frage von Anrufern, die sich als "Freunde" von Unterweger vorstellen.

Das "normale" Aus- lieferungsverfahren würde ... längere dauern. Unterw- ger könnte in Österreich auch nur zu jenen Fälle angeklagt werden, rentwegen er ausgeliefe- wurde. Was allerding- nicht heißt, daß die and- ren Fälle damit "abge- hakt" sind. Ergeben sic nämlich im Laufe de Verfahrens neue Ve dachtsmomente, beste die Möglichkeit, "Nachauslieferungsbe gehren" zu stellen. Wer dem startgegeben wer könnten auch andere Fäl in das Verfahren aufge nommen werden.

...erweger weinte wie ein kleines Kind"

...er von einem Freund verraten wurde. — Der Richter lehnte   eine Kaution ab. Jack Unterweger bleibt weiterhin im Staatsgefängnis bei Miami.

■ VON HANS BREITEGGER

"Er hat wie ein kleines Kind geweint, die ganze Zeit — vom Strand herauf bis zum Polizeihauptquartier. Und er hat in sich hineingeredet, unverständliche Worte. Er kann kaum Englisch. Es war ganz ungeneslig!" So schildert Tom Pigmik die Festnahme des 43jährigen Jack Unterweger. Der Marshall vom "Marshall Service" hat die Verhaftungsaktion geleitet.

In Badehose und Leibchen war Jack Unterweger mit seiner 18jährigen Freundin Bianca Mrak auf dem Weg vom Badestrand zu einer Bank.

Ein Freund von ihm, ein österreichischer Journalist, habe ihn für ein Interview 100.000 Schilling geboten. Den Vorschuß habe er sich Donnerstag mittag bei der Bank abholen wollen. So sieht Jack Unterweger die Vorgänge rund um seine Verhaftung, was aus einem Gespräch mit der amerikanischen "profil"-Korrespondentin Hermi Amberger hervorgeht. Amberger konnte nach der Verhaftung mit dem unter ...

siebenfachen Mordverdacht stehenden Unterweger im Metropolitan Correctional Center (Auslieferungszentrum) bei Miami 35 Minuten lang telefonieren.

In dem Interview, das in der morgigen Ausgabe des "profil" erscheint, beteuerig Unterweger einmal mehr, daß er mit den Prostituiertenmorden nichts zu tun habe. Er bekomme Prügel, mit denen man andere Leute treffen wolle. Laut "profil" bestätigt Unterweger, daß er versteckt am 16. Februar in Miami eingetroffen sei. Zu seinen Motiven erklärte der Mordverdächtige: "Es war für mich keine Flucht, ich habe gesagt, Verrecken tut ich lieber in Freiheit."

Auf die Frage, ob er eine Auslieferung beantragen werde, antwortete er: "Wie soll ich die bekämpfen? Ich kann mir keinen Anwalt leisten. Ich habe die Zelle nicht aus. Wer weiß, ob ich's noch drei Tage aushalt."

Bereits Freitag nachmittag wurde der Verhaftete deren zuständigen Richter vorgeführt — in Handschellen und Fußfesseln, bewacht von schwerbewaffneten

Sheriffs. Doch diese erste Vernehmung glückte, weil kein Dolmetsch anwesend war und der Pflichtverteidiger behauptet hatte, den Akt nicht ausreichend zu kennen. Gestern nacht verfügte der Richter die weitere Inhaftierung Unterwegers. Eine mögliche Entlassung gegen Kaution wurde damit abgeschmettert.

Der nächste Gerichtstermin steht noch nicht mit Sicherheit fest. Es ist unklar, ob er am 4. oder am 8. März stattfindet.

Die in München lebende Mutter Jack Unterwegers ist völlig verzweifelt. Sie erfuhr von der Verhaftung ihres Sohnes aus dem Fernsehen. "Es war schrecklich, als ich diese Bilder von der Festnahme gesehen habe. Fürchtbar, ich kann's nicht fassen. Ich bin krank. Ich kann einfach nicht glauben, daß der Hansi all diese schrecklichen Verbrechen begangen hat. Aber wenn er es getan hat, dann ist er krank", sagt die 63jährige Frau. "Ich würde nach Miami fliegen, doch woher nehme ich das Geld dafür."

Wie der Gerichtszeichner Jack Unterweger vor dem Richter sah

An Händen und Füßen gefesselt wurde Jack Unterweger vor ...

US-Gericht schickt Unterweger heim

KLEINE ZEITUNG

GRAZ
Montag
2. März
1992
Nr. 52a

Wetter: Lokal Nebelfelder, sonst sonnig. In den Bergen auch windig. Mild. Seite 4

Millionenpoker um Unterweger-Notizen

Bericht Seiten 4

Der Millionenpoker um das Fluchttagebuch in Miami

Jack Unterweger hat ein Tagebuch über sein Fluchtabenteuer verfaßt und einen Wettlauf des Boulevards um die Exklusivrechte entfacht.

Als Georg Zanger, der Wiener Anwalt Jack Unterwegers, Samstag vormittag mit der Lufthansa-Maschine von München nach Miami flog, hatte er in seiner Aktentasche Schriftstücke mit, auf die er besonders achtgab: Vorgefertigte Exklusivverträge für seinen in Florida einsitzenden Mandanten. Dieser müsse nur zweierlei in den Kontrakt eintragen: den Namen der Zeitung und die Geldsumme.

Der Selbstvermarktungskünst...

Einer der drei Anwälte von Jack Unterweger schloß höchstpersönl...

Der Tag, an dem sie Unterweger fingen

Jack Unterwegers Schicksal: heute Schwerpunkt in FS 2 und FS 1 für mehr als drei Stunden.

■ VON HANSJÖRG SPIES

„Der Tag, an dem sie Jack Unterweger fingen" ist ein schwarzer Tag im Leben des Journalisten Beran (Aap Lindenberg), der einst dem sogenannten „Häfen-Poeten" half, und seiner schönen Freundin (Konstanze Breitebner) sowie einer Wiener Clique, in der sich Hanno Pöschl, Christian Spatzek und Michael Reiter finden.

Huschang Allahyari („I Love Vienna"), der für das „Aktuelle Fernsehspiel" der Abteilung Gerald Szyszkowitz den brandheißen Schnellschuß filmte (Walter Wippersberg schrieb das Drehbuch),

**FS 2
20.15 Uhr**
Tag, an dem sie Unterweger fingen

interessiert am Fall Unterweger vor allem die Frage der medialen Vorverurteilung. Was wäre, wenn Unterweger nicht schuldig ist?

Über diese und andere Fragen zum aktuellen TV-Spiel diskutiert im Anschluß Trautl Brandstaller mit Staatsanwalt Werner Pleischl, Paul Yvon („profil") und Günther Nenning, der in einem vielbeachteten Zeitschriftenartikel zu Unterweger auf Distanz gegangen ist.

Willi Hengstlers feinfühlige Verfilmung von Unterwegers autobiographisch gefärbtem Gefängnisroman „Fegefeuer" mit Bobby Prem als Unterweger und Katharina Wressnig als Mädchenopfer wird in Abänderung des Programms um 22.55 Uhr in FS 1 gezeigt.

Los Angeles: Die Morde weisen Parallelen auf

... se enthalten. D ... n Anwälte hab ...

r Erwarten" Sac ... orgelegten Indizi ... eichischen Behö ... wenn die von de ... Zanger vor alle ... Unterwegers pl ... eine freiwillige Rüc ... hiebung zustimm ... r einer freiwillige ... nicht aus, daß Unte ... Wegrostek schli ... wohl Zanger a ... hrens ab. ... nen Auslieferung ... s noch nicht ein ... hätzung und Anal ... oberste Maxim ... gsantrages nic ... reichischen Ausli ... eine Abwehr d ... er Verteidigung b ... rweger. Zur Strat ... ich gestern mit Jac ... tiviert. Wegroste ... lei sein Praktiku ... tischen Anwalt ... Recht, er hat in einer d ...

4 Morde: USA liefern Unterweger nicht aus

Los Angeles

gene Flucht gewinntrachtig zu versäubern. Es bliebe ihm auch keine andere Wahl, sagt sein Anwalt. „Unterweger ist pleite."

Trotz der intensiven Großfahndung hatte der verfolgte Buchautor offenbar genug Muße, um seine Impressionen in den Fluch zu Papier zu bringen. Die Aufzeichnungen, die er jetzt im US-Gefängnis ausformuliert, umfassen sämtliche Einzelheiten des turbulenten Zeitspanne vom Verlassen Österreichs bis zur Festnahme auf dem „Ocean drive" in Miami.

In besagtem Tagebuch habe Unterweger, „mehrere Millionen" im wahrsten Sinne des Wortes niedergeschrieben.

Unterwegers Anwalt war am vergangenen Wochenende bemüht, zahlungskräftige mediale Interessenten für die Exklusiv-Rechte seines Klienten zu suchen. Angeblicher Bestseiter: Kurt Falk. Der Herausgeber der „Ganzen Woche" möchte Exklusivrechte

des folgenlosen Unterweger-Skriptums als Einstandschur für seine neue Bildserie erwerben. Wie Georg Zanger gegenüber der KLEINEN ZEITUNG bekannt gab, ist Falk bereit, „mehrere Millionen" für das Tagebuch zu bezahlen. Zum erhobenen Vorwürfe, daß er das Interesse an den Aufzeichnungen bekundete.

Der 42jährige Steirer ist in einem Hochsicherheitstrakt der „Metropolitan-Correctional-Center" dauerte etwa drei Stunden und wurde auf Tonbändern aufgenommen. In der Unterredung und die Gemütsverfassung Unterwegers schwieg sich der Anwalt aus. Wer Naherva erfahren wolle, müsse viel zahlen. Eines sagte er jedoch. „Unterweger sitzt in einer Todeszelle mit einem elektrischen Stuhl und auf ein Gerät zur Verabreichung tödlicher Spritzen am zum Tode Verurteilte."

STERREICH
DONNERSTAG
5. MÄRZ 1992
· · DONNERSTAG
5. MÄRZ 1992
ÖSTERREICH
KLEINE ZEITUNG

US-Gericht schickt Unterweger heim

Der Fall ist für die US-Behörden abgeschlossen.

Der Gefängnis-Poet wird schon in wenigen Tagen nach Österreich abgeschoben.

Punkt 9 Uhr (MEZ 14 Uhr) traf gestern vor der Garageneinfahrt des Gerichtsgebäudes in Miami ein beilblauer Häftlingsbus ein. Unter den 30 „schweren" Businassen Jack Unterweger. Bewacht von acht schwer bewaffneten Polizisten, alle er der österreichische Journalisten sieht, ruft Unterweger: „Ab heute beginnt meine Verteidigung. Ich habe Alibis für zwei Abende." Auf die Frage, wie er ihm gehe, beginnt er zu weinen: „Sie sehen ja es sehen ja ..." Mehr konnte Unterweger nicht sagen. Im nächsten Moment drängten ihn die Sheriffs ins Gerichtsgebäude.

Erst sechs Stunden später öffnet sich für Unterweger die Tür zum Verhandlungssaal Nr. 9. „Jetzt

wird es lustig für die Wiener Polizei", began der Steirer das richterliche „hearing". Resolut, kämpferisch und selbstsicher nahm der Gefängnis-Poet zehn Minuten lang zu den Vorwürfen (sieben Prostituiertenmorde) Stellung. Dann ersuchte er Richter William Turnoff ausdrücklich um seine „sofortige Abschiebung und Rückkehr nach Österreich". Dann: „Es ware Zeitvergeudung, noch drei Monate hier zu sitzen, bis der Mörder dieser Personen, es kann keiner Beweis für meine Täterschaft gibt. Ich gehe zurück in mein Land und kämpfe um mein Recht."

Der Richter fragte Unterweger ausdrücklich, ob gegen ihn Druck ausgeübt werde um, an die Verrichterklärung zu unterschreiben. „Nein", sagte Unterweger, das war reine alleinige Entscheidung." Die Erklärung wurde dann von Unterweger und dem Richter unterschrieben. Damit ist für die US-Gericht der „Fall Unterwe-

ger" erledigt. Wann Unterweger nach Österreich zurückkehrt, wird „aus Sicherheitsgründen" geheimgehalten. Über die Modalitäten entscheidet das US-Außenamt. Wahrscheinlichster Rückkehr-Termin: Anfang nächster Woche.

„Kommt und macht ein Interview mit mir. Ich bin jederzeit hier", rief Unterweger den österreichischen Journalisten beim Verlassen des Gerichtssaales noch zu.

Ebenfalls gestern wurde der Grazer Pleik-Expresser Gerhard Miser aus der Zelle in ein Gericht im bewachten Fort Lauderdale gebracht. In seinen Anhörungsverfahren wurde allerdings nur die Frage nach einem Verteidiger erörtert. Sein Rückkehrantrag kam noch nicht zur Sprache. Mieser war sichtlich psychisch und physisch angeschlagen. Er fingezielangenmaus hatte er sich in den letzten Tagen einer Gehirnhautentzündung zugezogen.

Die zwei Steirer in Miami. Unterweger (l.) kommt bald zurück, Mieser muß noch warten

Jack Unterwegers Mord-Theorie

■ VON BERND MELICHAR UND HANS BREITEGGER

In seinen „Geheimpapieren" erzählt Jack Unterweger von seinen Kontakten zu Prostituierten und stellt Theorien über die Mordserie auf.

Beim Verhör am 17. Jänner 1992 in Graz bestritt Jack Unterweger zunächst, Kontakte mit Prostituierten zu haben. Erst als ihn die Beamten mit Zeugenaussagen konfrontierten, mußte er zugeben, Kunde bei einer Grazer Straßenprostituierten gewesen zu sein und ausgefallene Wünsche (Fesselung mit Handschellen) gehabt zu haben. Es sei, so der Gefängnispoet jetzt schriftlich, im September 1990

gewesen. Damals habe er an der Präsentation eines Buches von Marina Mell in Grazer Casino teilgenommen. „Gegen 21 Uhr verließ ich die Präsentation, um nach Salzburg zu fahren. Als ich wegfahren, sehe ich eine junge Prostituierte, deren Figur, wie man so sagt, in die Lenden donnert." Unterweger nahm die Frau im Auto mit und legte ihr schließlich die Handschellen an. „Ja, das stimmt. Aber ich habe dafür bezahlt, es war ein legaler Deal." Unterweger weiter: „Ein Burschtouch ist bekanntlich straffrei. Wenn jeder Polizist, Jurist oder Geschäftsmann, sich bei Huren als perverser Kunde entpuppt, in Haft müßte man neue Gefängnisse bauen."

Seit der Mordserie an Prostituierten versuchen sich die Kriminalisten in die Psyche des Täters hineinzudenken. Handelt es sich um einen Prostituiertenhasser oder Lustmörder? Ist es ein Irrer, oder will sich der Gewaltätter rächen? Wurde er von einer Prostituierten mit AIDS infiziert? Diese Fragen stellten sich die Beamten immer wieder.

Genau die gleichen Fragen wirft auch Jack Unterweger in seinen „Geheimpapieren" auf. Ist der Täter „ein Betrogener oder ein mit dem AIDS-Virus Angesteckter, der inzwischen vielleicht schon zu schwach ist für weitere Racheakte?" Oder, spinnt Unterweger seine Theorien weiter, „einer, der bloß für

vier Tage nach Wien kann... Ausländer, Steirer ... einer aus dem Milieu, um zu schüren, damit man Pulls wieder mehr Geld macht?"

Er schrieb diese Fragen, Thesen nieder, bemerkt dazu: „Diese Überlegungen meine Aufgabe, wahr nur nochmals bekomm, mit den Mordfällen, wie Graz noch in Wien oder woanders nichts zu tun.

Anderer Ansicht sind die amten der Sonderkommission — sie zeigen sich von Tag optimistischer: „Wir gehen Unterweger die Morde an sen zu können."

„JURISTENGIPFEL": Unterweger: US-Justiz hat das letzte Wort

Drei Anwälte vertreten den „Häfenliteraten"

Gleich drei Anwälte haben die Verteidigung Jack Unterwegers in Florida übernommen. Georg Zanger konnte einem in Miami engagierten Wiener Kollegen, Robert Pattner berichtete aus Miami (Florida) Jack Unterweger.

IM ATELIER

LESUNG

GALERIE GEYER

ANDREA WOLFMAYR

JACK UNTERWEGER
es liest:

EVA KLEPP AFRITSCH

HANS SEBASTIAN

Beginn: 20^{00} Uhr

29. 5.

REFLEXION⊔N

L Y R I K
ZEITGENÖSSISCHER
A U T O R E N

ZeitSchrift für Demokratie · Kultur · Po

VENTIL

EDITION WORTBRÜCKE   Steiner Landstraße 4, 3500 Krems

LITERATUR + BERICHTE: ZEITSCHRIFT + BÜCHER
HERAUSGEBER: JACK UNTERWEGER

UKS

NR. 9
calendario 1989

Seite 16 / 56

LITERATURZEITUNG

**Eine ganze Generation als Mittelpunkt eines Romans:
Sie wurden hineingeboren in eine intakte Familie,
wuchsen mit den Songs der Beatles und der Hippie-
Bewegung auf, lösten sich aus erstarrten Formen ...**

- Auszug aus *Pechmarie*
198

Ich könnte nichs sagen, Blind Faith hätte es ausglöst oder
Briefe, aber es steigen Erinnerungen hoch wie Blasen, ununterbroc
dauernd.

David war bei mir, rauchte Haschisch und bemalte meine Fenst
scheiben. Ich hatte Tropfen aus Glas vor die Scheiben gehängt, in de
war eine lila Flüssigkeit uns ich trug ein Messingkreuz, das ich
einem alten Rosenkranz abmontiert hatte, an einem Lederband
Handgelenk, um den Hals ein Auge aus Emaille. Er begleitete mich
Musikschule und trug mir das Cello, der Wind wehte die Vorhänge
Zimmer, der Rasenmäher machte mit Kopfweh, ich lernte für die Matu
Mein blauer Sittich konnte sprechen, der gelbe zernagte mir
Liebesbriefe im Schreibtisch und legte Eier ins das Nest aus Papi
schnipseln.

Albert kam mich besuchen, wir lagen in der Wiese, er zeigte mir
Mutterkorn in den gelben Ähren und erzählte mir, wie giftig das sei.

Ich stand mit Joe vor dem CA6 und wartete mit ihm auf Kunden, in
Taschen hatte er in Aluminium verpackte Tafeln Haschisch, die wa
federleicht, und durchsichtige Cellophanstreifen, "Gelantinetrip
sagte er.

Bello erzählte begeistert von seinen Reisen ins innere seines Ich
die verrückte Lisa wollte sich meinen Paß ausborgen, nur für z
Monate, um nach Indien und Pakistan damit zu kommen.

Wir Kinder auf dem Hauptplatz. Es regnet. Wir stellen uns b
Rathaus unter. Die Herren Politiker eilen aus und ein, mißbillige
Blicke, aber nur schnell. Wir sind viele, wir sind bunt. In der Ausl
Bücher, die interessieren uns, wir können sie uns aber nicht leist
manche organisieren sich dennoch welche, wie? "Frag nicht so blöd". S
schadlos halten an den Großkapitalisten.

Der kleine Gerd hat eine Querflöte, rotes Kraushaar bis zu
Schultern, Hasenzähne, ganz helle weiße Haut und Sommerspross
er lächelt dich an. Spielt Gitarre, übereinandergeschlagen die Bei
Clarks und zerissene Jeans. Einer schlägt die Bongos. Hinausschauen a
dunkle Bronzendenkmal, den grünen Schloßberg mit seinem Uhrturm,
roten Hausdächer, die grün-weißen Straßenbahnen, die Marktstand
hassen uns, warum? Wir wollen Liebe für alle. Flötentöne
Glasperlenspiel. Sessions, jeden Tag Sessions. Immer hat einer e
Bongo in der Tasche, selbstgebastelt aus Ton, Fell und Lederriemen, o
eine Okarina, eine Panflöte. Ich bin nur hübsch, ich kann nicht ein
richtig Gitarrespielen, nur klassisch, nur nach Noten. Verachtung wä
in mir gegen mich. Ich gehe noch immer zu meinen Klavierstunden
Palais Saurau und bin brav. Anschließend setze ich mich auf den Hau
platz zu den Typen, bis mein Bus fährt. Gehöre dazu, vorübergehend.
eins dieser langhaarigen Mädchen, das ist gut, Mädchen braucht man
Zuhören, zum Dabeisein, sie sind still und bringen Nüsse mit oder Ob
waschen die Weintrauben drüben beim Hydranten.

"Gehen wir in den Park?", aber Liegewiesen gibt nur im Hyde-Park,
Betreten des Rasens ist verboten, der Parkwächter mit dem Faschistenb
vertreibt uns, haßt uns. Warum? Wir wollen nur Liebe.

Ich will sein wie sie, ich gehöre dazu, manchmal. Wenn sie s
treffen, setzen sich die Männer zu ihren Sessions, versinken in
Musik, reden von ihren Erlebnissen unter Meskalin oder LSD, tausc
Nachrichten aus. Wen haben die Polizisten jetzt wieder zusammengesch
gen, um Geständnisse zu bekommen, einen Dealer-Ring zu knacken?

Ich weiß nichts, habe nichts erlebt, kann nichts und bin nichts, hübsches Kätzchen. Hab immer einen Freund und Beschützer. Die sind lieb zu mir, geben mir aber kein Haschisch, ich sei zu labil, sagen sie, es täte mir nicht gut, sie wollte mich nicht verderben. Arm um meine Schulter, deshalb darf ich bei ihnen bleiben. Endlos die Sessions. Ich denke es ist schön bei ihnen.

Erinnerungslöcher. Reinfallen bei jedem Song. Reinhard im dunkelbraunen Plüsch, zottigem Pelz mit Bart und Langhaar, struppig. "Kommt mich doch besuchen, du und Joe!" Das Zimmer ist dunkelblau ausgemalt, schwarz und violett. Zeichen, Linien, ein Würfel, Symbole, Zitate, Zahlen, ich hab Angst. Er zeigt einen violetten Stein an seinem Ring, den hat er von seinem Bruder bekommen, man darf ihn nicht zu lange ansehen, der Stein kann einen verrückt machen, und vielleicht wird er einmal wahnsinnig, er hätte nichts dagegen. "Der Tod, wie der Tod wohl ist?" Er lächelt immer. Eindringlicher Blick, hypnotisierende Augen. Er hat auseinanderstehende Zähen und keinen Hals. Aufgewachsen in Braunau am Inn, sagt er. "Dort wo Hitler ...?" "Ja, sicher." Du konntest dich kaum enziehn, gefährlicher Sog, deine Flipprigkeit, deine Unruhe, er die lebendige Provukation. Angst und Faszination. Etwas Gemeinsames. Der Hhang zum Suizid?

Ein Jahrzehnt später zufällig in der Zeitung diese Schlagzeilen, auf der Titelseite. Als Gerippe gefunden in Griechenland. Von seiner Mutter eindeutig identifiziert. Seltsame Umstände, verschollen schon seit Jahren. Die Klippen hinuntergesprungen? Oder ermordert? Mysteriöser Tod. Mysteriös.

Feeling allright. Joe Cocker. Wackelt mit den Händen. Ein Bär, wie er dasteht und unsicher rudert, dennoch fest verurzelt, stark. Adern treten hervor an den Schläfen, er schwitzt, hat die Augen zu, ich bewundere, liebe ihn! Seine Haare kleben an der Haut, dunkle Locken. Oder der Santana-Schlagzeuger mit der Stupsnase, Woodstock, rothaarig und dünn. All die kids auf der Wiese, der Mist, den sie hinter sich lassen. Aber die Bewegung! Eine Welle geht über uns, durch uns hindurch.

"Habt ihr denn nicht gesehen?" sagt die Deutschprofessorin, "in diesem Film, habt ihrs nicht gemerkt" Die wollen euch doch nur verbraten für ihre Zwecke! Der Konsum steht dahinter, und die Wirtschaftsbosse, amerikanischen Magnaten! Die wollen euch nur ihre Platten verkaufen, euch das Geld aus der Tasche ziehn!"

Ach, laß uns doch in Frieden. Die Musik ist o. k. Purple Haze, Jimmy singt, unsterblich. Dreh lauter! Unsere engen Jeans, unsere langer Haare, das Zeitalter des Wassermanns bricht an, endlich, Aquarius, Hair. Wir ziehen uns aus und rutschen im Lehm, wir schlafen am Meer in unseren Schlafsäcken, unter freiem Himmel. Die Erde! Die Sonne, das Licht, der Himmel, das Wasser, die Blumen, das Leben. Wir haben gefunden, erfunden für uns, ganz neu. Laßt uns in Ruhe, ihr über dreißig. Jerry Rubin, schon ganz zerlesen, Do it! Kerouac, Bukowski und Burroughs. Allan Ginsbourgh, Timothy Leary and Aldous Huxley, Schöne Neue Welt und Walden II. Country Joe an the Fish: "Väter schickt eure Söhne nach Vietnam, beeilt euch! Wer ist der erste in seiner Straße, der einen Helden im Sarg zurückbekommt? - Give me an F, give me a U, give me a C, give me a K, what's that spell, what's that spell, what's that spell? - Fuck!!!

Andrea Wolfma...

In: Wortbrücke Nr. 9

24. Mai 1990

Einen Tag DANACH!

Es tut mir leid, daß ich mich nicht ausführlicher melden konnte, kann,
aber die tausend kleinen Alltagsdinge (Behörde, etc.; Wohnung;
einrichten, Einkäufe, u.a.m.) blockierten mich ein wenig.
Heute habe ich alles "erledigt" und muß jetzt noch schnell zwei
Auftragsarbeiten (für Verlag) fertigstellen, bis 4. Juni, weil ich
auch für Geldverdienen was tun muß ...

Lesungen: 31. Mai in Klagenfurt, Landhausbuchhandlung, 19.3o Uhr
           anschließend nach Wien (Flugzeug auf ORF Kosten) und im TV,
FS 2, um 22. 25 Uhr, CLUB 2 Diskussion, Live Sendung ...

           5. Juni, 20.oo Uhr, Lesung im Cafe Kristall, Amstetten, NÖ
           7. Juni, 18.oo Uhr, Lesung im VINDOBONA, Studentenheim der
Adolf Schärf Stiftun, Laudongasse 36, Wien-Josefstadt.

           18. Juni, 20.oo Lesung in der TRIBÜNE, (im Keller des Cafe
Landtmann, Burgring, gegenüber vom Burgtheater; Wien)

           16. Juli, 18.30 Uhr, ALTE SCHMIEDE, Schönlaterng. 9, Wien

           12., und 13. Juni Symposium der Grazer Autoren Versammlung,
TU Wien.

           19. Juni, 20.oo Lesung im Studentencafe Berggasse, Wien
           20. Juni, Lesung in Villach (Schule)

und einige, noch nicht ganz sichere Termine im Juni/Juli ..
aber sobald ich Luft habe, melde ich mich ausführlicher!

anrufen kann man mich immer, beste Zeiten sind der frühe Morgen,
Vormittag bis ca 9.oo herum ... und ab 1.6. läuft ohnehin der
Anrufbeantworter, ich melde mich sofort zurück ...

mit der Bitte um etwas Verständnis für diese ersten Tage ..., Juli und
August ist ohnehin kulturell ruhiger!

Alles Schöne wünscht   Jack

und wie gesagt, Donnerstag, 31. Mai, 22.25 Uhr, FS 2 im österr. TV.,
komm ich LIVE ins Wohnzimmer! mittels Flimmerkiste!

Jack Unterweger
Autor · Tel . 0222 / 42 25 39
Postfach 187
A-1080 Wien - Vienna

Jack Unterweger
Steiner Landstr.4
3500 Krems

Andrea Wolfmayr
Fritz-Huberg4
8200 Gleisdorf   Gleisdorf, 12 12 84

Lieber Jack Unterweger,

von ████████████ hab ich Deine Adresse und von der GAV, ██████
██████, einen kopierten Zettel, auf dem steht, daß Du eine
Literaturzeitschrift auf die Beine stellen willst.
Das und die Art, wie du darüber sprichst, hat mir imponiert,
ich möchte auch einen Text beisteuern, wenn es nicht wieder mal
zu spät ist. Aber das war grad so eine Skizze, die mir passend
schien, die ich aber auch ausarbeiten woßlte. Weil ich in der
Buchhandlung stehe wie immer um diese gesegnete Jahreszeit und
weil es sehr streßig hergeht, bin ich erst jetzt fertig geworden
damit. Wie gesagt, ich hoffe, nicht zu spät.

Ich habe übrigens auch schon damals, als regelmäßig Vorabdrucke
aus Deinem Roman in den manuskrippten erschienen, von Deiner
   Existenz gewußt. Und es taugt mir, was und wie du schreibst.
Das wollte ich Dir nur sagen.
Und damit Du auch ein bißchen von mir weißt, falls Du was wissen
willst, schick ich Dir mein bis jetzt einziges Buch.

                    Grüße

Lieber Jack,

hab sehr schlechte
gerührt hab. Nun er
die Geburtstagswüns
beeindruckt von dem
dinnen gezeigt!

~~it der Lesung/

Lieber Jack,

Gleisdo

ich schick Dir hier zwei Manuskripte, ich hof
nicht zu spät für die nächste Nummer. Du kann
beide nehmen (oder auch keins), je nachdem. An
es sich bei "Phoenix & Phoebe" um eine Fortsetz
die ersten drei Teile sind im "Sterz" gekommen,
der ▮▮▮▮ die Alleinregierung dort übernommen
die Zeitschrift um und wird sehr anspruchsvoll, h
sehr schlimme Kritik und Beurteilung dieser beide
auch der "Jahreszeiten")geschickt. Das macht mir n
nichts aus, ich glaube nicht, daß diese Texte so s
wie er tut, ich hab sie nochmal durchgesehen und s
zumindest den ersten drei Teilen (die ▮▮▮▮▮ über
Klee lobte) eindeutig stand.
Aber es kann sein, daß ich mich täusche, mein Selbst
als Schreiber(in) ist im Moment ziemlich unten, ich f
nicht besonders toll. Versuche seit neuestem, nachts z
beiten, was ich bis jetzt nicht konnte, aber ich muß a
mehr Zeit ins Schreiben stecken, muß mehr lesen, Mater
nehmen, vielleicht hab ichs mir wirklich zu leicht gema
letzter Zeit. Obwohl ich nicht den Eindruck h
wie geht es Dir mit der "Wortbrück"
ich, kriegst du positi
rganisatori

Gleisdorf 85 o7 31

...sen, weil ich mich so lang nicht
...aber: Und ich dank dir sehr für
...ine Tochter Sarah war unheimlich
...und hat es gleich ihren Freun-

...ation hat alles bestens ge-
...██████ als Präsentator

                    · bin blöd-
                  sein für
              el in der letzten
            en, unzufrieden

          ir begraben,
        bsch, ich war
        mit ihm im Wald
      .che, sonst
        noch, so jung,
        end, das ist das
        ch, das endgültig
        flush, Bernhard.

20

...t noch
...oder
...delt
...ichte,
...hat
...t
...ine
...wie
...p
...ind,

...en

...is

      "eichen geben,
      s mir nicht
      der gar nicht

lehen:
erer auf
? Welche

n die Aus
rch Übung
r den Asp
hinterfrage
trag zu

ndrea Wolfme
ritzHuberg.4
3200 Gleisdor

Lieber `ack

ich dank di
ich hatte
wieder in
wieder sch
heute bei
lahmer Ku
so stick
helfen,
briefe
die läh
synthet
hüttes
will
es eb
könne
auch

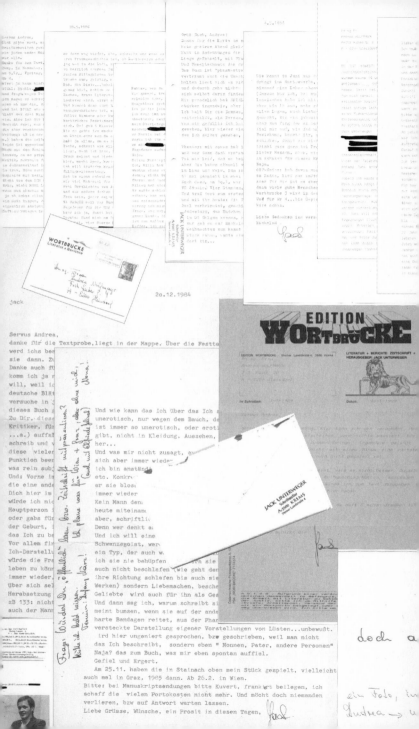

20.12.1984

Jack

EDITION
WORTBRÜCKE

EDITION WORTBRÜCKE · Sterne Landstraße 4, 3500 Krems

LITERATUR + BERICHTE: ZEITSCHRIFT +
HERAUSGEBER JACK UNTERWEGER

WORTBRÜCKE
Literatur + Berichte

JACK UNTERWEGER
Schriftsteller
A-3500 KREMS
Sterne Landstraße 4

Servus Andrea,

danke für die Textprobe, liegt in der Mappe. Über die Festta...
werd ichs bes...
sie dann. Zu...
Danke auch fü...
komm ich ja n...
will, weil i...
deutsche Blät...
versuche in i...
dieses Buch g...
Zu Dir, diese...
Kritiker, für...
...a.) auffal...
schreib und v...
diese vielen...
Punktion been...
was rein subj...
Und: Vorne in...
die eine ande...
Dich hier im...
würde ich nic...
Hauptperson i...
oder gabs für...
der Geburt,...
das Ich zu be...
Vor allem fin...
Ich-Darstellu...
würde die Fra...
leben zu könn...
immer wieder,...
Über sich sel...
Herabsetzung...
zB 133: nicht...
auch der Mann...

Und wie kann das Ich über das Ich
unerotisch, nur wegen dem Bauch, de...
ist immer so unerotisch, oder eroti...
gibt, nicht in Kleidung. Aussehen,...
her...
Und was mir nicht zusagt, a...
sich aber immer wiede...
ich bin anständ...
etc. Konkre...
er sie blos...
immer wieder
Kein Mann dem...
heute miteinan...
aber, schriftli...
Denn wer denkt a...
Und ich will eine
Schwanzegoist, wer...
ein Typ, der auch w...
ich sie nie behilfen ...rn sie
auch nicht beschlafen (wie geht den...
ihre Richtung schlafen bis auch sie...
Werken) sondern Liebemachen, besch...
Geliebte wird auch für ihn als Gea...
Und dann sag ich, warum schreibt si...
meint bumsen, wenn sie auf der ande...
harte Bandagen reitet, aus der Phar...
verastaltete Darstellung eigener Vorstellungen von Lüsten...unbewußt.
...ird hier ungeniert gesprochen, bzw geschrieben, weil man nicht
das Ich beschreibt, sondern eben " Nonnen, Pater, andere Personen"
Naja? das zum Buch, was mir eben spontan auffiel.
Gefiel und ärgert.
Am 25.11. haben die in Stainach oben mein Stück gespielt, vielleicht
auch mal in Graz, 1965 dann. Ab 26.2. in Wien.
Bitte: bei Manuskriptsendungen bitte Kuvert, frankiert beilegen, ich
schaff die vielen Portokosten nicht mehr. Und möcht doch niemanden
verlieren, bzw auf Antwort warten lassen.
Liebe Grüsse, Wünsche, ein Prosit in diesen Tagen,

doch a

ein Foto, tu
Andrea → u

GESUNDHEIT

UND

GLÜCK

PROST v. Jack

JACK UNTERWEGER

4.6 85

Sg Fr Andrea Wolfmayr
Fritz Habek G 4
A - 8200 Gleisdorf

2.1.1985

16. Juli 1988

Andrea! Tag
zu seinen ...
meine besten Wünsche
+ Kraft + viel Kraft
für Deine Umsetzung
der Ideen
Jack

Andrea,
FROHE WEIHNACHTEN
UND EIN
GLÜCKLICHES NEUES JAHR

positiven Gedanken
schickt Dir Jack

„ Liebesgeschichte "... überall die ...

ENDSTATION / Österr.-Tour v. 19.-1. bis 3.2.
Graz- 15. + 16. 2. Schauspielhaus od. Minoriten
17.2. JAZZi in Mürzzuschlag

19.3.19

Grüß Dich, Andrea
Danke für die Rom-u
o Maja; lieber treuen a
nebeneinander vorbei + au
Rom: war ich öfter/zuletzt Som
super → natürlich war es bei u
kein "Vielst" + Milien, via Venne
um die Villa Borghese, US Botschaf
Bahnhof; Huren (kein Negativ) beim
feuer ... + dort ist Milieu noch C
bei uns + BRD ist es eher mies, ich
Es war einmal.
Wortbrücke 5 = fertig. Im Mai.
Vielleicht kommst mal u. Kr
Schöne Tage/Wälde u
Dir Hans

jack unterweger
schriftsteller
steiner landstrasse 4
a-3500 krems/stein

IM APRIL 1987 erscheinen: REFLEXIONEN

von: JACK UNTERWEGER

Andrea Wolfmayr, geb. 1953 in Gleisdorf, studierte Germanistik und Kunstgeschichte in Graz, war Buchhändlerin und Nationalratsabgeordnete und arbeitete im Grazer Kulturamt. Lebt in Gleisdorf. Zahlreiche Veröffentlichungen (Romane, Prosa, Texte in Literaturzeitschriften und Anthologien), diverse Literaturpreise und Stipendien.

Andrea Wolfmayr in der edition keiper:

Weiße Mischung
Ein Roman aus der Provinz

416 Seiten, Broschur
€ 19,80 (A) / 19,26 (D)
ISBN 978-3-9503343-7-1
Mit 46 Seiten Rezeptteil

Roter Spritzer
Der zweite Roman aus der Provinz

324 Seiten, Broschur
€ 19,80 (A) / 19,26 (D)
ISBN 978-3-902901-79-8

Ausnüchterung
Ein dritter Roman aus der Provinz

352 Seiten, Broschur
€ 19,80 (A) / 19,26 (D)
ISBN 978-3-902901-79-8

Im Zug
Aufzeichnungen einer Pendlerin

432 Seiten, Broschur
€ 22,50 (A) / 21,89 (D)
ISBN 978-3-9502761-9-0
Mit Fotos von Philipp Podesser

Jane & ich
oder Die Therapeutinnen
Roman

384 Seiten, Broschur
€ 19,80 (A) / 19,26 (D)
ISBN 978-3-902901-47-7

Vom Leben und Sterben des Herrn Vattern, Bauer, Handwerker und Graf

330 Seiten, Pappband
€ 24,00 (A) / 23,35 (D)
ISBN 978-3-902901-17-0